SYLVIA SABROWSKI

Zechenkiller

GIFT IM SCHACHT Mit der Zechenschließung in Bottrop droht ein Umweltskandal: Das durch die Flutung der Stollen ansteigende Grubenwasser ist mit krebserregendem PCB belastet. Vorwürfe gegen die Bergbaubetreibenden werden laut. Bei einem als Verkehrsunfall getarnten Mord verbrennt ein bergbaukritischer Umweltaktivist bis zur Unkenntlichkeit. Das Opfer ist Felix Sprockmann, Gründer und Vorsitzender der Bürgerinitiative »Bottrop bleibt sauber«. Ein protziger Versicherungs- und Immobilienhändler, der nicht in die Ökoszene zu passen scheint. Vor seinem Tod erhielt Sprockmann Drohungen vom »Zechenkiller«. Doch wer steckt hinter dem Pseudonym? Liesa Kwatkowiak, clever, selbstironisch und mit einem ausgeprägten Einfühlungsvermögen, gerät zusammen mit Computernerd Timo Goretzka zwischen die Fronten eines Ruhrgebiets im Umbruch. Schließlich wird Liesa selbst bedroht – es folgt ein Kampf auf Leben und Tod.

© Bianca Schier

Sylvia Sabrowski, in Bottrop aufgewachsen und nach dem Studium der Psychologie und Pädagogik als Freiberuflerin tätig, lebt mit Mann, Kindern und anderthalb Katzen im Ruhrgebiet. Sie stammt selbst aus einer Bergarbeiterfamilie, hat noch Kohleöfen – mitunter auch die Küchentapete – brennen sehen, das Geräusch vom Kohlenscheppen im Ohr, die Arbeitskleidung der Bergleute auf den Wäscheleinen vor Augen und die Eigenheiten der Ruhrgebietler tief in ihrem Herzen. Einige ihrer Kurzgeschichten und Gedichte wurden in Anthologien veröffentlicht. »Zechenkiller« ist der zweite Kriminalroman der Autorin im Gmeiner-Verlag.

www.sylviasabrowski.de

SYLVIA SABROWSKI

Zechenkiller

Kriminalroman

GMEINER

Immer informiert

Spannung pur – mit unserem Newsletter informieren wir Sie regelmäßig über Wissenswertes aus unserer Bücherwelt.

Gefällt mir!

Facebook: @Gmeiner.Verlag
Instagram: @gmeinerverlag
Twitter: @GmeinerVerlag

MIX
Papier aus verantwortungsvollen Quellen
FSC® C083411
www.fsc.org

Besuchen Sie uns im Internet:
www.gmeiner-verlag.de

Im Ehnried 5, 88605 Meßkirch
Telefon 07575/2095-0
info@gmeiner-verlag.de

1. Auflage 2020

Lektorat: Teresa Storkenmaier
Herstellung: Mirjam Hecht
Umschlaggestaltung: U.O.R.G. Lutz Eberle, Stuttgart
unter Verwendung eines Fotos von: © Udo / stock.adobe.com
Druck: CPI books GmbH, Leck
Printed in Germany
ISBN 978-3-8392-2774-9

Personen und Handlung sind frei erfunden.
Ähnlichkeiten mit lebenden oder toten Personen
sind rein zufällig und nicht beabsichtigt.

PROLOG

Nach der Schließung der letzten Steinkohlenzeche Prosper-Haniel in Bottrop wird das Grubenwasser nicht mehr abgepumpt. Bis auf eine Tiefe von 600 Metern unter dem Meeresspiegel soll es ansteigen. »Eine Vermischung mit dem Grund- und Trinkwasser ist dabei unbedingt zu vermeiden«, so Felix Sprockmann, ehemaliger Bergmann auf Prosper-Haniel, Begründer und erster Vorsitzender der Bürgerinitiative »Bottrop bleibt sauber« (BIB). »Denn das Grubenwasser ist mit Schwermetallen, Salzen und mit hochgiftigem PCB belastet.« Es liegen im Ruhrgebiet noch etwa 12.500 Tonnen der krebserregenden Chemikalie in den Stollen. Welche weiteren Gefahren sind mit dem Fluten verbunden? »Für ein derartiges Vorgehen gibt es bisher keine Erfahrungswerte. Das hat noch niemand vorher gemacht. Wir rechnen mit Bergsenkungen, Erdhebungen und Schäden an den Gebäuden. Da werden wir uns alle noch umgucken. Das wird ungeahnte Folgen haben.« Und wie schätzt Sprockmann die PCB-Gefahr ein? »Wir sitzen auf einer tickenden Zeitbombe.«

(Bürgerreporterin Karin Palmowski, Stadt-Anzeiger Bottrop, März 2019)

1

Der Teufel scheißt immer auf den größten Haufen. Er stand auf der Autobahnbrücke über der A 2, links unter ihm lag die Raststätte Bottrop-Süd mit den schräg parkenden, wie Fischgräten angeordneten 40-Tonnern, rechts ragte der Förderturm von Prosper-Haniel zwischen Bäumen hervor. Hinter dem Doppelbock mit den vier Seilscheiben erhob sich die Halde Haniel wie ein begrünter, abgeflachter Berg. In der Ferne konnte er neben dem Doppelbock auf einem Plateau das Haldenkreuz erkennen. Beide schauten auf ihn herab und er musste lächeln bei dem Gedanken, dass der Pütt ihm zusehen und dabei auch noch das Kreuz des Passionsweges hochhalten würde. Heiliger Bimbam, dachte er. Geiler Tag für das, was jetzt kommt. Er zog den Rotz hoch, spuckte aus und grinste. Was für ein toffter Tag für das Jüngste Gericht.

Er brauchte mehr Übersicht, überquerte die Brücke und positionierte sich neu. Von hier aus überblickte er etwa drei- bis vierhundert Meter Autobahnstrecke. Perfekt für sein Vorhaben. Jetzt hab ich es in der Hand. Er konnte das Lachen nicht unterdrücken und brachte ein Röcheln hervor, das von dem Lärm der Autobahn verschluckt wurde. Sichtbar für alle stand er da, doch niemand konnte auch nur ahnen, was er gerade tat. Wozu er imstande war. Welche Macht er hatte.

*

Ihr Herz hämmerte. Sie kniff die Augen zusammen und hielt das Lenkrad fest, krallte sich geradezu in die schwarze Kunststoffhülle und überlegte, ob sie anhalten sollte. Sie spürte den Schweiß an ihrem Rücken, im Nacken, auf den Armen, an den Handinnenflächen. Sie war kurz davor, aufzugeben. Es geht gleich vorbei, redete sie sich ein.

*

Ein Blick auf die Armbanduhr. Es musste jeden Moment so weit sein. Seine Augen verengten sich. Die Apparatur lag in seiner rechten Hand, er umschloss sie und tastete mit dem Daumen nach der erhabenen Rundung. Er umspielte sie fast zärtlich und sah in der Ferne, wie der Wagen mit der auffälligen Lackierung angerast kam. Pünktlich war er und idiotisch zuverlässig. Er selbst hatte seine Knochen lange genug hingehalten. *Heute ist Zahltag, Arschloch. Heute wird abgerechnet. Hier steht das Jüngste Gericht. Burn, Baby. Burn.* Adrenalin schoss durch seinen Körper. Dann tat er es. Er löste aus.

*

Plötzlich sah Liesa verschwommen, die Fahrbahn verengte sich, der rechte Rand rückte immer näher auf sie zu und es war nur eine Frage der Zeit, bis sie gegen etwas krachte. Verdammt, dachte sie, es geht doch nicht. Ich werde die Kontrolle verlieren, einen Unfall verursachen, dann ist alles vorbei. Sie bereitete sich auf einen heftigen Aufprall vor.

*

Das Fahrzeug kam von der Fahrbahn ab, geriet in die Leitplanke, rutschte auf ihr entlang, bis es außer Sichtweite war, und überschlug sich mehrfach.

Der Mann auf der Brücke packte in aller Seelenruhe ein Kaugummi aus, steckte es sich in den Mund und schlenderte in Richtung der Zeche, bog rechts ab, stieg die unkrautbewachsene Steintreppe hinab und verschwand im Grün neben der Autobahn. Das Kreischen von Metall auf Metall erzeugte in ihm einen wohligen Schauer.

Eine Explosion. Flammen schlugen aus den geborstenen Fenstern. Zwei Männer hielten an, um zu helfen, aber sie hatten keine Chance. Innerhalb kürzester Zeit stand das Fahrzeug im Vollbrand. Es blieb den Männern nichts anderes übrig, als sich zurückzuziehen. Sie wandten sich ab von dem Grauen, das sich im Inneren des Fahrzeugs abspielte.

*

Bevor die Angst sie völlig überfluten konnte, stoppte Liesa das Auto abrupt. Sie stellte den Motor ab und zog die Handbremse so fest, dass sie dabei aufstöhnte. Die plötzliche Ruhe irritierte sie. Durchatmen, dachte Liesa. Sie atmete tief ein und aus, sah die Kreuzung klar und übersichtlich vor sich. Du Scheißangst, dachte sie. Ich hab dich in der Hand und nicht du mich. Arschlochangst. Und während sie ihre Angst weiterhin in Gedanken beschimpfte, schwenkte ihr Blick über die Hinweisschilder an der Kreuzung. »Westfriedhof«, stand auf einem Schild, das geradeaus wies. Es traf sie bis ins Mark.

*

Alles flog auseinander, weil nichts es zusammenhielt. Er hatte es ausgelöst, das Inferno. Er hatte etwas Schlimmes getan und einen kurzen Augenblick empfand er Scham. Es war unumkehrbar, verboten, höllisch grausam. Doch dann erfüllte ihn das Gefühl der Macht, der lustvollen Erfüllung. Es durchströmte ihn von Kopf bis Fuß, elektrisierte ihn und befriedigte jede Faser seines Körpers. Ich habe es vollbracht, dachte er. Ich habe ihn zerstört. Endlich. Fahr zur Hölle, Kumpel.

*

Sie war kurz davor, in Tränen auszubrechen. Einen Moment lang dachte sie darüber nach, geradeaus zu fahren, zum Friedhof. Aber was würde sie dort tun? Was würde sie dort erwarten? Sie war noch nicht bereit dafür. Dass sie den Motor startete und abbog, war nicht ihre Entscheidung, das erledigte ihr Körper. Gar nichts habe ich im Griff, dachte Liesa. So kann das nicht weitergehen. Ich muss es endlich anpacken und mir Hilfe holen. Jetzt sofort.

*

Immer in die Fresse rein. Bis die Tränen kommen, mein Freund. Aber heute reicht das nicht, dass du weinst. Heute wirst du kochen. Dein dämliches Blut verkocht, Arschloch. Er nestelte an sich herum, fuhr dann durch die Siedlung und ließ den Förderturm samt Passionskreuz hinter sich.

*

Liesa stellte ihr Auto ab, überquerte die Straße, ging im Schatten der teils heruntergekommenen Häuser auf ein Schaufenster zu, das in Blaugrau gehalten war, und dann doch daran vorbei. Das Treffen der Trauergruppe hatte bereits begonnen. Im Vorbeigehen las sie: »Begegnung«. Vor dieser hatte sie sich gerade prima gedrückt. Es folgte ein Hauseingang mit skurril beklebten Briefkästen und gleich danach das Wilke-Wettbüro, das mit Pferden, Reitern und Fußballspielern auf überdimensionalen Werbefolien für Sportwetten warb. Entweder gehe ich jetzt in die Trauergruppe oder ins Wettbüro. Ich hab die Wahl, dachte Liesa und grinste schief. Sie blieb am letzten Wettbüroschaufenster stehen, blickte auf die Straße und wünschte sich, Timo wäre jetzt bei ihr. Aber Timo war ein Thema für sich. Zunächst musste sie zurück, zum Auto und zu allem anderen. Also kehrte sie um.

Auf dem Rückweg blieb Liesa neben der geöffneten Bürotür der Hospiz- und Trauergruppe stehen, schaute auf einen Aushang und tat, als ob sie las. Sie konnte sich nicht auf den Inhalt konzentrieren und in ihr wirbelten die Wörter durcheinander. Stimmen drangen aus den Räumen, laut und aufgebracht. Als Liesa durch das Schaufenster blickte, sah sie zwei Frauen, die gerade im Begriff waren, den Raum zu verlassen.

»Die haben den Markus umgebracht!« Die Frau war außer sich. »Versteht ihr denn nicht?« Eine andere Frau versuchte, sie zu beruhigen. Doch sie wurde nur noch lauter, rastete förmlich aus und kreischte: »Die Zeche hat den vergiftet! Aber davon will ja keiner was wissen. Ihr seid alle blind und taub. Oder habt ihr Angst vor denen? Die Zeche ist jetzt dicht, aber die haben unsere Männer vergiftet mit dem Scheiß-PCB, elendig krepieren lassen!« Mit einem »Ach, ihr könnt mich doch alle mal« lief sie hinaus und rannte Liesa geradewegs in die Arme.

»Das war ein verdammter Mord!«, bemerkte die Frau, guckte Liesa direkt an, wischte sich die Tränen weg und sagte: »Ist doch wahr, oder?«

Gute Frage, dachte Liesa. Wenn das wahr ist, dann brennt hier der Baum. Dann sitzen wir auf einem Pulverfass. Wollen wir wetten?

Und während auf der A 2 der Fahrer des verunglückten Fahrzeugs bis zur Unkenntlichkeit verbrannte, klangen die Worte in Liesa nach. Sie spürte den Schrei der Frau wie einen Faustschlag in der Magengrube. »Das war Mord!«

2

Liesa stellte den Wagen vor dem Zechenhaus ihrer Oma in Bottrop-Batenbrock ab, wischte sich den Schweiß aus dem Nacken und atmete tief durch. Meine Güte, das waren heftige Anschuldigungen. Mord, mit PCB vergiftet, krepieren lassen … Von PCB, einer krebserregenden Chemikalie, hatte Liesa schon etwas gehört. Aber nicht im Zusammenhang mit dem Bergbau. War die Frau, die so aufgebracht aus dem Büro der Hospiz- und Trauergruppe gestürmt war, psychisch labil? Hatte sie nach dem Tod ihres Mannes eine Psychose entwickelt? Oder zeigte sich hier eine Form der weitverbreiteten Verschwörungstheorien? Glaubte sie auch an Chemtrails und tapezierte ihre Wohnung mit Alufolie aus Angst vor Strahlen? Liesa grinste.

Jetzt mal nicht überheblich werden, ermahnte sie sich. Was so etwas mit einem machen konnte, wusste sie schließlich aus eigener Erfahrung. Immerhin war sie wieder mit ihrem Auto unterwegs und mobil, das hatte sie schon hinbekommen. Aber bis zu ihrer Uni würde sie es noch nicht schaffen. Dafür war das Fahren auf der Autobahn notwendig, für sie momentan eine unüberwindbare Hürde. Sollte sie dabei eine dieser Angstattacken erwischen – allein bei dem Gedanken schlug ihr Herz schneller. Also atmete Liesa bewusst, zählte mit, beruhigte ihren Körper wieder und schüttelte über sich selbst den Kopf. Eine tolle Psychologiestudentin bist du, dachte sie. Hast ja volle Fachkompetenz auf niedrigstem Aktivitäts- und Handlungskompetenz-Niveau. Theoretisch super, praktisch eine Null. Vielleicht etwas über null, gestand sie sich zu, also null Komma irgendwas. Immerhin. Ihre Oma würde jetzt sagen: besser als nix. Liesa lächelte. Ihre Oma war schlicht die Beste. Also nix wie hin zu ihr.

Oma Kwatkowiak wohnte in einem Vierspänner, einem zweigeschossigen Haus aus Bergwerksziegeln und mit einem Satteldach, das am Anfang des 20. Jahrhunderts gebaut worden war, als die Steinkohlenzechen Tausende von Arbeitern aus Bergwerksregionen und ländlichen Gebieten anzogen. Diese Zuwanderung hatte Bottrop zu einer Großstadt wachsen lassen, die in mancher Hinsicht dörflich geblieben war.

Liesa ging an dem Seiteneingang der Hellmanns vorbei und überquerte den Hof. Sie warf einen kurzen Blick über die Schulter in Richtung des Nachbarhauses auf der anderen Seite der Durchfahrt, in dem die Goretzkas wohnten. Liesa spürte, wie ihr Puls anstieg, aber von Timo war keine

Spur. Somit war die Luft rein – wenn man von den schwarzen Rauchschwaden absah, die über den Hof quollen und bis zu den Gärten hinter dem Schuppen waberten. Der Schuppen war vormals Stallgebäude gewesen für Ziegen, Schweine, Hühner und was die Bergmannsfamilien vor einigen Jahrzehnten sonst noch an Getier für die Selbstversorgung gehalten hatten. Liesa kniff die Augen zusammen und machte den Ursprung des beißenden Qualms neben dem Hauseingang ihrer Oma aus. Dort stocherte ein Mittfünfziger in einem überdimensionalen Holzkohlegrill herum. Sein Feinrippunterhemd war einmal weiß gewesen, seine Hose hing ihm unter dem Bauch.

Oma Kwatkowiaks Stimme unterbrach die Smoker-Idylle. »Hömma, Willi, jetz' is' aber mal gut mit der Qualmerei. Sonst haben wir bald die ganze Siedlung eingeräuchert.« Sie schloss das Küchenfenster und winkte, als sie Liesa entdeckte, freudig durch die Scheibe. Der Angesprochene grunzte in den Grill hinein, fächerte weiter an und wurde von den Rauchschwaden nahezu verschluckt.

»Na, alles klar?«, begrüßte Liesa ihren Onkel in Richtung des Grills, hörte ein »Jo, muss« und nahm ihrer Oma, die gerade zur Tür heraustrat, eine der beiden großen Salatschüsseln ab.

In dem Bereich des Hofes, der zu Omas Hausanteil gehörte, stand ein weißer Gartentisch aus Kunststoff, daran vier Hochlehner mit gemusterten Auflagen. Der Hof war eine Art Terrasse, an drei Seiten befand sich die Rückseite des Zechenhauses mit dem gemauerten Aufgang zur Haustür und dem Küchenfenster daneben, gegenüber das Stallgebäude, das aussah wie ein Zechenhaus in Miniaturformat, aus Bergwerksziegeln mit Spitzdach und zwei einfachen Holztüren. Eine weiß verputzte Mauer verband Stall und

Haus, sodass sich eine hufeisenförmige Umrandung ergab. Die offene Seite des Hofes zeigte zu den Häusern, die sich die Auffahrt teilten, wie auch das Haus der Goretzkas. Der Tisch war weitgehend gedeckt und Liesa stellte die Salatschüssel dazu. Oma hatte eine ihrer besten Wachstuchtischdecken aufgelegt, die mit den unscharf aufgedruckten roten Rosen in Kombination mit Lavendelsträußchen. Liesa mochte beides, aber der verschwommene Druck machte sie einen Moment lang schwindelig.

»Nicht, datt der Willi noch die Eierkohlen drauflegt, oder ein paar von den Briketts.« Gertrude Kwatkowiak lachte ein etwas heiseres Lachen. Ihre Augen funkelten klug und Liesa wünschte sich in diesem Moment nichts sehnlicher, als sie für immer behalten zu dürfen.

»Das sollte er lassen«, kommentierte Liesa und lächelte. »Sonst wird aus dem schönen Grillgut ein krebserregender Sondermüll.«

»Ach, bist du jetzt auch so ein Öko?«, fragte Willi gereizt und legte mit einer Grillzange Würstchen und Koteletts auf den Rost. »Dann kannste ja datt Grünzeug essen, bleibt mehr Fleisch für mich.« Er grinste ein kleines fieses Grinsen und Liesa hob eine Augenbraue. Öko? Welche Laus war dem denn über die Leber gelaufen?

»Die Liesa ist kein Öko«, meinte Oma. »Die ist nur vernünftig.«

Liesa war baff. Gab es einen Widerspruch zwischen »Öko« und »Vernunft«? Es machte ihr ein mulmiges Gefühl. War sie hier in einen Grabenkrieg geraten? Musste sie sich rechtfertigen, dass sie nicht etwa auf einer anderen Seite stand?

»Datt mit dem Hausbrand ist ja jetzt vorbei«, bemerkte Oma, während sie Besteck verteilte. Onkel Willi quittierte dies mit einem weiteren Grunzen. Oma hatte ihren Schwiegersohn nach der Trennung von seiner Frau aufgenommen und sozusagen eine Zweck-WG gegründet. So verlotterte Willi nicht und er konnte ihr zur Hand gehen, auch wenn seine aufbrausende Art ihn nicht zu einem Vorzeige-WG-Genossen machte. Als Frührentner in der Anpassung hatte er Ende 2018 noch Anspruch auf Deputatkohle und dreieinhalb Tonnen Anthrazitkohle aus Ibbenbüren in Omas Keller eingelagert, obwohl sie längst über eine Gasheizung verfügte. »Watte hast, datt haste«, hatte er gesagt, und: »Für schlechte Zeiten.« Man wusste ja nie, wohin die Energiewende führen würde. Gab es überhaupt eine? Wer wendete was wohin, drehte und änderte sich oder andere oder etwas? Es sind Zeiten der Veränderung, dachte Liesa. Strukturwandel nannte man das. Welche Strukturen wandelten sich eigentlich und wie, in welcher Form, was war das Ziel?

Das ist ja jetzt vorbei, wiederholte Liesa in Gedanken. Mit der Schließung der letzten deutschen Steinkohlenzeche im vergangenen Dezember war, so sagte man, eine Ära zu Ende gegangen. Ein schmerzliches Ende. Liesa hatte es hautnah miterlebt. Vielleicht war die Zeche an jenem 21. Dezember vergangenen Jahres gestorben, aber die Bergleute lebten noch und die Gebäude und Hinterlassenschaften waren ebenfalls weiterhin vorhanden. Sie wusste, dass das Rauben, die Aufräumarbeiten unter Tage, noch andauern würde. Dann würden die Strecken geflutet werden, indem das Grubenwasser bis zu einer bestimmten Höhe nicht mehr abgepumpt wurde. Nach mir die Sintflut, kam ihr in den Sinn. Wie wird eigentlich eine Zeche abgebaut, abgewickelt, ganz oder teilweise abgerissen? Was bleibt, über und unter Tage?

Die haben unsere Männer vergiftet mit dem Scheiß-PCB, elendig krepieren lassen. Was hatte es damit auf sich? Was ist da wirklich unter Tage passiert? Was befindet sich in den Körpern der Bergleute? Verursacht es Krebs? Bringt es sie um?

»Du bist mit dem Auto da, hab ich gesehen«, bemerkte Oma.

»Watt denn, die olle Kasperkiste fährt noch?« Onkel Willis Lachen wurde zu einem Husten.

»Kleinwagen«, korrigierte Liesa. »Sicher fährt er, und wie.« Nur leider nicht automatisch und fahrerlos, dachte sie. Das Problem ist in diesem Fall der Mensch, nicht die Maschine.

»Wann fängt eigentlich deine Uni wieder an?«

Liesa riss die Frage ihrer Oma aus den Gedanken. Volltreffer. »Ach Omma …« Sie friemelte an einer geblümten Papierserviette herum, wurde von Omas Verhörblick regelrecht verfolgt und gab sich schließlich geschlagen. »Am 1. April geht es wieder los.« Genauer gesagt in sechzehneinhalb grauenvollen Tagen und siebzehn schlaflosen Nächten, hätte Liesa ergänzen können. Aber das Thema wollte sie nicht näher vertiefen.

»Aha«, machte Oma, nickte und mischte den Kartoffelsalat kräftig durch.

»Sag mal, Onkel Willi«, begann Liesa, bevor Oma Kwatkowiak ihr Verhör fortsetzen konnte. »Was hast du eigentlich genau auf der Zeche gearbeitet?«

Onkel Willi stellte zwei gut gehäufte Grillfleischteller auf den Tisch, einen direkt vor sich auf seinen Platz, den zweiten in die Mitte. »Ach, datt is' doch schon so lange her.« Er klemmte sich zwischen Hochlehner und Tisch. »Gibste mal den Senf?«

Liesa reichte ihm das Senfglas und stellte fest, dass Oma mit drei gespülten Exemplaren als Trinkgläser aufgewartet hatte. Senfkristall nannte man das hier. Gertrude Kwatkowiak war eben patent, nachhaltig, unprätentiös, bescheiden und uneitel, aber genauso skrupellos. Willi strich sich ausgiebig Senf auf seinen Teller, die beiden Würstchen, das Nackenkotelett und das Bauchfleisch, benutzte das Messer dabei gewandt wie eine Maurerkelle und machte keine Anstalten, auf Liesas aufmunternden Blick zu reagieren.

»Hattest du was mit PCB zu tun?«, hakte Liesa nach und ließ ihren Onkel nicht aus den Augen. »Das wurde doch unter Tage verwendet, oder?«

Willi seufzte, legte das Besteck zur Seite, wischte sich mit dem Handrücken Fett vom Mund und sah auf. »Warum willste datt denn wissen?«

»Ich hab da was gehört. Stimmt es, dass ihr mit PCB Kontakt hattet?«

Willi seufzte. »Datt war in dem Öl drin, im Blauen Engel.«

Liesa horchte auf.

»In blauen Fässern war datt drin. Und blau war datt Zeug selber auch, deshalb der Name.«

»Wofür wurde das eingesetzt?«

»Hydrauliköl. Weißte, wir haben datt regelmäßig an der EHB gewechselt, der Einschienenhängebahn. Datt Zeug ist übergeflossen, aufe Klamotten, aufen Boden. Wir haben uns mit dem Hydrauliköl quasi komplett eingesaut.« Er grinste. »Damit konnteste echt jeden Dreck abkriegen. Hinterher warste sauber und glatt wie ein Babypopo.« Er schaute Liesa an und wurde ernst. »Dann war da plötzlich ein Warnschild an den Fässern, und die haben uns gesagt, datt wir neue Sicherheitsvorgaben haben. Muss man sich mal vorstellen. Ich bin vorher mit dem ganzen Arm in datt Fass, die Kumpel auch, dann war datt plötzlich hochgiftig, von einem Tag auf den anderen. Jetzt brauchste dies und dann machste das, haben die gesagt, nur noch mit Handschuhen und so. Strenge Sicherheitsmaßnahmen. So war datt.« Er schnitt ein großes Stück von seinem Kotelett ab. »Jetz' weißte Bescheid.«

»Das Zeug ist krebserregend. Haben die euch das auch gesagt?«

»Ab dem Tag war datt ja klar.«

Vorher nicht, dachte Liesa. »Und haben die euch über PCB informiert? Gab es Untersuchungen oder so etwas?«

Willi schüttelte den Kopf und schob sich das Fleischstück in den Mund. »Wenn du überlegst«, meinte er schmatzend, »wie viel wir von dem Zeug einfach unter Tage weggekippt haben. Literweise. Ach, datt müssen über die Jahre Tausende Liter gewesen sein. Hat ja da unten keinen interessiert.«

Heute könnte der Fall anders liegen, dachte Liesa. »Und wenn das Grubenwasser steigt, was passiert dann wohl mit dem PCB-Öl?«

»Sind die nicht gerade am Rauben?«, klinkte sich Oma ein. »In der Zeitung steht, datt die bald fertig sind damit und dann die Schächte verfüllen.«

»Die Frage ist«, wandte Liesa ein, »was überhaupt geraubt wird. Was holen die raus aus den Zechen, was bleibt unter Tage und wird dann überflutet? Und was ist, wenn das ganze PCB-Zeug durch das Fluten hochkommt? Wenn nicht alles funktioniert, wie geplant?«

»Boah, ey, da kommt *mir* ja alles hoch«, polterte Willi los. »Hömma, datt is' doch blödes Ökogequatsche. Watt soll denn da schiefgehen? Die wissen schon, watt die da machen.«

»Vielleicht wissen die sogar ganz genau, was sie da machen«, überlegte Liesa laut.

Oma nickte.

»Und weißte, datt mit dem Krebs, ne?«, setzte Willi fort. »Datt geht mir sowatt von am Arsch vorbei. Von irgendwatt nippelste sowieso ab, da machste nix.«

Mit Letzterem hatte er recht, dessen war sich Liesa schmerzlich bewusst.

»An unserer Grillwurst ist auch krebserregendes Zeug, na und?« Willi schwenkte mit einem aufgespießten Wurststück vor Liesas Nase herum.

»Aber da ist doch kein PCB dran?«

Willi schaute Liesa an. Oma hob die Schultern.

Wir haben einfach keine Ahnung, dachte Liesa. Das nenn ich mal Wissenslücke. Groß wie ein Stolleneingang, ein riesiges Mundloch, aufrecht begehbar, mit Helm und dicken Arbeitsstiefeln. Aber ihre Neugier war geweckt. Was ist PCB überhaupt? Was ist wirklich dran an der angeblichen PCB-Gefahr? Was macht das mit den Bergleuten, die mit dem PCB-haltigen Öl gearbeitet haben, und mit uns allen, wenn die Zechen geflutet werden?

»Die grünen Ökospacken haben alle keine Ahnung«, schimpfte Willi. »Waren nie auf der Zeche und verbreiten nur Dünnpfiff.«

»Das ist die Frage«, überlegte Liesa laut. »Entweder spinnt jemand herum und verbreitet Gerüchte, oder man weiß mehr über diese blauen Fässer, als uns im Moment lieb ist.«

Oma Kwatkowiak wandte sich Liesa zu und schob sich die Ärmel ihres Pullis hoch. »Sieht so aus, als wäre da was zu klären, Liesa-Schätzken. Du hast doch grad nix Besseres zu tun, ne?«

Liesa überkam das seltsam vertraute und doch kribbelig-aufregende Gefühl eines Déjà-vu. Sie erinnerte sich an die Aufklärung eines Vermissten- und Todesfalls im letzten

Jahr, der sie in Lebensgefahr gebracht und sie ins Epizentrum des Zechentods hatte vordringen lassen. Dabei dachte sie gern an die Bergleute zurück, die sie tatkräftig unterstützt hatten. Aber was würden die nun von Umweltgiften und Zechenmord halten? So etwas kam bei denen gar nicht gut an, das wusste Liesa. Bergleute hielten zusammen und waren stolz auf ihren Berufsstand, auch auf ihren Arbeitgeber, komme, was wolle. Sie fühlte sich unwohl in ihrer Haut. Lass dich bloß nicht darauf ein, mahnte eine Stimme in ihr. Deine Oma will dich wieder in was reinquatschen. Ach komm, säuselte eine andere Stimme. Miss Moppel ist doch mehr als bereit für ein weiteres Abenteuer.

»Ich bleib dran«, erklärte Liesa, und in diesem Moment war Oma sichtlich Feuer und Flamme und auch für sie selbst gab es kein Zurück.

Dann holte Oma unverhohlen zum Schlag aus: »Wollte Timo nicht übers Wochenende nach Hause kommen? Ich meine, seine Mutter«, Oma nickte in Richtung des Goretzkahauses, »hätte sowas gesagt.«

Doppeltreffer, dachte Liesa und steckte sich ein großes Stück Bratwurst in den Mund, schaufelte eine Portion Kartoffelsalat nach Gertrudes Art hinterher, setzte ihr Glas aus feinstem Ruhrpott-Senfkristall an den Mund und starrte ihre Oma an. Aus mir kriegst du keinen Ton mehr heraus, funkte sie telepathisch. Jetzt noch mein Spezialthema und Oma schafft einen Hattrick, dachte sie. So etwas wie: »Weißt du, Liesa. Es ist gut, dass du nicht aufgibst. Ich weiß doch, wie schwer das alles für dich war und wie schwer das jetzt mit dem Studium ist und mit dem Timo, und das mit deiner Mutter und dem Krebs, das ist ja alles noch nicht so lange her und auch nicht leicht durchzustehen …« Aber dazu kam es gar nicht.

»Du schaffst datt schon«, sagte Oma und in ihrem Blick lag Wärme.

Liesa nickte überrascht. Ich arbeite daran, dachte sie. Und ich habe auch schon viel erreicht. Das Abi gemacht trotz der Scheidung der Eltern, den Studienplatz ergattert, eine eigene Wohnung bezogen. Jetzt musste es aber weitergehen. Der Koeffizientenwert liegt im Moment bei null Komma irgendwas, dass ich auch den Rest schaffe. Besser als nix, aber auch nicht mehr.

Nun erst einmal zu etwas ganz anderem. Gehn'se mal ermitteln, Madame Poirot. Datt schreit nach Gift, Mord und einer Umweltsauerei. Wollen wir wetten?

*

Seine Wut war stärker als zuvor. Wie konnte das sein? Warum verschwand sie nicht? Der Hass loderte schmerzhaft in ihm, drohte ihn innerlich zu verbrennen. Keiner hatte so etwas mit ihm tun dürfen. Keiner! Verarscht hat der mich, dieses blöde Schwein. Ey komm, mein Kumpel, hatte der gesagt. Vornherum den Netten gespielt, hintenrum hat der mich derbe verarscht. Da war nix mit Kumpel, gar nix. Warum ging die Wut nicht weg? Was musste er noch tun, damit dieses Arschloch endlich aus seinem Kopf verschwand?

3

Liesa schaute auf das Display. Wieder keine Nachricht von Timo. Sie legte das Smartphone beiseite, stellte sich ans Fenster und ließ ihren Blick schweifen. Die Dachgeschosswohnung in einem Mehrfamilienhaus am Ostring war nur einen Katzensprung von Omas Zechenhaus entfernt. Es war ihr Nest und sie mochte den Weit- und Überblick. Noch trugen die Bäume wenig Laub, sodass sie bis zum Tetraeder sehen konnte. Die Landmarke leuchtete auf einer Halde in Batenbrock geometrisch und lückenhaft über Bottrop. Liesa schaute hinunter auf den Garagenhof, wo sie ihr Auto abgestellt hatte. Der Bereich hinter dem Haus wurde dürftig beleuchtet, sodass sie ihren Wagen gerade noch erkennen konnte. Ich muss da nachhaken, dachte Liesa. PCB löst Krebs bei Ex-Bergleuten aus? Wenn da was dran ist … Gab es Studien, Zeitungsartikel, bestand überhaupt ein Zusammenhang? Da waren so viele Fragen offen. Sie klappte den Laptop auf, schaltete ihn ein und nahm die Fährte auf. »PCB« tippte sie in die Suchmaschine ein. Die Ergebnisse ordnete sie nach »sachlich-zuverlässig« und »spekulativ-fraglich« ein. Zunächst zu den Fakten: PCB ist eines der zwölf Ultra-Gifte, auch als »dreckiges Dutzend« bekannt. Die Chemikalie ist krebserregend und seit 2001 weltweit verboten. Sie befindet sich als Weichmacher in Kunststoffen, in Fugendichtungen und Hydraulikölen, auch im Bergbau. Da haben wir's ja, dachte Liesa. Das Hydrauliköl besteht oft zu 100 Prozent aus PCB. Meine Güte. Wann hatten Willi und seine Kollegen wohl Kontakt damit gehabt und wie lange? 1978 wurde PCB als Weichmacher in offenen Verwendungen verboten. Die Herstellung von PCB wurde 1983 in Deutschland eingestellt. Erst im Februar 1989 wurde auch die Verwendung von PCB in Deutschland verboten. Galt das genauso für den Bergbau? Ab wann hat man es dort nicht mehr eingesetzt? Liesa las weiter. Bis in die 1980er-Jahre hinein wurde das PCB-haltige Hydrauliköl im Bergbau eingesetzt. Wenn es für die Raumluft streng verboten war, warum dann erst Jahre später für den direkten Körperkontakt unter Tage? Das klang nach Fahrlässigkeit. Was machte es überhaupt, wenn es nicht in den blauen Fässern blieb? PCB verteilt sich in der Umwelt und reichert sich beständig in der Nahrungskette an, wurde bereits in der Muttermilch und im menschlichen Fettgewebe nachgewiesen. Na prima. Es verseucht Böden, Flüsse, Fische und Menschen. PCB ist nahezu geruchsneutral und biologisch so gut wie nicht abbaubar. Liesa blickte auf. Dieses Gift ist ein verdammter lautloser Killer.

Aber was macht PCB genau mit den Menschen? Der Stoff wird per Hautkontakt aufgenommen oder über die Nahrung, lagert sich im Fettgewebe an und kann im Blut nachgewiesen werden. Von einer chronischen Giftigkeit ist schon bei geringen Mengen auszugehen. Dann wäre das Hantieren ohne Handschuhe schon ein Hammer, dachte Liesa. Ein Griff ins Giftfass. Was für eine drastische Gefährdung, der Super-GAU. Sie las weiter. Folgen für die Gesundheit können hormonelle Veränderungen sein, Unfruchtbarkeit bei Jungen und Männern, Ausschlag, Haarausfall, Bluthochdruck, Leberschäden, Fehlbildungen bei Embryonen. Das Immunsystem wird geschädigt, Fälle von Leber-, Prostata- und schwarzem Hautkrebs sind bekannt. Liesa wandte sich vom Bildschirm ab und schloss die Augen. Immer wieder dieser Scheißkrebs. War es in ihrem Fall auch PCB gewesen?

Hatte das ihre Mutter krank gemacht? Sie getötet? Nein, versuchte sie sich zurückzuhalten und sachlich zu bleiben. Das war zu weit hergeholt. Ihre Mutter hatte vermutlich keinen Kontakt mit PCB gehabt. Wirklich? Und was war mit den Weichmachern und den Fugen in Gebäuden? PCB befand sich bereits in der Umwelt und in vielen Häusern, die vor den 1990er-Jahren gebaut wurden. Vermutlich auch in dem Mehrfamilienhaus, in dem ihre Mutter zuletzt nach der Scheidung gelebt hatte. Natürlich hatte es Kontakte mit Umweltgiften gegeben, das war ja unvermeidbar. Liesa wurde schlecht bei dem Gedanken. Aber es war doch jetzt unvernünftig, ausgerechnet PCB dafür verantwortlich zu machen, dass sie ihre Mutter durch den Krebstod verloren hatte. *Die Zeche hat unsere Männer vergiftet.* Da musste sie ansetzen. Das war ein konkreter Vorwurf. Sie stellte sich ihren Onkel Willi vor, wie er bis zur Schulter in einem Fass mit Hydrauliköl herumfischte, das vermutlich zu 100 Prozent aus PCB bestand.

Bis Mitte der 1980er-Jahre wurde das Zeug also im Bergbau eingesetzt. Viel Zeit für viel Kontakt. Und jetzt, einige Jahre später, wo die Zechen in diesen Wochen verfüllt und geflutet werden sollen, was war nun mit dem PCB? Liesa konnte es kaum glauben. Etwa 12.500 Tonnen der krebserregenden Chemikalie sollen im Ruhrgebiet noch unter Tage in den Bergwerken liegen. Konnte das denn sein? Mehrere seriöse Quellen bestätigten das, der Bergwerksbetreiber deutete dies ebenfalls an. Warum erfuhr man nichts davon? Wenn die Chemikalie größtenteils im Boden versickert war, konnte man sie überhaupt entsorgen? Mit dem Fluten, dem Anstieg des Grubenwassers, würden die PCB-Öle also womöglich aufgeschwemmt werden. Laut dem Bergwerkskonzern habe man aber alles im Griff, man würde kontrolliert fluten und die Werte seien alle gar nicht so hoch.

Ja klar. Liesa zog die Stirn kraus. Wie es war, etwas im Griff und die Kontrolle zu haben oder nicht, das wusste sie selbst nur zu genau. Ich muss da nachbohren, dachte sie. Das klingt nach einem Risiko, das für uns alle heftige und langanhaltende Folgen haben könnte.

*

Er hatte ihn doch zerstört, abgefackelt. Auf seinen verkohlten Resten würde er herumspringen, ihn pulverisieren, wenn er nur könnte. Zappenduster war es in ihm. Nur die Wut war da. Streng dich an, ging es ihm durch den Kopf. Denk nach. Er grinste. Jetzt verstand er. Sein Werk war noch nicht vollendet. Zünde ein Licht an bei der Nacht, wie unter Tage. Wie damals im Streb. Wie in der verdammten Hölle.

*

Ein weiterer Blick auf das Smartphone. Es war offensichtlich, niemand hatte das Bedürfnis, mit Liesa Kontakt aufzunehmen. Niemand vermisste sie gerade. Auch ein bestimmter Niemand nicht. Na toll.

Liesa wandte sich wieder dem Bildschirm zu. Wurde alles unter den Teppich gekehrt? Gab es Beispiele, vergleichbare Fälle? Sie stieß auf einen Umweltskandal im östlichen Ruhrgebiet, der kürzlich zu einer Anklage geführt hatte. Der Chef einer Entsorgungsfirma hatte seine Mitarbeiter Kondensatoren mit PCB-Ölen aus dem Ausland zerlegen und ausspülen lassen, allerdings nahezu ohne Schutzmaßnahmen und in privater Kleidung. Die Männer hatten teilweise bis zu den Knöcheln im PCB-Schlamm gestanden, die krebserregende Chemikalie mit ihrer Arbeitskleidung zu ihren Familien nach Hause getragen, ihre Frauen, die die Wäsche wuschen, und ihre Kinder damit kontaminiert. Es gab nachweisbare Krankheitsfälle. Liesas Wut wurde immer größer. Wie war so etwas überhaupt möglich? Der Chef machte Profite, die Behörden hatten nicht genau hingeschaut. Kopfschütteln. Das Verfahren lief noch, man rechnete aber nicht mit gravierenden Strafen. Der Erdboden musste aufwendig abgetragen und als Sondermüll entsorgt werden. Man machte aus wenig ganz viel Sondermüll, wie unschlau. Wie verfuhr man mit dem PCB-Müll? Eine Untertage-Endlagerung ist seit 2007 EU-weit verboten. Organisches PCB-kontaminiertes Material wird in wenigen spezialisierten Sondermüllverbrennungsanlagen vernichtet. Sicher ein teures Vergnügen, aufwendig allemal. Wer zahlt die notwendige Entsorgung? Sind die jetzt insolvent und der Staat kommt dafür auf? Der Geschäftsführer hat wieder einen hochdotierten Job, las Liesa, erneut in der Entsorgungsbranche. Offenbar war der Skandal in seiner Branche überhaupt nicht problematisch. Möglicherweise hatte seine Perfidität den Herrn sogar aufgewertet? Höchste Fachkompetenz, ein netzwerkender Problemlöser. Herzlichen Glückwunsch. Wo landet der Dreck eigentlich? Wie ist man der Firma auf die Schliche gekommen? Haben die Mitarbeiter etwas herausgefunden und ihren Arbeitgeber angezeigt? Wie kann man dem das nachweisen? Wie sind die Arbeiter mit dem Wissen um das Gesundheits- und Krebsrisiko umgegangen?

Liesa klappte den Laptop zu und seufzte. Da hingen so viele Menschen drin, Industriesparten, Behörden, Umweltverbände. Was sollte sie denn bewirken? Ausgerechnet sie, eine Studentin mit Angstsymptomen, eine Schisserin vor dem Herrn? Was ging sie das überhaupt an? Sie sollte sich um ihre eigenen Probleme kümmern.

Das kleine Lämpchen an ihrem Smartphone blinkte. Endlich, eine Nachricht von Timo. Ihr Herz schlug schneller. Sie vermisste diesen Kerl, dem sie erst vor wenigen Monaten nähergekommen war. Timo war der jüngere Bruder ihrer ehemaligen Schulfreundin, früher ein nerviger Junge, heute ein gut aussehender Typ, der ihr von innen wie von außen gefiel. Okay, er war auch ein Computernerd und einer, der die eine oder andere Fahrstunde entfernt von hier studierte und sich viel zu lange einfach nicht bei ihr gemeldet hatte. Aber jetzt war es endlich so weit. Timo war wieder in ihrer Nähe. Liesa griff nach dem Smartphone, ließ es beinahe aus der Hand flutschen, schnappte noch rechtzeitig danach und schaute auf das Display. »Keine Zeit heute, sorry«, stand da nur. Das gibt's doch nicht. Nach so langer Funkstille. Liesa funkelte das Display böse an. Sie widerstand dem Impuls, gleich zu reagieren. Na warte, diesmal drehen wir den Spieß um. Sie würde ihm erst morgen antworten, oder sogar noch später. Das würde reichen. Herr Timo Goretzka hatte mal eben zwei Wochen nichts von sich hören lassen. Studium hin oder her, der hatte einen Knall. Liesa wollte einfach nur ins Bett, ihren kuscheligen Lieblingsschlafanzug anziehen, sich mit einem Buch unter der Decke einrollen und den Kontakt zur Außenwelt vorerst abbrechen. Das Smartphone stellte sie auf *nicht stören*.

Aber da waren wieder diese Fragen. Sie ließen sich nicht abschalten, wühlten sie geradezu auf und so setzte sie sich im Schlafanzug wieder an den Schreibtisch. Sie tippte »Bergleute« und »PCB« in die Suchmaschine und stieß auf einen aktuellen Zeitungsartikel. Kürzlich wurde eine Studie durchgeführt, dabei das Blut von Bergleuten untersucht. Die Studie hatten die Bergwerksbetreiber in Auftrag gegeben, also ihre Arbeitgeber respektive ehemaligen Arbeitgeber. Es hatten nur wenige der angeschriebenen potenziell betroffenen Bergleute mitgemacht. Warum? Was kam heraus? Was bedeutet das für die Gesundheit der Bergleute? Werden sie medizinisch untersucht, betreut? Was macht diese Bedrohung mit ihnen? Wie gehen sie mit dem Thema um, mit der Angst vor Krebs?

Liesa fand sich unvermittelt auf der Intensivstation wieder. Der Geruch von Desinfektionsmitteln drängte sich auf und ihr wurde übel. Sie konnte nicht verstehen, wie sie da plötzlich hingekommen war. Angst überflutete sie. Die Art von Verzweiflung und Traurigkeit, die einen erfüllt, wenn man in den Abgrund schaut. Sie bestand nur noch aus Angst und Traurigkeit. Das vorletzte Gesicht ihrer Mutter hatte sie gesehen. Den Schmerz, das nahende Ende. Und sie hatte das letzte Gesicht ihrer Mutter gesehen, das ganz anders war. Wie sie da lag in dem Krankenhausbett. Eine Hülle, bis zum Hals in ein Laken gewickelt. Darunter waren die Schläuche, das sah sie. Der Pfleger hatte nur die am Kopf entfernt. Mehr Zeit hatte er nicht gehabt, denn Liesa war gerade in dem Moment auf der Intensivstation angekommen, als ihre Mutter starb. Durch die Glasscheibe zwischen Vorraum und Station hatte sie Krankenschwestern über den Flur eilen sehen, dann die Ärztin. Nach einer Weile waren die Schwestern über den Flur geschlendert, gelöst, lachend. Als sie Liesa durch die Scheibe sahen, senkten sie den Blick. Liesa erstarrte. Die Ärztin kam auf sie zu, durch die Tür in den Vorraum. »Sie sind die Tochter von Frau …? Es tut mir leid.« Der Zustand dauerte an und entließ sie in einen Film aus immer wiederkehrenden Rückblenden. Sie fühlte sich dem hilflos ausgesetzt, hin- und hergeworfen in ihrer Erinnerungswelt. Ich bin da gar nicht, dachte sie. Das ist ein Flashback. Ich muss zu meinem Ankerort. Da bin ich sicher. Liesa stellte sich vor, wie sie aktiv einen anderen

Ort aufsuchte. Es gelang ihr und sie stand dort vor der Tür. Aber warum war die Tür verschlossen? Hey, das ist gegen die Regeln. Das gehört nicht zum Spiel. Ihr Puls hämmerte, das Atmen fiel ihr schwer.

Plötzlich schellte es. Liesa fand sich an ihrem Schreibtisch wieder und verstand zunächst nichts. Dann setzte sich ihr Hier und Jetzt langsam wieder zusammen wie Puzzleteile zu einem Bild. Türklingel, hier, bei mir. Jemand musste unten vor der Haustür stehen. Sie hatte eine Ahnung, wer das sein könnte. Es kribbelte im Bauch, und sie wusste nicht, ob vor Freude oder Wut, ob das ein wohliges Bauchkribbeln war oder der Rest des abklingenden Flashbacks. Du kannst jetzt schön hier sitzen bleiben, sagte sie der Angst. Ich habe Besseres zu tun. Liesa stand auf, sah aus dem Fenster zur Straße herunter und erblickte Timos schwarzen Wagen. Sie flitzte zur Tür und ärgerte sich im selben Moment darüber, dass sie den Türöffner so schnell betätigt hatte. Du bist durchschaubar wie Omas gespülte Senfgläser, warf sie sich vor. Timo war schneller in der dritten Etage angekommen, als Liesa sich eine distanziertere Taktik überlegen oder alternativ »Senfkristall« sagen konnte.

Da stand er nun, sah gut aus mit seinem charmanten Jungenlächeln, hatte einen Rucksack mit seinem Notebook über die Schulter geworfen und guckte sie erwartungsfroh an. »Überrascht? Hast du schon geschlafen?«

Liesa wurde sich ihres Anblicks im Schlafanzug gewahr, der ihre Rundungen schonungslos detailliert abzeichnete. Mopsig, dachte sie. Aber das war Ansichtssache. Im besten Fall war ihr Körper wohlproportioniert. Sie verschränkte ihre Arme vor der Brust und versuchte, wütend zu sein. Nach einer ganzen Weile musste sie doch lächeln. »Du hast also keine Zeit heute?«

Timo grinste breiter und er blinzelte sie an.

»Blödmann.«

Die Umarmung fiel kurz aus, reichte aber, um Liesa an vorherige zu erinnern und den Wunsch nach mehr zu wecken. Dieses Kribbeln hatte eine eindeutig zwischenmenschliche Ursache und keine traumatologische.

»Es ist Freitagabend«, bemerkte Timo beim Hineintreten in die Wohnung. »Wie ich sehe, hast du dich schon in Schale geworfen.«

Liesa sah an sich herunter und erfasste den Aufdruck auf ihrem Schlafanzugoberteil. Ein Schildkrötenbaby mit Schalenresten auf dem Kopf. »Turtle Adventure«, stand darunter.

»Hübsch«, kommentierte Timo. »Und, bist du bereit für ein Abenteuer? Also für mich?«

»Immer, Scherzkeks. Sieht man doch.« Sie mussten beide lachen.

Jetzt hat er mich wieder, dieser doofe liebenswerte Typ, dachte Liesa. Und er roch unverschämt gut. Aber warum hatte er sich so lange nicht gemeldet? So einfach war das dann doch nicht, hier hereinzuschneien und alles war wieder in Ordnung. Da war einiges zu klären.

4

»Was gibt es Neues in dieser schönen Stadt mit diesen hübschen Bewohnern?«, fragte Timo, während er sich auf das Sofa setzte. Liesa stellte Getränke auf den Tisch.

»Och …« Sie schob ihre Wut beiseite. Das Funkstille-Thema würde später drankommen. Jetzt war sie im Ermittlermodus. »In unserer schönen Stadt werden offenbar Menschen hübsch vergiftet.«

»Ist es wieder ein Apotheker?«

Timo spielte auf einen Bottroper Apothekenskandal an, bei dem Patienten mit zu niedrig dosierten Krebsmittelinfusionen zu Schaden gekommen waren. Der Apotheker saß im Gefängnis. Wer nun stattdessen in seiner Villa die Rutsche vom ersten Stock in den Pool herunterrutschte und von der Dachterrasse aus seinen Blick über Bottrop schweifen ließ, wusste Liesa nicht. Sie blinzelte Timo grimmig an. »Nicht lustig. Überhaupt nicht.«

»Okay, wer ist es denn diesmal?«

»Offenbar waren Bergleute bei der Arbeit PCB ausgesetzt.«

Timo grinste. »Die Zeche bringt einen um, das hat mein Vater schon immer gesagt.«

Timos Vater war wie Liesas Onkel Willi Bergmann, bis er vor wenigen Jahren mit Anfang 50 in die Anpassung ging und Frührentner wurde.

»Es geht um die Verwendung von PCB-haltigem Hydrauliköl bis in die 80er-Jahre. Ich habe …« Liesa erinnerte sich an die Frau, mit der sie vor der Trauergruppe förmlich zusammengestoßen war. »… Informationen aus erster

Hand. Zumindest den Vorwurf. Eine Anklage und stichhaltige Behauptung.«

»Und was ist dran an der Behauptung?«, wollte Timo wissen.

»Das müssen wir noch herausfinden.«

»Wenn denn etwas herauszufinden ist.«

Timo schaute skeptisch, holte sich aber einen Stuhl und sie setzten sich zusammen an den Schreibtisch. Liesa rief am Laptop den Artikel über Blutuntersuchungen bei Bergleuten auf.

»Den Artikel kenne ich«, sagte Timo. »Mein Vater hat auch so einen Schrieb bekommen.«

»Und was hat er damit gemacht?«

»Zusammengeknüllt und im Keller verfeuert.«

»Wurde ihm denn mit dem Anschreiben etwas angeboten, eine weitere Untersuchung?«

»Soweit ich weiß, ja. Wie kommst du jetzt auf das Thema? Bist du auch angeschrieben worden? Hast du etwa unter Tage mit PCB rumgemacht?« Er lachte.

»Klar, Timo, ich habe so lange als einzige Frau unter Tage malocht, dass mir der Helm und die Kauenlatschen angewachsen sind.«

Timo grinste und schaute auf Liesas Hausschuhe. »In der Waschkaue würde ich dich ja schon gern sehen, so unter der Dusche und zusammen buckeln.«

Liesa rollte mit den Augen. »Hättest du gern. Den Rücken darfst du dir gern noch selbst schrubben. Was man dabei übrigens nicht abwaschen kann, ist das PCB. Das nimmt man direkt über die Haut auf.«

»Klasse.« Timo lehnte sich zurück. »Meinen Vater hat der Brief zwar nicht interessiert, mich allerdings schon. Dann habe ich ihm den Zeitungsartikel darüber gezeigt. Aber soll der Alte das mal selbst entscheiden. Ach, da ist schon nichts dran. Man muss nicht überall Gespenster sehen.«

Liesa bezweifelte das. Das sah die Frau, die ihr vor dem Büro der Trauergruppe begegnet war, sicher ganz anders.

Liesa recherchierte weiter. Die große regionale Tageszeitung berichtete nur wenig und schien lediglich eine Pressemeldung des Bergbaubetreibers wiederzugeben, denn Liesa fand die gleichen Inhalte auf dessen Homepage. Tenor: Man kümmere sich und es sei alles nicht so schlimm. Alles unter Kontrolle. Nach längerer Suche stieß Liesa auf einen Artikel im Bottroper Stadt-Anzeiger, dem Käseblatt, das zu neunzig Prozent aus Werbeanzeigen bestand und mit wenigen Artikeln bestückt war, die offenbar nur der Unterhaltung zwischen den Werbeanzeigen dienten und deshalb keinem wehtun sollten. In der Online-Ausgabe konnten allerdings Leser ihre eigenen Artikel einstellen, auch mit brisantem Inhalt. Liesa fand einen Beitrag, der weitaus kritischer mit der Gefahrenthematik umging und im Widerspruch zu der großen Tageszeitung stand. Unter dem Artikel befand sich ein kleines Foto der Autorin: Geschrieben von der Bürgerreporterin Karin Palmowski.

»Das ist sie!« Liesa riss die Augen auf und rückte nah an den Bildschirm. »Das ist die Frau von der Trauergruppe, die sagte, dass ihr Mann an dem Zechen-PCB gestorben ist.«

Timo wirkte nicht überzeugt. »Du kennst aber auch jeden hier. Bottrop ist ein Dorf. Die Gute ist also Bürgerreporterin für den Stadt-Anzeiger. Das kann doch jeder werden und seinen Senf zu einem Thema dazugeben. Ich weiß nicht, ob diese Artikel überhaupt redaktionell betreut werden. Das ist doch bestimmt eine überengagierte Ökotussi.«

»Vielleicht«, gab Liesa zurück. »Fakt ist doch, dass PCB krebserregend ist, im Bergbau eingesetzt wurde und Bergleute damit in Berührung gekommen sind. So wie dein Vater offensichtlich auch, sonst hätte man ihn nicht angeschrieben. Es waren«, Liesa blickte auf den Bildschirm, »Elektriker und Schlosser. Das sind die Bergleute, die an den Maschinen, Hobeln und Schrämladern gearbeitet haben, in denen die PCB-haltigen Öle eingesetzt wurden. Zwischen 1969 und 1986.«

»Zu der Zeit hat mein Vater unter Tage Maschinen und das Förderband repariert. Wie viele sind wohl insgesamt betroffen?«

»Moment.« Liesa scrollte den Text herunter. »Im Bergbau waren in diesem Zeitraum etwa 30.000 Maschinen- und Elektrohauer und -steiger tätig und hatten entsprechend mit den Ölen zu tun.«

»Das ist 'ne Menge. Aber hat es sie krank gemacht? Mein Vater unternimmt Motorradtouren bis über die Alpen und macht auf mich einen fitten Eindruck. Dein Onkel Willi wirkt jetzt auch nicht gerade krank.«

Da war sich Liesa nicht sicher, wenn sie an Willis teigige Haut und seine Kurzatmigkeit dachte. »Wer kann das über sich so genau sagen? Man müsste das Blut untersuchen.«

»Hat man ja gemacht.«

»Das war eine Voruntersuchung mit wenigen Teilnehmern.«

Timo verzog sein Gesicht. »Wundert mich nicht. Wer möchte da schon mitmachen? Ich würde nicht wissen wollen, ob in meinem Blut etwas Krebserregendes herumschwappt. Mehr als eine Wahrscheinlichkeit für das Auftreten der Erkrankung kommt dabei sowieso nicht raus. Ich hätte keine Lust auf eine tickende Zeitbombe mit einer Wahrscheinlichkeit von x Prozent.« Timo fuhr sich über die Stirn. »Könnte man dann noch ruhig schlafen? Damit will man sich nicht belasten.«

»Verständlich. Aber man könnte dann engmaschiger Krebsvorsorge betreiben und den Scheißkrebs vielleicht rechtzeitig erkennen.«

»Denkst du, die Zechenbetreiber wollen nachweisen, dass sie ihre Mitarbeiter verseucht haben?« Timo gab sich selbst die Antwort. »Unwahrscheinlich, es könnten Schadensersatzklagen folgen.«

»Man nutzt die Angst der Betroffenen und wartet, bis sich das Problem von selbst erledigt hat. Die Kumpel sind jetzt schon im Rentenalter, viele um die 70 Jahre alt, die Jüngsten Mitte 50.«

Timo kratzte sich am Hinterkopf. »Das ist kein Alter.«

Liesa dachte an Willi, Timos Vater Andy Goretzka und deren ehemalige Kumpel. Die Herren Ex-Bergleute hatten hoffentlich noch einige Lebensjahre vor sich. Es wäre nicht richtig, aus Gründen, die der Arbeitgeber zu verantworten hat, schwer zu erkranken und vielleicht sterben zu müssen.

»Wenn man weiß, dass ein Stoff krebserregend ist, und er noch jahrelang ohne Warnung und Sicherheitsmaßnahmen eingesetzt wird, ist das fahrlässig«, sagte Liesa. »Offenbar hat da jemand die Gefährdung billigend in Kauf genommen.«

»›Jemand‹ ist gut. Die Zeche, der Bergwerksbetreiber. Wenn da überhaupt was dran ist«, wandte Timo ein. »Krebserregendes findet sich doch überall in der Umwelt. Man könnte gar nicht nachweisen, dass die eine Krebserkrankung aus genau diesem Ölfass stammt.«

»Statistiken würden helfen«, setzte Liesa entgegen. »Man müsste weiterforschen.« In ihrem Fachgebiet, der Psychologie, war es selbstverständlich, auf der Grundlage wissenschaftlicher Standards zu arbeiten. Ohne Datenerhebung, statistische Auswertung und Hypotheseninterpretation ging nichts. Eine Zeit lang war ihr das sehr auf die Nerven gefallen und sie hatte es kritisch gesehen, das menschliche Verhalten in Variablen und Zahlen aufzuspalten. Doch es diente der Wahrheitsfindung. Liesa wollte verdammt noch mal herausfinden, was an der Sache dran war.

»Es wird doch momentan alles aus dem Bergwerk geholt«, überlegte Timo laut. »Also das, was Probleme bereiten könnte. Maschinen, die Öl enthalten, und so weiter.«

»Aber das PCB unter Tage, das da tonnenweise liegen soll, wird das auch herausgeholt und entsorgt?«

Timo und Liesa schauten einander an und Timo hob die Augenbrauen.

»Eher nicht«, sagte Liesa. »Was unten ist, bleibt auch unten. Wer kann das schon nachweisen? Wer könnte verschüttetes Öl aus einem Bergwerk holen? Man müsste ja das Bodengestein abtragen und als Sondermüll über Tage entsorgen. Niemals. Auch die Stempel werden nicht alle herausgeholt. Vermutlich würde sonst alles sofort zusammenstürzen.«

»Ist denn Hydrauliköl in den Stempeln?«, fragte Timo.

Liesa wusste es nicht. »Man könnte sich mal umhören, wer mehr darüber weiß. Wir sitzen doch an der Quelle und können uns direkt zwei Ex-Bergleute beim Wickel packen.« Sie klappte den Laptop zu. »Ich bin morgen Nachmittag bei Oma zum Graupenwurstessen. Komm doch dazu, dann können wir Willi fragen, was er darüber weiß.«

»Okay, und ich quetsche vorher meinen Vater aus. Mal sehen, was der über PCB und Co. zu sagen hat. Außerdem …« Er schaute an Liesa vorbei.

»Was?«, fragte sie.

Ihre Blicke trafen sich. Liesa hatte den Eindruck, dass er ihr etwas sagen wollte. Sie wartete ab, aber Timo hob nur die Schultern. Er sagte »Ach nichts«, schnappte sich seinen

Rucksack und war schneller im Flur als Liesa »schade« sagen konnte. Sie seufzte und folgte ihm. An der geöffneten Wohnungstür standen sie einander gegenüber und kamen sich, als beide gleichzeitig zum Lichtschalter griffen, ganz nah. Liesa berührte sein Gesicht. Sag was, Blödmann, dachte sie. Geh jetzt nicht einfach. Timo nahm ihre Hand und strich darüber. Gib das nicht auf, beschwor sie ihn wortlos. Er schwang seine Tasche über die Schulter und wandte sich zum Gehen. »Bis morgen«, kam ihm noch über die Lippen.

Was ist nur mit ihm? Will er mich nicht mehr? Traut er sich nur nicht, Schluss zu machen? Wir sind gar nicht richtig zusammen, dachte Liesa, und schon wieder halbwegs getrennt. Es war kompliziert.

Liesa kroch wieder unter die Decke. Was war da unter Tage passiert, wie lange und in welchem Ausmaß und wer wusste davon? Welche Konsequenzen würde das für sie haben, was würde das für die Region bedeuten, für die Leute dort? Was passierte, wenn die Stollen geflutet würden und das Grubenwasser anstieg? Karin Palmowski, Bürgerreporterin und Witwe eines an Krebs verstorbenen Bergmanns. Vielleicht wegen PCB, vielleicht war es die Zeche, wenn die Vorwürfe stimmten und an der Sache wirklich etwas dran war. Viele Vielleichts und Wenns. Aber wenn es stimmte, musste etwas geschehen. Die Bergleute mussten erfahren, dass sie krebserregenden Stoffen ausgesetzt worden waren und sie müssten medizinisch besser betreut werden. Die Verantwortlichen waren zur Rechenschaft zu ziehen. Und wenn das Fluten der Stollen das PCB an die Oberfläche spülte, waren sie alle in Gefahr.

*

Hilf mir! Die Rufe weckten Liesa. Sie verließ das Bett, ging barfuß los und entdeckte, dass der Hof unter Wasser stand, geflutet war und das Wasser schon in das Haus eindrang. *Hilf mir doch!* Sie konnte die Person im Dunkeln nicht erkennen. Es schauderte sie. Finster war es, das Wasser schien überall zu sein, schwarz und bedrohlich. Wie konnte das sein? *Hilf mir!* Es war die Stimme ihrer Mutter, die nach ihr rief. *Mama? Wo bist du?* Liesa versuchte verzweifelt, sie zu erspähen, hörte Wimmern und Klagen. *Es ist zu spät. – Mama? – Ich muss sterben, Liesa.* Eine eiskalte Stimme, ein Chor aus Stimmen: *Es war Mord. Sie haben unsere Männer vergiftet.* In ihrer Hilflosigkeit presste Liesa ihr Gesicht an das Glas. *Sie haben uns vergiftet*. Da sah sie die Frau. *Hilf mir, Liesa!* Es war Karin Palmowski, die da im Wasser stand. *Ich versuche es!*, rief sie der Frau zu und kam doch nicht von der Stelle. *Wir werden alle …* Oh Gott! Liesa erschrak zutiefst. Die Stimme ihrer Mutter kam aus dem Mund dieser Frau. Eine flache, lebendige Welle aus Ratten schwappte heran. Die Tiere fiepten im Dunkeln, schwammen um ihr Leben. Es mussten Tausende sein. Sie verschwanden, das Wasser stieg an und war dabei, die Frau, die wie Karin Palmowski aussah und mit der Stimme ihrer Mutter sprach, zu überfluten, verschlucken, erbarmungslos. *Wir werden alle elendig krepieren. – Was kann ich denn tun? – Wir sind tot, Liesa. Wir sind alle tot, wenn das Wasser kommt*. Dann war die Frau verschwunden. Ohrenbetäubender Lärm kam auf, ein irritierendes Rumpeln. Ein Erdbeben? Da sah Liesa es. Eine haushohe Welle rollte heran. Die schwarze Wasserwand stand direkt vor ihr und reichte weit bis über das Haus. Jetzt ist es vorbei, dachte Liesa. Die wahnsinnig hohe Welle wird das ganze Haus verschlucken. Das überlebt keiner. In diesem Augenblick wachte sie ruckartig und zitternd auf. Es war doch nur ein Traum, oder? Sie vergewisserte sich, schaute aus dem Fenster. Die Straße wirkte wie sonst, lag im Dunkeln zwar, der Hof ebenfalls. Es hatte geregnet, aber von einer gefährlichen Flut war nichts zu sehen. Das Wasser reflektierte das wenige Laternenlicht. Liesa lehnte sich an die Wand ihres Schlafzimmers und fühlte noch die Einsamkeit und Schuld. Es war nur ein schlechter Traum gewesen. Aber was befand sich tausend Meter unter ihr? Stieg das Grubenwasser schon an? Schwemmte es PCB aus, was machte es? Was passierte da gerade? Es kann uns alle töten, fürchtete Liesa. Sie musste es herausfinden, tiefer graben, wieder in den Abgrund schauen und sich in die bodenlose Tiefe begeben.

5

Am späten Nachmittag machte sich Liesa zu Fuß auf den Weg zu Willi und ihrer Oma. Sie hatte bis zum Vormittag geschlafen, viel länger als sonst. Der Himmel über Bottrop war wolkenverhangen, bald würde es dunkel werden. Liesa sah schon von Weitem, dass in Omas Haus das Licht brannte. Vor dem Haus der Goretzkas parkte Timos schwarzer Wagen. Liesa erinnerte sich an das gemeinsame Abenteuer im letzten Dezember. Sie hatten den Täter des Vermissten- und Mordfalls gefunden und auch einander. Oder doch nicht? Was würde der Frühling für sie bereithalten? Es war schon Mitte März, doch der Winter schien nicht loslassen zu wollen. Sie überquerte den Hof und der Lichtschein der Hausbeleuchtung umfing Liesa angenehm. Als Oma Kwatkowiak die Tür öffnete, kam ihr ein ausgesprochen appetitlicher Essensduft entgegen.

»Da komme ich wohl genau richtig«, bemerkte Liesa und folgte Oma in die Küche.

»Du hast eben einen guten Riecher, Schätzken. Der Wurst-Pabst hat die beste Graupenwurst. Samstags frisch vom Markt. Da gibt es nichts Besseres.«

»Na, dann immer der Nase nach.«

Oma war gerade dabei, Graupenwurst zuzubereiten. Eine dicke Blutwurst mit Graupen, die in etwas Margarine mit Zwiebeln in der Pfanne angebraten wurde, bis die Pelle aufplatzte, der rötlich-braune Inhalt herausquoll und knusprig anbriet. Es duftete in Omas Küche unglaublich gut. Liesa spürte den Speichel in ihrem Mund zusammenlaufen wie dem Pawlowschen Hund, der in der Psychologie für Berühmtheit gesorgt und Erkenntnisse zu Reiz-Reaktions-Ketten geliefert hatte.

»Das lässt sich mein Onkel doch nicht entgehen, oder?«

»Der kommt später zum Essen. Er wühlt noch in seinem Kleingarten herum, bevor es anfängt zu plästern und dunkel wird.«

Liesa ging Oma etwas zur Hand und begann, den Tisch zu decken, während diese Stampfkartoffeln zubereitete, mit viel Butter, »gute Butter«, sagte Oma, und in Handarbeit. Sie hieb auf die dampfenden Kartoffeln im Topf ein, dass Liesa sich nicht vorstellen wollte, sie zum Feind zu haben. Leg dich nicht mit Gertrude Kwatkowiak an.

Liesa war im Begriff, die Teller auf den Küchentisch zu stellen, und warf einen Blick auf den dort liegenden Stadt-Anzeiger. Ein Artikel zog ihre Aufmerksamkeit auf sich. Es wurde über einen schweren Verkehrsunfall mit Todesfolge berichtet. Der Fahrer müsse identifiziert werden, die Unfallursache sei noch zu ermitteln, die Kripo eingeschaltet. Das Foto zeigte ein ausgebranntes, demoliertes Wrack, das kaum mehr als Auto zu identifizieren war. Liesa bekam ein mulmiges Gefühl. »Das war ein verdammter Mord«, hallte es in ihr nach. »Die haben den umgebracht!« Karin Palmowskis Vorwürfe wogen schwer. Liesa dachte an den Albtraum letzte Nacht. Eine Bedrohung deutete sich an, für sie alle.

»Datt war der Sprockmann.«

Liesa fuhr zusammen. Oma stand plötzlich hinter ihr.

»Der von der Versicherung auf der Osterfelder Straße.«

Liesa ging auf, dass Oma das Unfallopfer meinte. »Was ist denn da passiert?«, fragte sie.

»Der ist auf der A 2 von der Spur abgekommen. Von dem ist nicht viel übrig geblieben. In seinem Auto verbrannt.«

Ein ekeliges Bild von stinkendem Fleisch, gegrillt, geschmort und verkohlt, drängte sich Liesa auf. Ihr wurde schlecht bei dem Gedanken. Sie stellte sich die verbrannte Leiche auf dem Fahrersitz vor. In Verbindung mit der knusprig angebratenen Blutwurst war das einfach unerträglich. Sie erinnerte sich an ihre gestrige Fahrt inklusive der Angstattacke, den Beinahe-Friedhofs-Besuch, die Beinahe-Trauergruppen-Teilnahme und den eigenen Beinahe-Unfall.

»Kennze den nich', den Sprockmann, den Versicherungsfritzen? Jedenfalls war datt dem sein Sportwagen. Gestern stand die Polizei vor der Tür von den Sprockmanns. Die haben 'ne große Villa in Grafenwald.«

In Grafenwald wohnte offensichtlich, wer konnte, dachte Liesa.

»Kennst du auch das in Anspruch genommene Beerdigungsinstitut, Sprockmanns Kleidergröße, Sockenfarbe, Rentenversicherungsnummer?«

»Nee, wieso?« Oma Kwatkowiak stutzte kurz. »Aber ich könnte die Marianne fragen. Die Nichte von ihr arbeitet bei der Knappschaft, ihre Schwester in der Stadtverwaltung …«

»Lass mal, Omma. War nur ein Scherz.«

Oma guckte leicht vorwurfsvoll, grinste dann aber. Ihre Augen blitzten, Lachfalten bildeten sich und ergaben ein schelmisches Gesamtbild.

»Woher hast du den Namen des Unfallopfers?«, wollte Liesa wissen.

»Vom Markt. Datt mit der Polizei hat mir die Hille erzählt. Die putzt bei den Nachbarn von den Sprockmanns.«

Klar, heute am Samstag war Wochenmarkt in Bottrop-Stadtmitte. Da wurde traditionell mit vielen Waren gehandelt, sozusagen gedealt, nicht nur beim Wurst-Pabst mit schlesischen Spezialitäten, auch und besonders mit Informationen. In dieser Beziehung war Bottrop doch ein großes, westfälisches Dorf – Industrie und Technologisierung hin oder her. Der Bottroper Wochenmarkt stellte ohne Zweifel die Social-Media-Plattform der Oma-Generation dar. Dort wurde in stenografischer Kurzform ausgetauscht, was sich in der Stadt ereignet hatte, Mord und Totschlag, Sodom und Gomorrha. Vermutlich hatte Oma dort auch ihre Kleidung erstanden: einen altrosa Strickpulli aus Kunstfasern, vorn ein dekoratives Kordelschleifchen mit glockenförmigen Enden, die so taten, als seien sie aus Messing. Darüber eine buntgemusterte Kittelschürze. Omas Outfit war wieder einmal grandios.

»Aber datt ist noch nicht alles«, setzte Oma fort und wischte sich die Hände an einem Geschirrtuch ab. »Außerdem war Rainer an der A 2, der Bruder von meiner Schulfreundin Margot. Der war früher bei der freiwilligen Feuerwehr. Die kennste doch noch, die Margot? Jedenfalls kennt der Rainer da immer noch alle und läuft ständig rum, wenn was passiert ist. Dann macht er Fotos und so. Und der hat wohl gesagt, datt dem datt alles komisch vorgekommen ist. Datt der bei guter Sicht und auf gerader Strecke sich überschlägt und der Wagen komplett ausbrennt. Weißte, der brannte so dermaßen, der ist wohl richtig explodiert. Datt konnten die Feuerwehrkollegen sich auch nicht erklären. Aber der Wagen wird noch untersucht, sagt der Rainer.«

Feuerwehr-Rainer war Gold wert. Omas Quellen musste man sich merken. Vermutlich war sie mit dem Papst zur Schule gegangen – nicht mit dem Wurst-Pabst, sondern mit dem richtigen – und hatte dann die Illuminati gegründet und ausgebildet. Der Art nach, wie sie auf die Kartoffeln einstampfte und die Pfanne schwang, war ihr das durchaus zuzutrauen.

Liesa hatte eine ungute Ahnung und brauchte mehr Informationen. Der Artikel im Käseblatt war einfach zu knapp, der Inhalt zu dürftig. Sie nahm ihr Smartphone aus der Tasche, tippte ihr Anliegen ein und fand die zugehörige Polizeimeldung des Polizeipräsidiums Recklinghausen: »Am Freitag, den 15. März ist gegen 14.15 Uhr ein Pkw auf der A 2 in Höhe der Oberhausener Straße in Fahrtrichtung Dreieck Bottrop A 31 von der Fahrbahn abgekommen und in Brand geraten. Augenzeugen sprechen von einem Feuerball. Für den Fahrer kam jede Hilfe zu spät. Er verbrannte im Fahrzeug bis zur Unkenntlichkeit, die Identifizierung konnte nicht erfolgen. Deshalb wurde die Leiche zur Obduktion nach Essen gebracht. Die Polizei hat Ermittlungen aufgenommen.« Kein Wunder bei diesen rätselhaften Umständen.

»Das war gestern, Oma.«

»Sach ich doch, datt war der Sprockmann.«

»Was auch seltsam ist …«, erklärte Liesa nachdenklich. »Gestern ist mir eine Frau begegnet, deren Mann an Krebs gestorben ist, Karin Palmowski. Sie war sich sicher, dass er wegen einer PCB-Vergiftung unter Tage gestorben ist und sie hält die Zeche für seinen Mörder.«

»Das ist ja allerhand. Deshalb also dein Willi-Verhör gestern.« Oma drehte sich plötzlich weg, wühlte in einem Stapel Altpapier herum und zog eine Zeitung heraus. Sie blätterte und zeigte auf ein Bild. »Guck mal, da isser. Der Sprockmann.«

Der Stadt-Anzeiger vom letzten Mittwoch. Liesa nahm das Papier an sich und las aufmerksam: Felix Sprockmann, erster Vorsitzender der Bürgerinitiative BIB »Bottrop bleibt sauber«, lädt alle interessierten Bürger zu einem Infoabend am Samstagabend, den 16. März ein. »Das ist ja heute«, murmelte Liesa. Themen werden die Probleme durch den Bergbau in der Nachbergbauzeit und PCB sein. Prima, das ist mein neues Spezialthema, dachte Liesa. Der gute Herr Sprockmann wird dann aber sicher nicht dabei sein. Der ist vermutlich gestern verunfallt. Fällt das Treffen heute aus? Werden wir ja sehen, ob dem was passiert ist oder vielleicht jemand anderes in dem Fahrzeug gesessen hat. Und was es mit diesem PCB auf sich hat, mit dem die Zeche angeblich ihre Mitarbeiter vergiftet. Dass ausgerechnet der Verunglückte Vorsitzender der BIB war, ist ja seltsam, noch dazu unter solchen Umständen. Ausgerechnet der Mann stirbt plötzlich, der sich gegen PCB engagiert. Das konnte doch kein Zufall sein. *Das war Mord.*

»Die Einladung gilt für alle interessierten Bürger. Und ich bin sowas von interessiert.« Liesa konnte sich die Chance nicht entgehen lassen, sich selbst ein Bild bezüglich der PCB-Diskussion zu machen. Gerade nach dem rätselhaften Sprockmanntod musste sie mehr erfahren. Sie beschloss, spontan zum Treffen der BIB zu gehen und Timo mitzunehmen. Die Zeitung faltete sie zusammen.

»Ach übrigens, Oma. Der Timo kommt gleich noch vorbei.«

»Ist er wieder bei seinen Eltern übers Wochenende? Oder wohnt er bei dir?«

Liesa seufzte. »Ja nee, Omma.«

»Was jetzt?«

»Nee, nicht bei mir.«

Oma lächelte in sich hinein. Ein Funkeln in ihren Augen verriet, dass Liesa noch nicht fertig verhört war. Skrupellos und hartnäckig. Was für eine Familie.

»Ihr seid doch jetzt zusammen, oder?«

Das fragte sich Liesa auch. Zusammen, fast zusammen, getrennt oder irgendwas dazwischen. Beziehungsstatus: Fragezeichen, fraglich, fragwürdig, man wusste es nicht. Sie hätte von Timos Überraschungsbesuch erzählen können, von der Funkstille davor, von ihren Hoffnungen und Zweifeln. Aber alles musste Oma ja nun auch nicht wissen. Vermutlich wusste sie sowieso schon mehr als sie selbst. Es musste ein Themenwechsel her. In dem Moment war die Tür zu hören, jemand kam ins Haus. Oma stellte einen vierten Teller auf den Tisch.

6

»Wenn man vom Nerd spricht.« Liesa grinste und legte Besteck neben die Teller. Oma zwinkerte ihr zu.

Willi brachte Timo mit rein. »Der hat hier vor der Tür rumgelungert.«

Liesa schaute vorwurfsvoll. »Sowas macht der gerne.«

»Ich dachte, wir wären verabredet?«

»Irgendwie schon.«

Oma rettete die Situation. »Setz dich, Timo. Hier ist noch ein Plätzken für dich frei. Es gibt Graupenwurst, die magst du doch?«

Timo ließ keinen Zweifel daran.

Liesa bemerkte, dass er sein Notebook dabeihatte. Gab es den Typen eigentlich nicht ohne? Hatte der sein Hirn ausgelagert, transportierte er es in Form einer externen Festplatte in seinem Rucksack? Vermutlich war Timo ein Cyborg, halb Mensch, halb Maschine. Halb Nerd, halb Mann. Insgesamt ein kompletter Blödmann, ein attraktiver, liebenswerter Blödmann.

Es wurde aufgetischt, gespeist und dabei über die Blutuntersuchungen der Bergleute diskutiert. Dem Willi verging der Appetit.

»Hast du deinen Vater gefragt?«, wollte Liesa wissen. »Was hat er dazu gesagt?«

»›Das interessiert mich nicht mehr‹, meinte er. Dass er weg ist von der Zeche und uns das auch nicht interessieren sollte. ›Da solltet ihr nicht eure Nase reinstecken, euch nicht einmischen‹, also das Gleiche in mehreren Variationen.«

»Und weißte, watt der hat? Recht hat der«, meinte Willi und schob den Teller von sich. »Wir haben doch für alle malocht, die Kohle hochgeholt, das Land und die Wirtschaft nach dem Krieg wieder aufgebaut. Und watt haben se uns dafür gegeben? Einen Tritt in den Hintern.«

»Aber die Frage ist doch, ob ihr von eurem Arbeitgeber in Gefahr gebracht wurdet.«

Willi zog ein Gesicht. »Einmal Bergmann, immer Bergmann. Da lass ich nix drauf kommen.«

Liesa war augenscheinlich nicht überzeugt, also setzte Willi hitzig fort: »Dann kannst du ja mal zu denen gehen, und dir live und in Farbe anhören, watt für einen Scheiß die erzählen.«

»Das habe ich auch vor. Heute ist ein Treffen der Bürgerinitiative, dazu sind alle Bottroper eingeladen. Du kannst ja gern mitkommen.«

Willi rümpfte die Nase. »Jau, die Spinner. Jammern dann rum, datt die Umwelt kaputt ist und datt wir alles falsch gemacht haben. Die haben doch auch einen warmen Hintern gekriegt, weil wir für die Kohle gesorgt haben. Die meinen doch, der Strom kommt aus der Steckdose.« Er lachte bitter auf. »Die haben keine Ahnung und sagen uns, wo es langgehen soll. Ohne Kohle gehen hier bald die Lichter aus, dann is' datt zappenduster.

»Ihr habt doch auch PCB abbekommen, Willi«, wandte Oma ein. »Die wollen nicht, datt datt alles in die Umwelt kommt.«

»Fängst du jetzt auch mit dem Blödsinn an?«, fragte Willi. »Geht mir doch alle weg mit dem Quatsch. Datt hat keinen umgebracht.«

»Ach Willi«, sagte Oma leise. »Die Zeche hat schon so viele Männer umgebracht. Datt weißt du doch.«

Liesa ahnte, was sie meinte. Oma Kwatkowiaks Vater war bei einem Unglück unter Tage umgekommen, als sie noch ein Kind war. Ihr Mann, Opa Toni, hatte sich in den letzten Jahren seines Lebens mit einer Staublunge und einem Sauerstoffgerät gequält.

Willi schüttelte den Kopf. »Wisst ihr, watt ihr könnt? Ihr könnt mir mal den Buckel runterrutschen mit eurem Quatsch. Man muss schon wissen, ob man auf unserer Seite ist oder auf der von denen.« Er verließ die Küche polternd. Leg dich nicht mit Willi Kotecki an, dachte Liesa. Ihr Onkel war für seine impulsive Art bekannt, die ihm sogar Vorstrafen eingebracht hatte. Er war friedlich, solange man ihn in Ruhe ließ.

Liesa schob Timo den Zeitungsartikel mit den Infos zum BIB-Treffen zu. »Das findet heute statt.« Sie erzählte ihm von dem Autounfall. »Ist doch merkwürdig, oder?«

»Was sind das denn für Leute?«, wollte Timo wissen.

Gute Frage, dachte Liesa. Wofür stand die BIB? Für welche Ziele setzte sie sich ein? Was hatte sie sich auf die Fahne geschrieben? »Das sollte sich herausfinden lassen.« Liesa zeigte auf die Zeitung. »War es ein Zufall, dass er bei einem Unfall umgekommen ist?«

»War es überhaupt ein Unfall?«, fragte Timo.

Liesa überlegte. »Gestern waren die Wetterverhältnisse in Ordnung. Es war trocken, keine Gischt, kein Nebel, keine Schneeglätte. Wie kommt man da einfach von der Fahrbahn ab?«

»Vielleicht ist er von der Straße gedrängt worden«, mutmaßte Timo.

Wie hat er die Kontrolle über das Fahrzeug verloren?, fragte sich Liesa. »Vielleicht ein technischer Defekt?«

»Bei einem Sportwagen?« Timo winkte ab.

»Zu schnell gefahren?«

»Vermutlich, dem Wrack nach zu urteilen. Aber auf gerader Strecke von der Spur abkommen, das muss eine Ursache haben. Die Ursache wird dann bei dem Fahrer liegen. Herzinfarkt, ein medizinisches Problem. Suizid?«

»Möglich.« Timo schaute sich das Bild von dem Unfallfahrzeug noch einmal an. »Aber warum explodierte der Wagen förmlich?«

»Das hat sich die Feuerwehr auch gefragt«, erinnerte Oma. Wer war Sprockmann eigentlich?, überlegte Liesa. Hatte er eine Krankheit, suizidale Tendenzen? Gab es ein Motiv, ihm etwas anzutun? In welcher Beziehung stand er zur Bürgerinitiative und was hatte die genau im Sinn? »Wir müssen mehr über diesen Sprockmann herausfinden und über die BIB«, schlug Liesa vor.

Timo hatte sein Notebook schneller auf dem Küchentisch aufgeklappt, als Liesa »Kommandozentrale« sagen konnte.

»Hier haben wir sie, die BIB, Bürgerinitiative ›Bottrop bleibt sauber‹«, sagte Timo und fixierte den Bildschirm.

»Ist Bottrop denn schon so sauber, dass es das bleiben soll?«, fragte Liesa mehr sich selbst.

»Jedenfalls geht es den Mitgliedern um eine kritische Sicht auf den Bergbau«, fasste Timo zusammen. »Nach dem Motto: Der Bergbau ist gegangen, die Probleme geblieben.«

»Welche Probleme genau?«

»Bergsenkungen, die Risse in Häusern machen, Umweltfragen wie Abfälle auf Halden, Schadstoffimmissionen aus Industrieanlagen, potenzielle Umweltgefährdung durch das Fluten der untertägigen Bergwerksanlagen.« Timo nickte anerkennend.

Liesa schaute nun auch auf den Bildschirm, der die Homepage der BIB anzeigte, und las vor: »›Endlich! Politik, Gewerkschaften und Medien haben den Steinkohlenbergbau zu Grabe getragen, und zwar endgültig. Was hat man den Segen des Bergbaus gelobt, aber die Belastungen für die Bürger und die Umwelt, für Privatvermögen und kommunale Infrastruktur sowie die Ewigkeitskosten wurden ausgeblendet. Der blanke Hohn ist, dass jetzt auch noch der Bergmann als Ampelmännchen installiert werden soll.‹ Unterzeichnet: Felix Sprockmann. Autsch.« Liesa runzelte die Stirn. »Da ist der Herr Sprockmann aber ganz schön weit gegangen.«

Oma atmete tief ein. »Boah, watt die zum Zechenende sagen, von wegen, datt die Zeche endlich tot ist, datt ist ja schon fast Leichenfledderei.«

Liesa konnte die sachlichen Anliegen durchaus nachvollziehen, aber das war heftig. Felix Sprockmann hatte auf den sterbenden Bergbau noch eingeknüppelt. Hatte das jemanden provoziert? Hatte er sich deshalb einen vermeintlichen Unfall eingefangen? Hatte ihn das sein Leben gekostet? Liesa lehnte sich im Stuhl zurück. »Was findet sich sonst noch über die BIB?«

»Eine bunte Mischung an Leuten, eine gemischte Tüte Interessen.« Timo zählte die Forderungen auf. Zusammengefasst hieß es: Der Bergbau machte Probleme, die BIB legte den Finger in die Wunde und drosch noch drauf ein.

»Das finden die Bergleute bestimmt nicht klasse«, kommentierte Liesa.

Timo nickte. »Okay, was haben wir hier denn noch über die BIB. Gegründet 2006, über den Daumen 150 Mitglieder. Gründer und erster Vorsitzender ist, nein war, Felix Sprockmann. Wenn es denn der Verblichene ist.«

Oma schnaufte. »Sicher ist der datt. Mach weiter.«

»Von Beruf war Sprockmann Versicherungsfuzzi«, begann Liesa. »Das wissen wir schon. Was noch? Was für ein Typ war er?«

Timo ließ seine Finger über die Tastatur fliegen. Liesa schaute auf die Ergebnisseiten. Fotos am Strand fanden sich, einige sogar, an einigen Stränden, das sah nach Karibik aus. Ein blondierter Mann mit Baseballkappe und offenem Hemd, ein nicht mehr ganz junger Mann, also mittleren Alters, sportlich-knackig in Begleitung von ebenfalls sportlich-knackigen Damen, die deutlich jünger waren als er.

»Verschiedene Damen. Gut aussehend.« Timo grinste. »Wow.«

Liesa blinzelte ihn böse an.

»Braungebrannt ist der gute Mann hier, aber noch in einem äußerst lebendigen Zustand.«

»Boah, Timo!«

»Okay, dann hätten wir einen Sportwagen der besseren Art, auffällige Sonderlackierung, eine Jacht, Luxusimmobilien. Sieht alles echt aus, kein Wohlstandsfake. Noch Fragen?«

»Ja.« Für Liesa hatten sich neue Fragen ergeben. Wo ist der Ökomann? Dreadlocks, Jesuslatschen, Transparent in den Händen? Sie verkniff sich die Bemerkung und fragte stattdessen: »Womit machte der Mann sein Geld?«

Mit wenigen Klicks öffnete Timo Seiten über Sprockmanns berufliche Aktivitäten.

»Leiter einer Versicherungsagentur, zusätzlich Immobiliengeschäfte. Er war Geschäftsführer einer Immobilienfirma, die Wohnungsverwaltungen anbietet. Hier gibt es aber auch Immobilienanzeigen, in denen er Luxusimmobilien verkauft. Holla, nicht übel.« Timo scrollte eine Ergebnisseite herunter. »Der hat auch seine Finger in einer Consultingfirma.«

»In watt?«

»Beratung, Omma.« Liesa ging gleich wieder zum Fall über. Unklar blieb, wen oder was er beriet. Es schien jedenfalls sehr lukrativ zu sein.

»Hier ist seine Vita.«

»Timo, sach datt auf Deutsch«, bat Oma Kwatkowiak.

»Lebenslauf«, sagten Timo und Liesa gleichzeitig.

»Sacht datt doch gleich.«

»So, der Herr Felix Holger Sprockmann, geboren 1961, mittlere Reife, Ausbildung zum Bergmann, seit Mitte der 1980er Versicherungskaufmann, Tätigkeit bei der Versicherungsagentur der Vereinigten Assekuranz VerAs GmbH, Übernahme der Generalagentur. Ein Selbstdarsteller mit steiler Karriere.«

»Ein Ex-Bergmann?« Liesa wunderte sich. »Jetzt Versicherungsfritze mit ordentlich Kohle am Start. Gehört der zu einer Partei?«

Timo tippte blitzschnell. »Laut sozialem Netzwerk Gesichtsbuch nicht. Alle möglichen Parteien und Gruppierungen hat er gelikt. Offenbar fand er völlig gegensätzliche Parteien und Gruppierungen schick.«

»Gibt's sowas?«, fragte Liesa. »Dass der keiner Partei nahe ist, nicht zu einer bestimmten Richtung tendiert?« Heutzutage gehört doch jeder einer Seite an, den »Linken« oder »Rechten«. Zumindest wird einem das von einigen Menschen unterstellt. Sie dachte an Willi, der sie als »Öko« tituliert hatte, da sie an Themen interessiert war, die etwas mit Umweltfragen zu tun hatten. War sie dadurch zu einer Bergbaukritikerin geworden, weil sie laut über seine Gesundheit und die anderer Bergleute nachdachte? Man war sensibel heutzutage. Oder sensibilisiert. Vielleicht aufgestachelt. Grabenkämpfe, überlegte Liesa. Man will unsere Gemeinschaft spalten, so werden wir anfällig für Propaganda und extreme Meinungen, die keine vernünftigen

Lösungen bieten. »Komischer Typ«, sagte sie. »Der passt doch überhaupt nicht zu diesen Umweltthemen. Dann war der auch noch Ex-Bergmann. Vom Saulus zum Paulus oder umgekehrt? Offenbar ein Einzelkämpfer. Aber mit welcher Motivation? Wenn der Unfall kein Zufall war, was dann? Wollte jemand den Öko-Sprockmann, der keiner war, loswerden? War der jemandem auf die Zehen gestiegen?«

Timo hob die Schultern, Oma eine Augenbraue.

»Wer hätte etwas von seinem Tod?« Liesa ging die neuen Informationen noch einmal durch. Sprockmann war also ein protziger Versicherungs- und Immobilienhändler, der nicht in die Ökoszene passte. Keine Dreadlocks, keine Jesuslatschen. Ein seltsamer Typ, der eine steile Karriere hingelegt hatte. Vom Bergmann zum Geschäftsmann mutiert war und dann zum Chef einer Bürgerinitiative in Sachen Umwelt, der BIB »Bottrop bleibt sauber«. War der ganz sauber? Der Mann war gestern auf grausame Art und Weise umgekommen. Felix, der Glückliche. Offenbar hatte ihn gestern auf der A 2 das Glück verlassen.

Oma Kwatkowiak unterbrach die Stille. »Jetzt wissen wir jedenfalls mehr. Gut, dass der Timo so gut hackern kann.«

Liesa musste über Omas Lob lächeln.

»Nee, ich programmiere nur noch nebenbei«, meinte Timo kleinlaut und klappte sein Notebook zu.

Willi kommentierte im Vorübergehen aus dem Flur: »Ein Häcksler wär mir jetzt lieber.« Er steckte seinen Kopf zur Küchentür herein. »Kerl, im Garten ist noch so viel zu machen. Aber vor der Hacke isses duster.«

»Unser Timo ist jedenfalls vielversprechend«, meinte Oma. »Eine richtig gute Partie.« Sie zwinkerte Liesa zu.

Die rollte mit den Augen. »Der vielversprechende Computerexperte, um nicht zu sagen Häcksler, und ich werden uns dann jetzt mal vom Acker machen. Wir haben noch so etwas wie ein Date und etwas zu beackern.« Sie forderte Timo zum Aufbruch auf, reichte ihre Hand und nickte ihm zu. Timo war sichtlich erfreut. »Wo gehen wir denn zusammen hin?«

»Dahin, wo die wilden Ökos toben. Wo die Verschwörungstheorien gären und man kleine oder auch ausgewachsene grüne Männchen vermuten kann.«

»Und das wäre wo?«

»In Ebel, genauer gesagt im Gemeindesaal der katholischen Kirche, ganz im Süden der Stadt.«

»Ich gehe mit dir, wohin du willst. Auch in die Kirche.«

Liesa zog ein Gesicht. Oma lächelte. »Datt is' doch mal ein Wort. Unser Timo weiß, was Frauen hören wollen.«

»*Unser* Timo weiß, was ältere Damen hören möchten.«

»Watt denn?«, fragte Willi, der sich zum Herd begeben hatte, um sich noch einmal kräftig den Teller zu füllen. »Welche Damen? Ich seh hier keine.«

Timo grinste Liesa an. »Deine Oma versteht mich.«

»Bild dir bloß nichts drauf ein, Nerd.« Leise fügte sie hinzu: »Du Hacke-Häcksler. Häcksel-Hacker.«

Liesa sah sich in ihrer Fantasie mit Timo an ihrer Seite in die Kirche treten, Kauenlatschen an den Füßen, Helme tief ins Gesicht gezogen, Entschlossenheit im Blick und je einen Häcksler im Anschlag. Leg dich nicht mit einer Kwatkowiak an, warnte sie in Gedanken. Vor allem dann nicht, wenn sie die Witterung aufgenommen hat.

*

Er musste Spuren verwischen, das war ihm klar. Am liebsten würde er den ganzen Mist ins Nirwana schießen oder noch besser in den Schacht werfen. Es wurde sowieso gerade viel reingeschmissen, was da nicht hingehörte, das wusste er. Aber so doof bin ich nicht, ärgerte er sich. Was weg ist, fällt auf. Das hat der Schweinehund schon gedacht, dass ich doof bin. Und, bin ich das? Der meinte, der könnte mich verkohlen. Am Ende, er lachte heiser auf, am Ende hab ich den verkohlt. Aber sowas von.

Vorher nahm er sich, was ihm zustand. Was man ihm vorenthalten hatte über all die Jahre. Dann würde er alles abfackeln.«

7

»Stochern im Nebel von Ebel.« Timo kurvte durch die Straßen des südlichsten Bottroper Stadtteils, der eine bewegte Geschichte und unzählige Zechenhäuser aufweisen konnte. »Hier haben schon die Neandertaler gehaust.«

»Gerastet«, korrigierte ihn Liesa. »Am schönen Ufer der Emscher.«

»Und dann haben die direkt den Gemeindesaal gebaut.«

Liesa musste lachen. »Solange wir den nicht ausgraben müssen, geht es ja noch.«

Es war ein kühler Märztag, um kurz vor 19 Uhr, nahezu dunkel und wolkenverhangen. Liesa fühlte sich wie ein

Detektiv. Sie hatte sich auf der Fahrt nach Ebel weiter informiert. Die Ankündigung zum Treffen der Bürgerinitiative »BIB – Bottrop bleibt sauber« fand sich nur im Käseblatt und auf der Homepage einer ultralinken Partei. Warum schrieb die große Zeitung nicht darüber? Wo waren die Umweltparteien? Liesa hatte sich mehrmals durch die Onlineversion der großen Zeitung geklickt, die für Bottrop Regionaljournalismus betrieb. Dort fand sich kein Sterbenswort über die Bürgerinitiative, kein Artikelchen, nicht eine klitzekleine Meldung. Liesa rechnete damit, dass sich eine Handvoll abgedrehter Umweltspinner zusammenrotteten, um sich hysterisch mit Alufolie gegen böse Elektrostrahlung und unsichtbare Bio-, Chemie- und Fantasiegifte zu wappnen.

»Die geht bestimmt auch da hin«, bemerkte Timo mit Blick auf eine ältere Frau, die mit einer Jutetasche und gepunktetem Regenschirm stramm ihres Weges ging.

Liesa grinste. »Dem energischen Schritt nach hat sie große Wut. Vermutlich auf irgendwelche Umweltschweine.«

Timo überholte die Frau, stellte das Auto auf einem Parkplatz ab und sie begaben sich zu dem Gemeindesaal, der hinter einer winzigen Kirche lag. Ob sie überhaupt noch genutzt wurde? In den letzten Jahren waren einige katholische Kirchen geschlossen worden, manche sogar abgerissen. Besonders hatte es ihr um die Barbara-Kirche in Lehmkuhle leidgetan. Liesa sandte einen kurzen Gruß an die heilige Barbara, die Schutzpatronin der Bergleute, der Eingeschlossenen und Sterbenden, und folgte dem schmalen Weg zum Gemeindesaal. Aus verschiedenen Richtungen strömten Pärchen und Einzelne zusammen, es würde voller werden als zunächst angenommen. Liesa spürte die Anspannung und Entschlossenheit. Jeder von ihnen hatte ein Anliegen und einen wichtigen Grund, sich hier und heute zu treffen, das war deutlich zu spüren. Spannung lag in der Luft.

Liesa fühlte sich wie ein Fremdkörper. Sie hatte hier nichts zu suchen. Vermutlich kannten die BIB-Leute einander. Wenn man sie fragte, was sie denn hier mache, würde sie antworten: »Ich bin eine interessierte Bürgerin«, was zutraf, wenn auch nicht unbedingt so, wie es klang. Den Satz hatte sie sich schon zurechtgelegt. Zu diesem Zeitpunkt wusste sie nicht, wie groß ihr Interesse tatsächlich werden würde.

Als Liesa den Kopf zur Tür hereinsteckte, war der Raum schon gefüllt, doch es strömten mit ihr immer mehr Menschen hinein. Die Helfer in Freizeithemd und T-Shirt reichten von draußen weitere Stühle heran, ein kahler Malocher-Typ packte an und man sorgte dafür, dass möglichst jeder einen Platz bekam. Es reichte immer noch nicht. Der Raum war mit etwa hundert Menschen samt Kinderwagen zum Bersten voll. Liesa und Timo fielen in der Menge nicht auf.

»Und? Wo sind deine Ökos?«, flüsterte Timo ihr zu.

Liesa schaute sich um. Bis auf Frauen mit sehr kurzen Haaren in roten Anoraks und Männer mit sehr langen Haaren in dunklen Anzugjacken erfüllte niemand dieses Klischee. Hier trafen sich Menschen, die sich etwas zu sagen hatten, das war Liesa nun klar. »Vielleicht kommt die Frau mit der Jutetasche noch«, konnte sie sich nicht verkneifen. Doch die Frau mit der Jutetasche hatte an diesem Abend wohl etwas anderes vor. Vielleicht besuchte sie Tante Hetti im Tattoostudio oder forderte in einem Wettbüro ihr Glück heraus.

Der Freizeithemd-Mann begrüßte die Anwesenden und stellte die Mitglieder der Bürgerinitiative, die heute etwas vortragen würden, kurz vor. Liesa erkannte unter ihnen Karin Palmowski. Interessant, ihr hier zu begegnen. Die Frau gab Flyer aus, es ergab sich aber kein Blickkontakt. Liesa war gespannt, was hier vorgebracht wurde. Sie beobachtete Rücksprachen unter den Anwesenden, Blicke wurden getauscht, Schultern gezuckt, bedauernd die Köpfe geschüttelt. Schließlich erteilte der Hemdmann dem Anpackertyp mit der Glatze das Wort, dessen Muskeln sein T-Shirt beinahe zu sprengen schienen. Liesa sah ein Tattoo, das unter dem kurzen Ärmel hervorblitzte: Schlägel und Eisen, darunter die Worte: »Glück Auf«. Sein freundliches Gesicht verdunkelte sich, als er zum Reden ansetzte.

»Ich war über 30 Jahre Bergmann«, begann er. »Und ich war immer stolz darauf, datt könnt ihr mir glauben. Aber watt da jetzt bekannt wurde, datt …« Er rang um Worte. »Datt ist ne Sauerei, watt die mit uns machen. Datt wir alle krank werden.« Seine Stimme brach, er senkte den Kopf, brachte kein Wort mehr heraus. Der Muskelberg setzte sich, wurde von einem Mitstreiter am Arm getätschelt, stumm getröstet. Applaus kam auf.

»Der ist bei dem gleichen Onkologen wie ich«, hörte Liesa eine Stimme hinter sich. Seine Glatze, das wurde ihr klar, war nicht etwa der Mode eines Mittfünfzigers mit altersbedingtem Haarausfall geschuldet, keine freche Modeerscheinung, keine pfiffige Idee. Der Mann hatte Krebs. Liesa fühlte sich unwohl in ihrer Haut. Das geht hier ans Eingemachte, dachte sie und hörte umso aufmerksamer zu.

Die Frau mit den kurzen Haaren stand auf und machte deutlich, dass die Krebsrate in Bottrop überdurchschnittlich hoch sei. Sie sprach das Wort wie »Kräbbs« aus, mit einer Schärfe, dass schon der Begriff gefährlich wirkte. Ausgespuckt wie ein Fluch oder eine derbe Beleidigung, die die Wahrheit so messerscharf und gnadenlos führte, dass sie Liesa unvermittelt bis ins Mark traf. Ein Wiedererleben, ein Schmerz, tiefer als der tiefste Schacht, der selbst mit Tonnen von Beton und Geröll nicht gefüllt werden konnte. Würde das jemals aufhören?

Die Frau beendete ihren Beitrag mit einem Appell: »Wir müssen uns gemeinsam gegen die Umweltsauerei wehren. Das macht niemand anderes, das müssen wir selbst tun. Für uns, für unsere Kinder und Enkel.«

Applaus brandete auf.

Herr Freizeithemd, von Frau Kräbbs als Klaus angesprochen, referierte über Radioaktivität und Gifte, die aus Halden sickerten. Als die Sprache auf PCB-haltiges Grubenwasser kam, war Liesa ganz Ohr. »Das mit PCB verseuchte Grubenwasser wird wie bisher in unsere Flüsse geleitet. Keine effektive Kläranlage, keine vernünftige Filtertechnik ist dazwischen.«

Man empörte sich. Eine Frage aus dem Plenum: »Das heißt, dass das PCB, das ja krebserregend ist, wenn ich das richtig verstanden habe, doch in unser Trinkwasser kommt?«

»Es wird in den Rhein, in die Ruhr und in die Lippe geleitet. Nur nicht mehr in die Emscher, die soll ja sauberer werden.« Man lachte gequält auf, hämisch. Schließlich war bekannt, dass die Emscher, ursprünglich ein beschaulicher Fluss, über Jahrzehnte Kloakenkanal der Industrie und nun Vorzeigeprojekt in Sachen Renaturierung war.

»Aber unser Trinkwasser«, hakte Frau Kräbbs nach. »Das entnimmt man doch der Ruhr, oder?«

Klaus wiegte den Kopf. »Es stammt aus den Ruhrauen.« Allgemeines Gemurmel. »Wir haben auch damit zu rechnen, dass durch das Ansteigenlassen des Grubenwassers Bergschäden entstehen und, was noch schlimmer ist, Umweltprobleme, die man heute noch gar nicht absehen kann. Und die Aufsichtsbehörden winken alles durch.« Er fügte hinzu: »Man darf nicht vergessen, dass in einigen Bergwerken im Ruhrgebiet Sondermüll gelagert wurde. Filterstäube aus Müllverbrennungsanlagen. Die sollten da endgelagert werden. Ein Überfluten war zu der Zeit überhaupt nicht geplant.«

»Meine Güte«, raunte Liesa Timo zu. »Das wird ja immer schlimmer. Da müssen wir dranbleiben.«

Timo nickte ernst.

»Ich bin hier geboren und lebe gern hier«, ergänzte eine jüngere Frau. »Das Ruhrgebiet ist mein Zuhause und ich will auch nicht weg von hier.« Zustimmende Zwischenrufe, Pfiffe, Applaus. »Aber ich will hier leben, ohne krank zu werden und ohne dass meine Kinder und später die Enkel krank werden. Uns soll nicht der Boden unter den Füßen absaufen. Wir wollen einfach hier leben und hier bleiben. Dafür kämpfen wir.« Applaus, es wurde auf den Tischen geklopft.

Während die Vortragenden miteinander berieten und auf ihre Ablaufpläne schauten, nahm sich Liesa eine der Broschüren und überflog die Liste von Themen, die auf einen Nenner zu bringen waren: Sorge vor Folgeschäden in der Nachbergbauzeit. Sie steckte eine Broschüre ein.

»Wo ist der Sprockmann denn? Der wollte doch heute dazu Stellung beziehen.«

Liesa horchte auf. Zwei Männer, die in der Reihe schräg hinter ihr und Timo saßen, erregten ihre Aufmerksamkeit.

»Zu was?«

»Hattest du das nicht mitbekommen? Der Klaus hat im Internet so dermaßen vom Leder gezogen.«

»Nee, was war denn?«

Liesa lehnte sich in ihrem Stuhl weit zurück, um alles mitzubekommen.

»Angeblich soll der Sprockmann aus dem Vorstand rausgewählt werden. Der kocht jetzt sein eigenes Süppchen, hieß es. Hat sich einen eigenen Anwalt genommen. Man sagt …« Er sprach leiser. Liesa lehnte sich noch weiter zurück. »Den Anwalt bezahlt er mit den Spenden, die wir für unsere Klagen gesammelt haben.«

»Sach bloß!«

»Eigentlich sollte das heute auf den Tisch kommen. Der Klaus wollte den zur Rede stellen.«

»Da wird wohl nichts draus«, wusste eine dritte Person.

»Ja, dass der nicht hier ist, haben wir auch schon gemerkt.«

»Nee, der wird nirgendwo mehr auftauchen. Der ist tot. Habt ihr denn davon nichts mitbekommen?«

Man reagierte erstaunt. Liesa spitzte die Ohren, wandte sich halb zu den dreien um.

»Meine Güte, wie konnte das denn passieren? Den hab ich doch letztens noch gesehen.«

»Der soll sich mit seinem Sportwagen totgefahren haben, der feine Herr Sprockmann. Ob er unser Geld bei seinem Anwalt gelassen hat, werden wir so schnell nicht erfahren.«

Ein Mann jenseits der 60 mit Anzugweste über dem Hemd und grauem Zopf, Typ pensionierter Biolehrer, drehte sich zu ihnen um, sein Gesicht ganz bleich. »Stimmt das, der Felix Sprockmann ist tot?«

Allgemeine Fassungslosigkeit, Unruhe.

»Den hab ich doch am Montag noch gesprochen und der

hat mir gesagt, dass heute das Treffen ist. Der wollte hier einiges aufmischen.«

»Was denn aufmischen?«

»Na, den Leuten von der BIB zeigen, dass er den Laden hier besser führen kann. Der Klaus, hat er gesagt, der kriegt doch nichts auf die Reihe. Ein zahnloser Tiger, und dass der den weghaben will.«

Jetzt war allerdings Sprockmann weg, dachte Liesa.

»Der ist noch nicht identifiziert. Aber wer soll denn sonst in seinem Wagen gesessen haben?«

Hier sollte also heute ein Machtkampf stattfinden. Gleichzeitig hatte Sprockmann offenbar Dreck am Stecken. Das nimmt ja Züge an in dieser sauberen Bürgerinitiative, überlegte Liesa.

»Das kann kein Unfall gewesen sein, nicht nach der Sache mit den E-Mails.«

Liesa horchte auf.

Aus der anderen Richtung versuchten die Sprecher der BIB, die Aufmerksamkeit wieder zu erlangen. Offenbar hatte Karin Palmowski bemerkt, dass über Sprockmann diskutiert wurde.

»Eigentlich wollte ich das am Ende unseres Treffens ansprechen, aber dann ziehe ich das jetzt vor. Ich habe euch etwas Wichtiges mitzuteilen.«

Es war völlig still. Karin Palmowski atmete hörbar tief durch. »Wie einige schon erfahren haben, sollte heute eigentlich unser erster Vorsitzender, der Felix Sprockmann, sprechen.« Karin machte eine Pause, sie seufzte tief. Gemurmel. »Leider ist Felix …« Sie suchte nach Worten. »Er ist gestern tödlich verunglückt.«

Das Gemurmel wurde lauter, Unruhe kam auf. Karin setzte sich, eine Frau nahm sie in den Arm.

»Schon wieder ein Toter«, flüsterte jemand neben Liesa. »Erst der Markus, jetzt Felix.«

Ihr fiel ein, dass Karin Palmowskis Mann erst kürzlich verstorben war, der Anlass für ihren Vorwurf vor der Trauergruppe. Das war heftig.

»Hört mal, Leute …« Der Freizeithemdmann, der nun als Klaus identifiziert war, versuchte, die Anwesenden zur Ruhe zu bringen. »Unter diesen Umständen vertagen wir die Sitzung.« Leises Gemurmel, Unruhe. »Wir müssen die Versammlung heute abbrechen. Dafür hat doch bestimmt jeder Verständnis.«

Die meisten packten schnell ihre Jacken und gingen, andere blieben zunächst fassungslos sitzen, bewegten sich dann aber doch, stellten noch ihre Stühle zurück oder stapelten sie am Ende des Gemeindesaals. Einzelne Grüppchen standen noch beieinander und diskutierten mit gedämpften Stimmen.

Liesa schwirrte der Kopf. Eigentlich wollte sie undercover zum Bergbauthema recherchieren und sich ein Bild davon machen, was denn an der Sache mit der PCB-Kontaminierung von Bergleuten dran war. Statt einer Gruppe von durchgeknallten und übersensiblen Ökofanatikern fand sie einige Bürger vor, die ein Anliegen hatten. Okay, vielleicht hatten nicht alle das gleiche Anliegen. Doch es ging ihnen um die Sache, dem Bergbaubetreiber und den Aufsichtsbehörden auf die Finger zu schauen und bei Verstößen aktiv zu werden. Hatte das auch auf Sprockmann zugetroffen, oder hatte der anderes im Sinn gehabt?

8

»Die sterben hier wie die Fliegen«, sagte Liesa zu Timo. »Felix Sprockmann und Karins Mann, beide Mitglieder der Bürgerinitiative. Zwei Tote innerhalb kürzester Zeit. Zufall?«

Timo hob die Schultern.

Der eine war an Krebs gestorben, überlegte Liesa, vermutlich durch eine Umweltschweinerei ausgelöst, der andere ist der Vorsitzende der Gruppierung, die sich gegen die Umweltschweinereien stellte. Schon auffällig. Was ging hier vor? Wie passte das alles zusammen? Gab es überhaupt einen Zusammenhang?

Sprockmann war also nicht sonderlich beliebt und umstritten. Er hatte dem BIB-Klaus an den Karren pinkeln und ihn absetzen wollen, was die Bürgerinitiative unglaubwürdig wirken ließe und ihr Schaden zugefügt hätte. Gleichzeitig hielt Sprockmann den Klaus für unfähig und machte Stimmung gegen ihn. Kompetenzstreitigkeiten bis hin zu Rufmord, vermutlich Eifersucht und Neid. Liesa konnte sich bestens in die Konkurrenten hineinversetzen.

Grüppchen bildeten sich und lösten sich auf. Irgendwann stand Karin Palmowski allein da und es ergab sich, dass Liesa und Timo sich auf sie zubewegten. Karin wandte sich Liesa zu. »Wir kennen uns doch. Wir haben uns schon mal gesehen«, sagte sie.

Liesa nickte. »Gestern. Vor dem Hospizverein.«

Die Frauen schauten einander an und verstanden ohne weitere Worte, was sie verband. Ein stummes Übereinkommen.

Die drei stellten sich einander vor.

»Hier passiert etwas, Liesa. Keine Ahnung, was. Ich weiß nur, dass es gefährlich ist. Wir haben die Kontrolle über die Sache verloren.«

»Der Unfall ist bestimmt schlimm für alle.«

»Unfall?« Karin nahm Liesa und Timo zur Seite. »Das war kein Unfall.«

Timo guckte skeptisch. Jetzt wirkte Karin allerdings unglaubwürdig. Sie hatte den Tod ihres Mannes schon als Mord bezeichnet, nun den Unfall des BIB-Vorsitzenden. Sie sah überall Mord, dachte Liesa, die Arme war vermutlich doch leider nervlich am Ende, also verrückt geworden.

»Lasst uns mal woanders weiterreden. Wir können da rübergehen.« Karin griff Jacke und Tasche, verabschiedete sich schnell von anderen und führte Liesa und Timo in einen Nebenraum des Gemeindesaals. Es war eine Art fensterlose Abstellkammer mit christlichem Schwerpunkt. Ob es sich um so etwas wie eine Sakristei handelte? Liesa überkam ein Schauer. Solche Räume bereiteten ihr Unbehagen und Skepsis, seit Kindertagen schon. Zumindest war man hier ungestört.

»Hier.« Karin wühlte in ihrer Tasche und zog mehrere Blätter Papier hervor, in der Mitte zusammengefaltet. »Der Sprockmann wurde bedroht. Ich kann das belegen. Er hatte in der BIB auch seine Probleme, das habt ihr vielleicht mitgekriegt. Aber richtig übel ist das hier.« Sie gab die Papiere an Liesa weiter.

Es waren vier bedruckte Blätter, schwarze Tinte auf üblichem Kopierpapier. Liesa überflog die erste Seite. Jemand hatte E-Mails ausgedruckt, die an Felix Sprockmann gerichtet waren. »Zechenkiller«, stand jeweils im Betreff. Liesa überkam ein Schauer. Es stellten sich ihr die Nackenhaare hoch. Was sollte das? Beleidigungen übelster Art reihten sich aneinander. Und massive Drohungen. »Halt deine dumme Fresse, du Grünenschwein. Sonst holen wir dich.« – »Du Nestbeschmutzer kriegst, was du verdienst.« – »Verräter werden bestraft.« – »Dafür wirst du büßen. Verrecke. RIP.« Das Ganze gespickt mit Komma- und Rechtschreibfehlern. Ruhe in Frieden, wünschte man dem Sprockmann also. Eine Todesdrohung. Ach du Scheiße, dachte Liesa. Der Sprockmann war massiv bedroht worden. Und jetzt war er tot.

Natürlich fand sich keine Signatur. Absender aller E-Mails war die Adresse Zechenkiller@mailweb.de. Wer soll das sein, der Zechenkiller? Sollte Sprockmann als Zechenkiller bezeichnet werden, weil er sich als der Gründer und Vorsitzende der Antibergbau-Bürgerinitiative mit der Zeche anlegte? Oder bezeichnete sich der Bedroher selbst als Zechenkiller? Wer wollte Sprockmann an den Kragen? Hatte der Zechenkiller seine Drohungen umgesetzt?

Timo warf ebenfalls einen Blick auf die Seiten. »Die meisten E-Mails sind von Februar, die letzte hat er am 9. März bekommen.«

»Felix war wütend darüber«, erklärte Karin. »Er hat die Mails ausgedruckt, um das zu dokumentieren. Die Ausdrucke hat er mir Anfang der Woche gegeben.«

»Irgendeine Idee, wer das geschrieben hat?«, fragte Liesa.

Karin schüttelte den Kopf. »Wisst ihr, Felix Sprockmann war nicht zimperlich, und er hat auch gern selbst ausgeteilt. Aber das hier«, sie tippte auf die Blätter, »ist so massiv, dass er Strafanzeige stellen wollte. Heute wollten wir das in der Versammlung besprechen.«

»Gibt es weitere Drohmails? Sind noch andere betroffen?«, fragte Liesa.

Karin verneinte. »Die anderen Mitglieder haben keine bekommen, ich habe das per Rundmail abgefragt, nur Felix. Wir wollten auch heute Abend ansprechen, dass eine Strafanzeige geplant ist. Der Felix wollte sich das nicht gefallen lassen.«

»War er denn schon bei der Polizei?«, wollte Timo wissen.

Karin nickte. »Felix hatte sie eingeschaltet, das hat er mir gesagt. Aber die würden nichts tun, meinte er. So etwas wie diese E-Mails, das wäre heutzutage nichts Ungewöhnliches, hieß es. Da müsste man schon mit etwas ganz anderem kommen. Als Felix nicht lockerließ, bot man ihm an, eine Strafanzeige gegen Unbekannt einzuleiten.« Ihr Blick verriet Enttäuschung.

»Warum war Sprockmann hier so unbeliebt?«, fragte Liesa. »Was ist genau vorgefallen?«

»Felix war einer der Haus- und Grundeigentümer, die kümmern sich nur um ihren eigenen Besitz, denken einige, das meinte auch der Klaus Bremer. Dass die sich nicht für andere interessieren und auch nicht für den Dreck, dem alle ausgesetzt sind.«

»PCB zum Beispiel«, ergänzte Timo.

»Genau. Aber scheiß auf die Häuser, hab ich dem Felix gesagt. Die nützen einem auch nix mehr, wenn die Leute an Krebs krepiert sind. Felix hatte viel Geld, das war nicht zu übersehen und macht ja sowieso neidisch. Und ich denke, er wollte noch mehr.«

»In Form von Ausgleichszahlungen für Bergsenkungen und Risse in den Häusern, so etwas?«

Karin nickte. »Den meisten von uns geht es aber nicht um Geld, sondern um die Gesundheit und um Gerechtigkeit, ums Prinzip. David gegen Goliath, ihr wisst schon.«

»Das finden bestimmt auch einige nicht klasse«, kommentierte Liesa. »Und was war mit dem eigenen Anwalt und dem Klaus?«

»Felix hat auf eigene Faust einen Anwalt beauftragt, einen, den man aus den Medien kennt, und Klaus dabei übergangen. Dabei ging es hauptsächlich um Entschädigungszahlungen. Seine Anwaltskosten sollte die BIB tragen, das fanden einige nicht richtig.«

»Könnte Klaus Bremer etwas mit den E-Mails zu tun haben? Als Konkurrent, vielleicht sogar Feind von Sprockmann?«

Das schloss Karin aus. »Ich würde für jeden hier die Hand ins Feuer legen, auch für Klaus Bremer.«

Besser nicht, dachte Liesa. Möglicherweise saß der Zechenkiller in den Reihen der BIB. Karin senkte ihre Stimme. »Hier ist eine Riesenschweinerei im Gange, Liesa. Ich bin da an was dran und ich schwöre dir, wenn ich das beweisen kann, dann explodiert die Hütte, dann geht ganz Bottrop in die Luft. Dann werden alle drauf gucken und Bescheid wissen und niemand behauptet mehr, wir wären nur Spinner.«

Liesa hielt den Atem an. Was war hier im Busch?

»Ich hab Notizen zu Hause, die hab ich sogar versteckt, vor lauter Angst, dass man mich erwischt. Das macht mich echt kirre. Dass was passieren würde, davor hatte ich ja Angst. Und jetzt ist der tot.«

Liesa nickte mitfühlend.

»Ich kann echt jede Hilfe gebrauchen«, sagte Karin und lächelte müde. Jetzt erst sah Liesa die Ringe unter ihren Augen. Karin sah abgespannt und erschöpft aus.

»Wir schauen, was wir machen können.«

Timo blickte Liesa skeptisch von der Seite an.

»Wir hören voneinander«, hörte sich Liesa sagen, nachdem sie und Karin Palmowski ihre Telefonnummern ausgetauscht hatten.

»Eine Bedingung«, mahnte Karin. »Lasst die Polizei dabei aus dem Spiel.«

Was habt ihr nur immer alle gegen die Polizei?, fragte sich Liesa. Man könnte meinen, hier in Bottrop würden die Messer noch so tief wie vor 100 Jahren fliegen, als viele Bergleute hierher strömten. Inklusive Kneipenschlägereien und erhöhten Testosteronkonzentrationen in den Bullenklöstern, den Ledigenheimen der Arbeiter. »Kommse nach Bottrop, kriegse watt aufn Kopp dropp«, hieß es damals.

»Ich muss jetzt los. Meine Tochter ist allein zu Hause.« Karin seufzte, ihr Blick wurde traurig. »Erst habe ich meinen Mann beerdigt, und jetzt das hier. Ich kann einfach nicht mehr.«

Liesa nahm die Blätter an sich und steckte sie ein. Was mache ich hier eigentlich?, fragte sie sich in diesem Moment. »Okay«, versprach sie und sah Karin an. »Wir sind dabei.«

Als Liesa und Timo den Gemeindesaal verließen, war es bereits stockdunkel. Sie blieben noch eine Weile im Foyer stehen und schauten hinaus. Liesa schwirrte der Kopf. Todesdrohung, Umweltgifte, Krebstod, ein ominöser Zechenkiller. Was hatten der Krebstod des Ex-Bergmanns, PCB und der Tod von Sprockmann miteinander zu tun? Sie war sich sicher, dass es einen Zusammenhang gab. »Wollte man den Vorsitzenden der Bürgerinitiative zum Schweigen bringen und somit die ganze BIB einschüchtern?«, fragte sie Timo.

»Es war ein Autounfall, wie konnte er getötet werden?«

»Wurde er von der Spur abgedrängt?« Sie musste mehr darüber herausfinden, wie Sprockmann zu Tode gekommen war. Wer hatte Nutzen davon? Wem war die BIB auf den Schlips getreten? Schließlich fragte sie: »Wer ist der Zechenkiller und hat er etwas mit Sprockmanns Tod zu tun?«

»Wenn er etwas damit zu tun hat, war es Mord.«

Liesa nickte.

»Dafür gibt es aber keinen Beweis.«

Liesa ärgerte sich, als sie merkte, dass sie sich im Kreis drehten.

Timo schaute sie aufmunternd an. »Aber mit den E-Mail-Ausdrucken sollte sich doch mehr herausfinden lassen.«

Draußen schoben sie sich durch die Zigarettenrauchwolken in den dunklen kalten Märzabend, der sich wie ein Winterabend anfühlte und noch nichts von dem nahen Frühling versprach. Es hatte angefangen zu nieseln.

»Was hältst du von der Versammlung?«, fragte Liesa, als sie zurück zum Auto gingen.

Timo überlegte. »Krasser Scheiß. Bottrop soll sauber bleiben, sagen die. Ich denke, da wäre echt einiges zu tun.«

»Unser Saubermann war nicht ohne Gegenspieler.«

»Stimmt. Einer hat sich hier auf dem Papier verewigt. Wenn wir den finden könnten …«

»Wir wissen, dass Sprockmann ein seltsamer Typ war. Außerdem gab es Streitigkeiten innerhalb der BIB. Ist hier der Zechenkiller zu finden?« Liesa hätte am liebsten alles gleichzeitig untersucht. »Wir schauen uns diese E-Mails genauer an. Und wir könnten bei Sprockmanns Versicherungsagentur vorbeischauen, um mehr über ihn herauszufinden. Montagmorgen würde sich anbieten.« Sie stockte. »Du bleibst doch noch? Es sind doch Semesterferien.«

Timo öffnete die Autotüren per Funk. Erst als beide eingestiegen waren, antwortete er. »Ich kann noch ein paar Tage bleiben.«

Und weiter?, dachte Liesa. Timo könnte echt mal aus dem Quark kommen. Was er zu sagen hatte, würde ihr vermutlich nicht gefallen. Und dieser Umstand gefiel wiederum Liesa nicht.

9

Es war absolut ruhig im Haus, ein typischer Sonntag. Umso lauter ertönten die Fragen in Liesas Kopf, die immer weitere Fragen nach sich zogen und ihr keine Ruhe ließen. Sie würde bei dem anfangen, was sie hatte: die Ausdrucke der Droh-Mails. Sie legte das Papier mit den an Felix Sprockmann gerichteten E-Mails inklusive Beleidigungen und Morddrohungen neben sich auf das Sofa und forschte sich, den Laptop auf dem Schoß, durch das Internet. Zunächst näherte sie sich dem Verfasser der E-Mails auf psychologische Weise, mittels eines Dialogs, einer Analyse und ihrem Fachwissen über Kriminalistik und Psychologie. Was für ein Mensch bist du?, fragte sie den Absender der Droh-E-Mails in Gedanken. Aller Wahrscheinlichkeit nach ein Mann. Du bist ein Mann mittleren Alters, vermutlich zwischen 40 und 60. Die Wahrscheinlichkeit ist sehr hoch, das weiß man aus empirischen Untersuchungen. Du hattest Kontakt zu Sprockmann, kennst ihn persönlich oder zumindest über soziale Netzwerke, hast seine E-Mail-Adresse in Erfahrung gebracht und dir die Mühe gemacht, ihn persönlich anzuschreiben. Liesa gab Sprockmanns E-Mail-Adresse in die Suchmaske der Internetsuchmaschine ein. Über die Homepage der BIB hast du die Adresse nicht bekommen, sprach sie wieder zu der unbekannten Person, offenbar ist es seine private Adresse. Liesa suchte weiter, grub tiefer und fand Sprockmanns E-Mail-Adresse schließlich auf einem Dokument. Um das zu finden, war größerer Aufwand nötig. Hatte Sprockmann seine privaten Kontaktdaten selbst weitergegeben? Dann bestand ein Vertrauensverhältnis. Liesa dachte an Klaus Bremer. Jedenfalls ist es dir ausgesprochen wichtig, Sprockmann direkt anzuschreiben, ihm damit nahezukommen, ihn zu beleidigen, ihn in seine Schranken zu verweisen. Du maßregelst ihn, weil du meinst, das Recht dazu zu haben. Weil du über ihm stehst, zumindest moralisch. Ihr habt etwas gemeinsam, ihr habt einmal im selben Nest gesessen. Jetzt hat er dich enttäuscht. Wer andere als Nestbeschmutzer bezeichnet, sieht sich selbst legitimiert im »Nest«. Meinst du unsere Stadt, die Sprockmann mit seiner kritischen Haltung angeblich beschmutzt? Bist du einer der sogenannten »besorgten Bürger«? Hatte Sprockmanns Engagement in der Bürgerinitiative einen Rechtskonservativen provoziert? Waren es Angriffe von links? Dafür sprach der Inhalt nicht. Sprockmann hatte die negativen Folgen des Bergbaus angesprochen, ein hämischer Bergbaukritiker, der noch dazu selbst früher Bergmann war. Das passte. Du bist ein stolzer Mensch, deiner Sprache und deinem Schreibstil nach kein Akademiker, eher einer, der anpackt und ausspricht, was er denkt. Du kommst von der Zeche, Zechenkiller, aus dem Bergbau. Das ist euer »Nest« und das hat Sprockmann deiner Meinung nach beschmutzt. Der BIB-Klaus war somit raus. Das würde einfach nicht passen. Selbst in dem Fall, dass er sich von Sprockmann in seiner Funktion als Vorstandsmitglied der BIB angegriffen gefühlt hätte, wären solche Bedrohungen und Beleidigungen nicht angemessen gewesen, nicht zu Bremer passend und völlig überzogen. Klaus Bremer schien mit offenen Karten zu spielen. Unser E-Mail-Schreiber blieb im Verborgenen. Die Anschuldigung, Sprockmann habe sich aus der Kasse der Bürgerinitiative bedienen wollen, wog allerdings schwer. Ein Vertrauensbruch, vielleicht sogar eine kriminelle Handlung, strafrechtlich relevant. Das hätte ihm jemand sehr übel nehmen können. Möglicherweise gab es in der BIB auch weitere Konflikte und persönliche Motive für eine Drohung, die beim gestrigen Treffen nicht zutage getreten waren. Liesa wollte ausschließen, dass ein BIB-Mitglied hinter diesen Mails steckte. Sie würde noch einmal mit Karin sprechen müssen.

Liesa blätterte die bedruckten Papierseiten wiederholt durch. Du hast nicht zum ersten Mal jemanden bedroht und beleidigt, Zechenkiller. Sie würde die sozialen Netzwerke nach Hinweisen auf den Schreiber durchsuchen. Vermutlich hatte bereits vorher Kontakt bestanden, eine Form von Kritik oder Beobachtung in einem Internet-Forum oder in einer Gruppe in dem sozialen Netzwerk, in dem seine Altersgenossen sich bevorzugt austauschten. Man müsste tiefer graben. Der Typ war sicher nicht einfach so auf der Bildfläche erschienen. Sie fand allerdings keine Spuren aus der Vergangenheit, war sich ihrer Grenzen aber bewusst. Darauf könnte sie Timo ansetzen, der sich in der digitalen Welt besser auskannte und hervorragend vernetzt war. Sie kontaktierte ihn per Messenger, erhielt aber keine Antwort.

Ein Zechenkiller bist du also, sprach sie den Mailschreiber wieder in Gedanken an. Warum nennst du dich so? Was steckt hinter dem Begriff? Sie gab »Zechenkiller« in die Suchmaske ein. Die Internetrecherche führte sie zu der Kohlekrise 1967, in der es Demonstrationen gegen unkontrollierte plötzliche Zechenschließungen gegeben hatte, die die Bonner CDU-SPD-Regierung befürwortete. 15.000 aufgebrachte Bergleute und Anwohner in Dortmund-Huckarde. Von einem Ruhrkampf und großem Zechensterben war die Rede, da man ein umfangreiches »Sanierungsprogramm« plante, das Tausende Arbeitsplätze kosten würde. Massive Proteste der Kumpel waren die Folge, das ganze Ruhrgebiet sollte in Flammen stehen, hieß es, die Stimmung unter den Bergleuten war hochexplosiv. Bundeswirtschaftsminister Schiller und NRW-Ministerpräsident Kühn, beide SPD, wurden als »Kühn und Schiller – Zechenkiller« angegangen. Letzterer traute sich vor die aufgebrachte Menge und versprach Druck auf Bonn und gleichwertige Arbeitsplätze, wenn im Gegenzug Stilllegungen durchgeführt wurden. Resultat der Bergmannproteste war somit eine Umstrukturierung, die dem Steinkohlenbergbau in Deutschland kontrolliertes Schrumpfen und einen Aufschub gewährte. Lebensverlängerung, eine Art langwierige Sterbehilfe, auch mit Hilfe von Subventionen.

Wer hatte die Zechen eigentlich gekillt? Liesa stieß auf eine weitere Quelle. Zeitsprung in das Jahr 1997. Es ist nicht die Rede von einem »Zechenkiller«, aber »der Dicke muss weg« wurde skandiert, diesmal war die Regierung Kohl, CDU/CSU-FDP, gemeint. Man will die Subventionen trotz der Vereinbarungen drastisch kürzen. Die Arbeitsplatzgarantie wird aufgekündigt. Die NRW-SPD-Regierung soll die Zahlungen ausgleichen und hält dagegen. Es geht um 60.000 Arbeitsplätze. Bergleute streiken spontan, 30.000 Demonstranten im Saarland. »Wir lassen uns nicht lebendig beerdigen«, heißt es. »Wenn es im Revier brennt«, hatte jemand gesagt, »dann reicht das Wasser im Rhein nicht, um zu löschen.« Tagelange Besetzungen, blockierte Autobahnen, Angst vor Massenarbeitslosigkeit und Verelendung der Region. 15.000 Bergleute ziehen nach Bonn im Kampf um den Erhalt der Arbeitsplätze in der deutschen Steinkohle. Ein Band der Solidarität entsteht: Über 200.000 Menschen bilden eine Menschenkette quer durch das ganze Ruhrgebiet, über 90 Kilometer von Neukirchen-Vluyn im Westen bis Lünen im Osten. Die längste Menschenkette in der Geschichte der BRD. Man einigt sich auf Subventionsabbau und Zechenschließungen, es sollte bis 2005 keine betriebsbedingten Kündigungen geben, später hieß es »keiner fällt ins Bergfreie«, das Zechensterben ging weiter. 2007 wurde der endgültige Ausstieg aus dem subventionierten Steinkohlenbergbau beschlossen, 2018 abgeschlossen. Liesa atmete tief ein.

Sie traf auf viel Wut, Vorwürfe, Schuldzuweisungen der Bergleute, heute ehemaligen Bergleute. 1997 hieß es, der Zechenkiller Kohl müsse weg, dann, die Grünen seien schuld. Protestiert hat man 1997 vor der Parteizentrale der FDP. Wer war denn damals in der Regierung, als der Zechentod beschlossen wurde? »Die« haben unsere Zechen kaputtgemacht, heißt es von Seiten der Bergleute. Die Grünen, die Schwarzen. Regiert hat im Bund die CDU/FDP – in NRW die SPD – ab 1998 Rot-Grün. Was war mit den Roten? Die fanden kaum Erwähnung, vermutlich zunächst aus Loyalität und später wegen der zunehmenden Bedeutungslosigkeit der Partei. Auch auf die Gewerkschaften wurde geschimpft, verraten haben sollen sie die Bergleute. Liesa hatte den Eindruck, dass auf alle geschimpft wurde, hauptsächlich auf »die da oben«. Tatsächlich, dachte Liesa, war es die Wirtschaft, die »da oben« stand und Macht hatte, und die jeweilige Politik. Warum schimpfte niemand auf die Wirtschaftsbosse, auf das globale Geldverdienen ohne Rücksicht auf Arbeitsplätze, auf Arbeiter und deren Schicksal? Vielleicht waren sie zu abstrakt, agierten eher im Verborgenen, hielten ihre Gesichter nicht in Wahlkampfzeiten in die Kameras. Es war komplizierter, es gab nicht den einen Schuldigen. Die Bergleute fühlten sich verraten und im Stich gelassen, machtlos. Den Abschied von der Kohle hatten viele Menschen nicht gewollt. Es machte Liesa traurig. Man hatte sich abgefunden. Nun, manche der BIB-Leute weinten dem Bergbau keine Träne nach. Endlich sei der Steinkohlenbergbau zu Grabe getragen worden. Unter seinen Folgen hätten wir noch zu leiden, hatte Sprockmann sinngemäß geschrieben. Das verletzte Liesa. Wenn es mich schon ärgert, dachte sie, wie geht es dann erst den Männern, die direkt betroffen sind? Die ihre Arbeit, einen ganzen Berufszweig verloren haben, in dem Generationen beschäftigt waren und Identität gefunden hatten? Bergmänner sind stolz auf ihren Berufsstand und traurig und wütend über das Ende. Wut, das war ein wichtiges Element, das sie auch den Drohmails entnahm. Der Zechenkiller war wütend. Wahnsinnig wütend.

Liesa klickte auf einen Videolink. Er führte sie zu einer Dokumentation in einer Mediathek. Weil sie etwas müde geworden war, machte sie es sich auf dem Sofa gemütlich, streckte sich aus und schaute sich den Film auf dem Laptop an. Vieles war ihr inzwischen bekannt. Bei einer Szene wurde sie jedoch plötzlich hellwach. Jemand stand in der Menge der Streikenden, man sah ihn von hinten, er trug einen Baseballschläger hinter dem Rücken, auf den jemand etwas geschrieben hatte. Hatte Liesa das richtig gesehen? Das wäre ja heftig. Sie hielt das Video an, spulte ein Stück zurück, sah den Ausschnitt noch einmal und stoppte das Video zu einem Standbild. Sie neigte den Kopf, ging ganz nah an den Bildschirm und kniff die Augen zusammen, aber es war zu klein. Sie machte einen Screenshot und vergrößerte das so erhaltene Foto. Tatsächlich. »Zechenkiller«, stand in Handschrift geschrieben auf dem Baseballschläger, den der Mann hinter seinem Rücken trug. Meine Güte, das war drastisch.

Im Jahr 1997 stand also jemand den Bergbaufeinden mit einem Knüppel gegenüber, mit dem man jemanden totschlagen konnte. Das stach völlig aus den anderen Bildern von demonstrierenden Frauen, Kindern, Gewerkschaftlern, Pfarrern, etwa in einer Kirche, heraus. Das war ein friedlicher Massenprotest gewesen. Natürlich war es um einiges gegangen, die Bergleute hatten eine unglaubliche Streikaktion und viele Menschen an der Ruhr mobilisiert. Heute wusste man, dass es das letzte große Aufbäumen des Steinkohlenbergbaus war. Helme, Fackeln, Transparente und kämpferische Reden. Aber ein Baseballschläger? Hatte sich damals schon jemand zum Rächer aufgeschwungen? Hatte jemand noch eine Rechnung offen oder das jetzt umgesetzt, was er sich 1997 nur gewünscht oder vorgenommen hatte? Hatte er jetzt oder Ende letzten Jahres, als die Zeche endgültig geschlossen wurde, seinen Job verloren? Der Streik war 22 Jahre her. Der Mann, der damals 20 bis 30 Jahre alt gewesen war, musste jetzt Anfang 40 bis Mitte 50 sein. Das würde ins Profil passen. Wäre möglich.

»Ich komme dir näher, Zechenkiller.« Sie stieß auf ein Bergmannslied und schlief darüber ein.

Beklagt den wacker'n Bergmann nicht
dass er das Licht nicht schaut
Die Tiefe ist sein Heimatland
die Erd' ist seine Braut
Er schlägt ihr manche Wunden zwar
durchbohrt ihr oft das Herz
doch liebevoll schließt sie ihm auf
viel Gold und edel Erz

Beklagt den wacker'n Bergmann nicht
dass ihn umhüllt die Nacht
Denn schöner als der Sonne Licht
glänzt ihm der Erde Pracht
Und wenn vom wilden Sturm erfasst
die alte Eiche kracht
dann wiegt in sanften Schlummer ihn
die stille, süße Nacht

[altes Bergmannslied, Verfasser unbekannt]

Liesa träumte von Timo, dem sie nach der Schicht die Tür öffnete. Er trug Bergmannskleidung, was Liesa wunderte, und er hatte etwas für sie, eine Überraschung. Er hielt ihr lächelnd die Hand hin, auf der eine silbrige Substanz lag, glänzender als Kohle. Etwas stimmte nicht damit. Die Substanz veränderte sich, verflüssigte sich zu einem gelben, übelriechenden Brei, der sich durch Timos Hand fraß. Blankes Entsetzen erfüllte Liesa. Timo hielt ihr weiter die zerfressene Hand hin und lächelte sie an. Liesa wollte schreien, aber es kam kein Ton aus ihr heraus. *Der Erde Pracht*, hörte sie ihn mit einer fremden Stimme sagen. Und hinter seinem Rücken hielt er den Baseballschläger, auf dem »Zechenkiller« stand. *Beklagt den wacker'n Bergmann nicht. Er schlägt ihr manche Wunden, durchbohrt ihr oft das Herz.* Es würde ihr Herz sein, das ahnte Liesa.

10

Auf dem Weg zu Sprockmanns Versicherungsagentur stellte sich Liesa drei Fragen: Wer ist der Zechenkiller? Hat er Sprockmann auf dem Gewissen? Hat jemand anderes ein Motiv? Um Letzteres herauszufinden, mussten sie mehr über Sprockmann erfahren. Also saß sie an diesem Montagmorgen neben Timo in dessen Auto und sie kurvten in Richtung Innenstadt. Karin hatte versucht, sie anzurufen, aber sie hatte den Anruf nicht mitbekommen. Sie würde sie später zurückrufen. Ob es neue Erkenntnisse gab? Liesa war gespannt. Zunächst berichtete sie Timo über ihre gestrige Recherche.

»Ich vermute, dieser Zechenkiller war früher Bergmann oder ist es noch, also bei der Firma angestellt, die im Moment die Raubarbeiten durchführt. Er ist etwa 40 Jahre bis Mitte 50, vielleicht auch etwas älter.«

»Das grenzt die Sache ja schon sehr ein«, kommentierte Timo ironisch.

»Ich komme auf die Altersangabe, weil es entsprechende Täterstatistiken gibt. Außerdem bin ich auf etwas gestoßen, was direkt mit unserem Zechenkiller zu tun haben könnte.« Liesa berichtete von dem Streikvideo, das sie gesehen hatte, und dem bemerkenswerten Baseballschlägerträger.

»Dieser Kerl könnte es sein«, meinte Timo. »Vielleicht heißt er auch Uwe, sitzt zu Hause am Rechner und bepöbelt alle, die er für grün hält.«

»Wie kommst du ausgerechnet auf Uwe?«

»Ich habe mich gestern in Sprockmanns Umtriebe in den sozialen Medien vertieft. Er hatte einen speziellen Internetkontakt.«

Liesa schaute ihn aufmunternd an.

»Ein gewisser *UweBot* hat Sprockmann im sozialen Netzwerk derbe beleidigt und attackiert.«

»Ach! Was hat er denn so geschrieben?«

»Soll ich das jetzt wirklich hier sagen? Dann müsste ich einiges überpiepsen. Okay, es ging in die Richtung, in die auch die E-Mails gehen. Ich habe die Chats gespeichert, du kannst sie dir später angucken.«

»Worauf du wetten kannst. Und wer ist der Typ? Warum habe ich den im Internet nicht gefunden? Ein Bot?«

»Nee, kein automatisches Programm, kein Softwareroboter. Es ist ein Uwe aus Bottrop, sehr wahrscheinlich aus Fleisch und Blut. Übrigens Ex-Bergmann, dessen Account vorübergehend gesperrt ist. Warum wohl?«

»Hassrede, Beleidigung, Bedrohung?«

»Jepp.«

»Wie bist du auf ihn gekommen, wenn er doch vorübergehend gelöscht ist?«

Timo tat wichtig. »Kontakte, Kontakte, Kontakte. Der richtige Mann am richtigen Ort.«

»Manchmal zumindest«, murmelte Liesa. »Dann sollten wir Bottrop-Uwe auf den Zahn fühlen. Wie kommen wir an den dran? Also im echten Leben, kompletter Name, Adresse?«

»Ich hab einen Kollegen gefragt, aber der ist noch nicht zutraulich. Werde ihm wohl einen Gefallen tun müssen, damit er mir hilft. Ist schließlich nicht gerade legal.«

»Hackt euch rein«, forderte Liesa ihn auf.

»Mein Kollege wollte solche Sachen eigentlich nicht mehr machen.«

»Was verlangt er denn dafür?«

Timo zog ein Gesicht. »Das willst du nicht wissen.«

Das war ihm sichtlich peinlich. Liesa stellte sich vor, wie Timo für diesen Kollegen die überbordende Kabelsalatschublade aufräumte, für ihn strippte oder – vermutlich noch schlimmer – den Rasen mähte. »Dieser Uwe, ehemaliger Bergmann und Beleidiger, wäre ein guter Kandidat«, sagte Liesa und dachte an die provozierenden Sprockmann-Worte, endlich habe man den Steinkohlenbergbau zu Grabe getragen. Das war reine Provokation und konnte heftige Wut hervorrufen. »Der Zechenkiller ist wütend, Timo.«

»Ein angry white man?« Timo spielte auf den Prototyp des populistischen Hassredners an, der häufig diesen Kriterien entsprach.

»Mehr als das. Vermutlich hat er seinen Worten auch Taten folgen lassen. Wir müssen mehr über diesen Uwe herausfinden.«

Timo seufzte. »Echt jetzt?« Er brummte. Seufzte wieder. »Okay, ich werde mich meinem Kollegen ergeben.«

Liesa grinste. »Ich habe übrigens noch etwas. Heute Morgen hat die Polizei eine Pressemeldung herausgebracht. Die Brandleiche konnte identifiziert werden. Bei dem Toten handelt es sich um Felix Sprockmann, unserem Mitbegründer und Vorsitzenden der BIB. Die Kripo wertet noch Spuren aus.«

»Was für welche?«

Sie zuckte mit den Schultern. Da klingelte ihr Handy. Sie rechnete mit einem erneuten Anruf Karins, doch auf dem Display tauchte das Bild ihrer Oma auf.

»Pass auf, Liesa-Schätzken. Ich machet kurz.« Oma wartete keine Antwort ab und hechelte sich immer noch durch ihre Telefonate wie in den Zeiten, als Handyanrufe ungeheuer teuer waren. Liesa stellte auf Lautsprecher. »Also der Rainer von der Feuerwehr hat erfahren, datt man in dem Unfallauto etwas gefunden hat. Da waren zwei Benzinkanister im Kofferraum.«

»Das würde die Explosion und den starken Brand erklären«, kommentierte Liesa. »Aber so ungewöhnlich ist es ja nicht, Ersatzkanister dabeizuhaben.«

»Gleich zwei? Datt Beste kommt noch«, sagte Oma. »Da war auch watt, watt da nich' hingehört.«

Liesa war ganz Ohr.

»Eine Gaskartusche, hat er gesagt.«

»Wow«, entfuhr es Liesa. »Was für eine genau?«

»Eine für Reizgas. So eine Art größere Spraydose mit so 'nem Dingen zum Befestigen. Der Rainer hat zwei Buchstaben gesagt, die hab ich aber vergessen.«

»CS-Gas?« Liesa hatte schon einmal eine Sprühdose mit CS-Gas zur Selbstverteidigung besessen. »Wofür hat man so etwas im Auto?«

»Kann sein, ich frag noch mal nach. Ich könnte später auch den Willi ansprechen.«

»Gute Idee.« Onkel Willi hatte spezielle Kenntnisse und Erfahrungen, was Gaskartuschen betraf. Liesa würde auch selbst recherchieren, welche Reizgaskartuschen auf dem Markt waren und wofür man sie einsetzte. »Seltsam, oder? Was hat die da im Auto zu suchen?«

»Das fragt sich der Rainer auch. Und die anderen von der Feuerwehr. Aber datt hat die Polizei nicht offiziell rausgegeben, nur so unter der Hand. Weißte Bescheid, ne?«

Natürlich würden sie Omas Informanten nicht verraten, versprach Liesa. »Sag ihm, er soll an der Sache dranbleiben.«

Oma bestätigte und beendete das Gespräch.

»Ist ja der Hammer«, kommentierte Timo.

»Das könnte den starken Brand und die Explosion ausgelöst haben«, meinte Liesa.

»Aber so eine Gaskartusche brennt doch nicht sofort, da braucht es über lange Zeit größere Hitze.«

Das leuchtete Liesa ein. Sie überlegte. »Es sei denn, das Gas wäre ausgeströmt und dann in Brand geraten.«

»Er saß allein im Auto, hätte er sich während der Fahrt mit Reizgas besprüht?«

»Vielleicht aus Versehen.«

»Eher nicht.«

»Fühlte er sich bedroht? Hat er jemand anderen besprüht? Oder dieser Jemand-anders ihn? Hat das jemand getan und sich dann aus dem Auto geworfen?«

»Du meinst so eine Stuntman-Nummer?« Timo überlegte. »Nein, der war zu schnell unterwegs, das wäre zu gefährlich gewesen. Man hätte den Typen dann sicher neben der Autobahn gefunden.«

Da musste etwas anderes dahinterstecken, das war Liesa klar. *Es war ein verdammter Mord*, hörte sie Karin wieder sagen. Die Mordthese erhärtete sich. Die Polizei samt Feuerwehr und deren Kollege Rainer sahen Ungereimtheiten. Vermutlich zu Recht. Die sah Liesa auch.

11

Sie erreichten die Versicherungsagentur an der Osterfelder Straße in Bottrop-Stadtmitte. Timo stellte seinen Wagen auf einem Besucherparkplatz ab. »Generalagentur der Vereinigten Assekuranz VerAs GmbH, Felix Sprockmann« prangte über dem kleinen Ladenlokal. Keine Glas-Granit-Festung mit riesigen Fahnen davor. Stattdessen eine Fensterscheibe, daneben ein Eingang mit zwei Stufen. Das alles konnte den Schick der 60er-Jahre nicht ganz verbergen. Die Beschriftung an der Glastür wies auf Sprockmanns Immobilientätigkeit hin. Nichts zu seinem Beraterjob, was Liesa stutzig machte. Kein Hinweis auf seine Consultingfirma. Sie studierte die vielen Angebote und Werbeversprechen. Man versuchte offenbar, sich gegen alles zu versichern und zu wappnen, was das Leben so für einen bereithalten würde. Jedes Risiko, das Dasein selbst. Keine Chance, dachte Liesa. Das Schicksal tritt dir in den Rücken, wenn du es nicht erwartest. Da hilft auch keine Versicherungspolice.

Sie betraten den Raum. Das von außen unscheinbar und klein wirkende Ladenlokal überraschte im Inneren mit hochwertig ausgebauten Büroräumen, einem durch Glaswände abgetrennten Extrabereich inklusive Designermöbeln für den Chef. Vorn ein einzelner schmaler Schreibtisch, der Empfang. Dort saß eine Frau in den Dreißigern. Kurzes Jäckchen in Dunkelblau, Hose im gleichen Farbton, weiße Bluse, alles formell, klassische Businessuniform. Im Kontrast zu diesem knitterfreien Look wies ihr Gesichtsausdruck Zerknautschtheit auf. Sie sah langsam zu Timo und Liesa auf, erhob sich und kam den beiden im Schildkrötentempo entgegen.

»Herr Sprockmann ist nicht zu sprechen«, teilte die Zerknautschte mit.

Alles andere hätte Liesa auch gewundert.

»Ich kann Ihnen leider heute keinen Termin geben. Wenn Sie sich bitte …« Sie überlegte und wirkte einen Moment lang orientierungslos, konfus. »… ein anderes Mal wieder melden möchten.« Sie wandte sich schon wieder ihrem Schreibtisch zu.

»Kommt er denn heute noch rein?«, wollte Timo wissen und tat unschuldig dabei. »Oder stimmt das, was wir gehört haben?«

»Was?«

»Was man hier so sagt. Dass er einen Unfall hatte.«

Da brach Miss Knautsch ein. »Nein. Ja. Das stimmt. Mein Chef«, ihre Mundwinkel zitterten, sie schniefte hörbar, »der ist tot.« Das letzte Wort flüsterte sie.

Hatte die Lebensversicherung hier versagt und das Leben sein wahres hässliches Gesicht gezeigt?

Liesa und Timo schauten sie ermutigend an.

»Ich stehe jetzt ohne Chef da. Was soll ich denn nur machen? Was soll ich denn den Kunden sagen?«

Das war also ihre größte Sorge momentan.

»Silke Kleinkötter«, stellte die Bürofrau sich vor und strich sich fahrig durch die Haare. »Möchten Sie einen Kaffee? Ich meine, ich habe ja jetzt nichts zu tun. Ich muss auf Anweisung warten von der Hauptstelle in Düsseldorf.« Sie seufzte und schaute auf ihren Schreibtisch. »Wissen Sie, so einen Fall hatten wir noch nicht.«

Das hoffe ich doch, dachte Liesa, setzte aber ein verständnisvolles Gesicht auf.

Frau Kleinkötter bot ihnen einen Platz an einem kleinen Tisch im Wartebereich im Schaufenster an. Während sie in einem Hinterzimmer verschwand, sahen sich Liesa und Timo um. Liesa vernahm das Pfeifen einer Profi-Siebträgermaschine, wie sie es aus dem Eiscafé kannte. Das würde ein feiner Kaffee aus einer feinen teuren Maschine werden.

Liesa besah sich die zwei Arbeitsbereiche, den Schreibtisch der Zerknautschten und abgeteilt hinter Glaswänden das Chefbüro. Hatte ein Generalagent nicht ein ganzes Team von Mitarbeitern zur Verfügung?

Liesa ging zu dem abgeteilten Glaskastenbüro, in dem Sprockmann residiert haben musste, und lugte durch die Scheiben. Auf den geschmacklich bedenklichen und unzweifelhaft kostspieligen Schränken und Regalen reihten sich glänzend und prachtvoll Pokale auf. Über dem massiven Schreibtisch hing ein Bildschirm an der Wand, der wechselnd Fotos präsentierte. Guck mal an, dachte Liesa. Der Sprockmann hatte etwas zu präsentieren. Palmen, Tennisplatz, Büro. Sportwagen, Jacht, Luxusimmobilie. Im Prinzip der Internetfoliant, nur eine Nuance diskreter. Und hier gab es mehr zu sehen. Sprockmann im Businessanzug, in der Badehose, mit einer knackigen Frau, mit zwei knackigen Frauen, mit einem Longdrink in der Hand, mit dem Oberbürgermeister im Arm. Immer braungebrannt, immer blondiert und immer etwas drüber. Was für ein toller Hecht, ein Zampano. Als sich im Hinterraum etwas regte, huschte Liesa ein Stück zur Seite und tat so, als schaute sie sich die gerahmten Zertifikate an der Wand im Wartebereich an.

Frau Kleinkötter kam mit zwei Tassen Kaffee zurück, Espressostyle, Milch, Zucker, Süßstoff. Alles in Edelstahl-Designerpöttchen.

»Hat Herr Sprockmann allein gearbeitet? Gab es kein Team von Versicherungs…« Liesa wollte nicht *Fritzen* sagen.

»Nein, hier war nur mein Chef tätig. Ich bin für das Backoffice zuständig. Für die Buchhaltung«, ergänzte sie, als sie Liesas fragenden Blick wahrnahm, »und den Empfang.« Sprockmann musste den Laden allein geschmissen haben. Und damit machte man so viel Geld, genug Umsatz? Das kam Liesa seltsam vor. Sie sei für die Versicherung und die Wohnungsverwaltung zuständig, erklärte die Bürofrau weiter. »Die Buchhaltung der anderen Geschäftssegmente hat Herr Sprockmann outgesourct, also ausgelagert.«

Oder einiges an Buchhaltung am Finanzamt vorbeigesourct, sprich vorbeigeschleust, dachte Liesa. Weggeben, ausgliedern, nach außen verlegen. Nicht ausgeschlossen, dass er Geheimnisse hatte. Seine Mitarbeiterin musste so etwas doch geahnt haben.

»Über Tote soll man ja nicht schlecht reden.« Sie blinzelte.

Doch, immer gern, dachte Liesa und machte wieder ihr verständnisvolles Gesicht.

»Aber … Ich sollte Ihnen das vielleicht gar nicht sagen. Ich rede zu viel. Das muss der Schock sein. Wer sind Sie überhaupt?«

»Wir ermitteln in diesem Fall«, behauptete Liesa, und Timo ließ direkt die nächste Frage folgen: »Haben Sie Ihren Chef am Freitag gesehen, bevor das passiert ist?«

Silke Kleinkötter ergab sich ihrem Schicksal, machte keine weiteren Anstalten, nach einer Legitimierung zu fragen, und ließ sich auf einem Besucherstuhl nieder. »Ja, er ist immer freitags zur gleichen Zeit losgefahren. Ins Wochenende, hat er gesagt. Meistens ist er nach Hause und dann direkt weiter ans Ijsselmeer. Er hatte da ein Boot.«

Boot, ist klar, dachte Liesa. Ein Bötchen. Solange es kein Bot war.

»Man muss sich fragen«, lieferte Timo gleich nach, »warum Sprockmanns Auto förmlich explodiert ist. War da etwas Ungewöhnliches, etwas Brennbares drin?«

Frau Versicherung erbleichte.

»Hatte er Angst um sein Leben?«

Liesa hätte Timo so ein hartes Verhör nicht zugetraut.

»Da müssen Sie den Manni fragen, also den Herrn Drießen. Der hat sich immer um das Auto gekümmert. Jeden Freitag hatte der Wagen pikobello zu sein, gewaschen, getankt, vor der Tür geparkt.«

»Wie kann man den kontaktieren?«

»Na, eine Visitenkarte hat er nicht.« Sie lachte auf. »Um diese Angelegenheit hat sich Herr Sprockmann immer selbst gekümmert. Sie waren alte ›Freunde‹«, sie deutete mit den Fingern Gänsefüßchen an, »noch aus früheren Zeiten.«

»Beide waren Bergleute, oder?«, fragte Liesa.

Der Blick der Bürofrau konnte überheblicher nicht sein. »Kann schon sein. Damit haben wir ja nichts zu tun. Das mit der Kohle ist ja auch alles längst vorbei.«

Kann man so und so sehen, dachte Liesa. Kohle wurde hier auf jeden Fall gemacht. Außerdem gab es in Bottrop viel mehr Ex-Bergleute, als man gemeinhin vermutet hätte.

»Hatte er Feinde?«, wollte Timo wissen. »Ihr Chef war Vorsitzender einer Bürgerinitiative. Gab es diesbezüglich Probleme, vielleicht Anfeindungen?«

Frau Kleinkötter schlug die Beine übereinander. »Nicht dass ich wüsste. Er hatte hervorragende, vielfältige regionale als auch ausländische Geschäftskontakte.«

»Wohin ins Ausland?«

»Osteuropa. Auch da hat Herr Sprockmann die Termine selbst ausgemacht. Von persönlichen Anfeindungen weiß ich nichts. Da könnte Manni mehr wissen. Der war immer dabei, wenn so etwas bearbeitet wurde. Er wich ihm praktisch nicht von der Seite.« Sie rümpfte die Nase. »Sein Bodyguard, hab ich dann immer gedacht.« Es habe Meetings gegeben, erzählte sie. Sie sei nicht in alles eingeweiht gewesen. Liesa wurde misstrauisch. Krumme Geschäfte? Wir dürfen die ominöse Beratertätigkeit der undurchsichtigen Consultingfirma nicht vergessen.

»Wer hätte Nutzen von Sprockmanns Tod?«, fragte Liesa.

»Ich sollte Ihnen das eigentlich nicht sagen, aber …« Ihre Augen verengten sich. »Wer auf jeden Fall davon profitiert, das ist seine Ehefrau, Oksana.« Sie sprach den Namen aus, als hätte er einen widerlichen Geruch. »Ich habe ihr ja nie getraut, dieser russischen …« Sie suchte offenbar nach einem angemessenen, politisch korrekten Begriff.

Liesa half aus. »Frau.« Omma hätte jetzt *Schickse* gesagt, dachte sie.

Frau Kleinkötter nickte und rollte mit den Augen. »Ich habe selbst die Versicherungspolice bearbeitet. Im Falle des Todes ihres Mannes wird Frau Sprockmann ein hoher sechsstelliger Betrag ausgezahlt.«

Timo pfiff anerkennend. »Das wäre ja dann jetzt der Fall.«

Frau Versicherung guckte angesäuert.

Bei Liesa ging das Kopfkino los. Die russische Schickse Oksana würde von Sprockmanns Tod profitieren. Klassisches Mordmotiv: Geldgier. Eine ausgezahlte Versicherungssumme war sicher profitabler als eine potenzielle Scheidung. Und verlässlicher, sozusagen bombensicher, im Falle eines Unfalls. Oksana Sprockmann stammte vermutlich aus Osteuropa, Russland, der Ukraine, überlegte Liesa. Sie hatte ein Bild vor Augen: sportlich, tussig, schmuckbehangen. Außerdem war sie geldgierig und hatte sich erfolgreich gesundgestoßen. Habe ich unschöne Vorurteile? Jepp, aber wir werden sehen.

Hatte seine Frau einen Unfall initiiert, um abzusahnen? Hätte sie die Möglichkeit und Gelegenheit dazu gehabt? Vielleicht standen ihr nette Freunde oder Familienangehörige aus dem ehemaligen Ostblock zur Verfügung, die den Wagen rammten, ihn abdrängten und von der Spur brachten? Ein neuer Lover? Aber was war mit der Explosion und der Gaskartusche?

»Herr Sprockmann war doch auch beratend tätig«, wagte sich Liesa vor. »Als Geschäftsführer einer Consultingfirma, wenn ich das richtig verstanden habe.«

Das Gesicht der Bürokraft verfinsterte sich. »Ich habe jetzt wirklich zu tun.« Sie stand abrupt auf.

Timo und Liesa waren schneller aus dem Versicherungsbüro heraus, als Letztere »Wen oder was hat er beraten?« sagen konnte.

»Hast du die Fotos gesehen?«, fragte Liesa. »Er war ungewöhnlich geschäftstüchtig, wohlhabend, protzig und erfolgreich.«

»Ja, und sein Geschäftsgebaren vielfältig und vermutlich unsauber.«

Sie überquerten den Parkplatz. Ein Aufblinken signalisierte, dass Timo die Autotüren per Funk geöffnet hatte.

»Diese Beratungssache erscheint doch dubios.« Liesa stieg ein. »Wen oder was hat er beraten?«

»Eine ehrenamtliche Tätigkeit passt nicht zu Sprockmann, also ging es um Profit«, vermutete Timo und legte den Gurt an.

»Dass er diese Meetings im Verborgenen abhielt, spricht auch eher für etwas Windiges«, ergänzte Liesa.

»Wie gehen wir jetzt weiter vor? Wenn es Verstrickungen mit osteuropäischen Geschäftsleuten gibt, wie kommen wir an die ran?«

Liesa überlegte und versuchte, die neuen Erkenntnisse zu sortieren. Hatte Sprockmann auch sein Leben versichert und war er dabei erfolgreich gewesen? Oder vielmehr gescheitert, als er von der Fahrbahn abkam, sich überschlug und in Flammen aufging? Wer hatte Sprockmann als Zechenkiller bedroht? Was hatte es mit dem Reizgas in Sprockmanns Wagen auf sich? Wer profitierte von seinem Tod? Die Witwe, das hatten sie eben erfahren. »Wir sollten erst einmal in der Nähe weiterforschen«, schlug Liesa vor. »Und auch an Bottrop-Uwe dranbleiben.«

»Das ist eingestielt. Aber was ist mit diesem Manni?«, fragte Timo. »Vermutlich war er der Letzte, der Sprockmann lebend gesehen hat.«

Welche Rolle spielte Manni Drießen, der Bodyguard mit Zechenvergangenheit?, fragte sich Liesa. Welche Aufgaben hatte er für Sprockmann übernommen? »Da er sich um Sprockmanns Auto gekümmert hat, kann er vielleicht etwas über die rätselhafte Gaskartusche und die Explosion sagen, irgendetwas über die Unfallursache.«

»Wenn man ihn denn auffinden kann«, gab Timo zu bedenken.

»Da sollte Witwe Sprockmann weiterhelfen können oder der PC ihres Mannes.«

»Gut.« Timo ließ den Motor an. »Alle Wege führen nach Grafenwald.«

Die Adresse war ihnen dank Omas V-Frau, der Putzhilfe der Nachbarn, bereits bekannt.

»Wir müssen der Witwe Sprockmann auf den Zahn fühlen«, beschloss Liesa.

»Und dann?«

Liesa konnte das Fragezeichen geradezu durch das Auto wabern sehen. Es dockte nirgendwo an.

»Wir könnten vorher einen Abstecher machen«, schlug Timo vor. Das Fragezeichen zerplatzte und zersprang in viele kleine Fragezeichen.

Als Timo vom Kundenparkplatz auf die Straße einbog, rief Karin an.

Liesa kam direkt zur Sache. »Könnte Klaus Bremer der Zechenkiller sein oder gibt es bei der BIB jemand anderen mit einem persönlichen Motiv?«

»Liesa, ich habe so viel hin und her überlegt. Es war definitiv keiner von uns. Das traue ich keinem zu. Warum sollte sich auch jemand die Mühe machen? Wir hatten doch vor, beim Treffen alles zu klären. Der Klaus hatte seine Unterstützer, dem wäre auch bei einer heftigen Diskussion nichts passiert. Felix Sprockmann wäre vermutlich mit seiner Kritik an ihn ins Leere gelaufen. Klaus ist als zweiter Vorsitzender beliebt und unersetzlich. Ansonsten hatte Felix wenig persönliche Kontakte zu anderen Mitgliedern. Ich wüsste davon, wenn es Streit gegeben hätte.«

»Und was ist mit dem Geld? Dem Verdacht, dass sich Sprockmann aus der Kasse der Bürgerinitiative bedient haben soll?« Liesa kam dies in Anbetracht des Sprockmann-Büro-Prunks nicht mehr plausibel vor.

»Ein Missverständnis«, meinte Karin. »Ich habe heute Morgen mit der Kanzlei telefoniert. Felix hat den Anwalt kontaktiert, ihm aber noch kein Mandat erteilt. Beim Treffen wollte er uns vorschlagen, ihn offiziell zu engagieren. Den Vorstoß, allein einen Termin zu machen und sich den Anwalt selbst anzusehen, das hat wohl jemand in den falschen Hals bekommen. Weißt du, die Leute haben Angst. Und dass man nur klagen kann, wenn man sich einen guten Anwalt leistet, ärgert sie. Da kann es schon mal zu solchen Unterstellungen und Missverständnissen kommen.«

Das konnte Liesa nachvollziehen. Vermutlich hatten die weniger Finanzstarken, die Rentner und jungen Familien, Bedenken, sich mit ihren Ansprüchen durchsetzen zu können, während der wohlhabende Herr Sprockmann mit Hilfe eines teuren Anwalts noch mehr Geld hätte scheffeln können. Gab es dazu nicht ein Sprichwort? Irgendwas mit Teufel und Haufen … Liesa fiel es nicht ein. »Dann hat sich das ja geklärt, Karin.«

Sie verabredeten, sich weiter auszutauschen, wenn es neue Erkenntnisse gab.

Karin setzte ernst hinzu: »Du weißt ja, ich bin an was dran, Liesa.« Sie machte eine Pause. »Wenn die Sache wasserdicht ist, melde ich mich.« Ihre Stimme zitterte. »Sollte mir etwas passieren …«

Liesa wollte nachfragen, um was es genau ging, aber Karin hatte das Gespräch bereits beendet. Wieder diese Andeutung, dachte Liesa. Wer weiß, was Karin Palmowski noch in der Hinterhand hatte. Es musste außerordentlich wichtig sein. Liesa hatte Karins ungeheure Angst gespürt. Ihre

Nachforschungen waren riskant und dabei stand mehr auf dem Spiel, als sie hätte ahnen können.

12

»Karlchens Grill« an der Prosperstraße hielt alles bereit, was das Herz eines echten Pommesbuden-Fans höher schlagen ließ: eine schwere Eingangstür mit dem Hinweis, dass mit langen Wartezeiten zu rechnen sei, der Duft von Frittierfett, eine gut ausgeleuchtete Theke, in der in unzähligen Schälchen unter anderem panierte Schnitzel sich ihrem Schicksal ergaben, um von phosphatgierigen Ruhrgebietlern verschlungen zu werden. Ebenfalls warteten Leber in Öl, undefinierbare Hackfleischstangen und Salate in allen Farben inklusive der beliebten Wachsbrechbohnen auf Hungrige. Liesa dachte an den wunderbaren Wachsbrechbohnensalat ihrer Oma, mit Salz, Pfeffer, Zwiebeln, Essig und Öl angemacht, einfach und schlicht ein Gedicht. Zusätzlich passte er farblich und thematisch immer hervorragend zu Omas Wachstuchtischdecken. Hier hieß es »Futtern wie bei Muttern«, eigentlich wie bei Karlchen, den Liesa allerdings bisher nie zu Gesicht bekommen hatte. Gab es ihn überhaupt? Hinter der Theke eine Frau Ende 30 im dunklen T-Shirt, über ihr im Hintergrund eine riesige Menüauflistung, die Speisenliste hell erleuchtet und Begehrlichkeiten weckend.

»Und?« Liesa guckte auf Timo, dann wieder auf die schier unendliche Liste von Frittiertem, Überbackenem, Hausmannskost, Soßen, Getränken. Sogar einen Cappuccino gäbe es hier. Liesa war beeindruckt. Der war vermutlich nicht aus so einem teuren Kaffeevollautomaten, wie sie es gerade in dem Versicherungsbüro hatten genießen dürfen. Dafür war man hier bodenständig.

»Die Qual der Wahl«, kommentierte Timo.

Frau T-Shirt, in ihrem leicht verschwitzten, weil erhitzten Zustand unübersehbar Teil der arbeitenden Bevölkerung, nahm sich ihrer an. »Und?«, fragte auch sie.

Ein kleiner Trupp von Handwerkern kam zur Tür herein, betrat den Raum. Liesa trat ein wenig zur Seite.

»Hätten wir einen Tisch reservieren sollen?«, raunte Timo ihr zu und grinste.

Ein Montagmittag in der Pommesbude, dachte Liesa. Als Timo ihr vorschlug, sie könnten doch zusammen etwas essen, hatte sie einen Moment lang die Assoziation eines Restaurants. Oder einer eigenen Küche. Jetzt standen sie hier und holten etwas »vonne Bude«. Immerhin war es Karlchens Grill. In dem überregional bekannten Imbiss hatten schon Fernsehteams Spitzenköche beim Genuss der einzigartigen Currywurst gefilmt.

»Na, wisster, was ihr nehmt?«

Liesa wusste. Sie bestellte eine Portion Currywurst, Pommes, Mayo.

Timo schloss sich an. »Zum Hieressen«, ergänzte er.

»Scharf machen?«, wollte Frau T-Shirt wissen.

Liesa bejahte, Timo lehnte ab.

Schwach, dachte Liesa. Lauchiger Nerd. Ihr fiel einiges dazu ein, aber das Thema Scharfmachen musste in diesem besonderen Kontext warten.

»Bring ich gleich«, versprach die Imbissfrau und wandte sich direkt dem Handwerkertrupp zu, der sich bereits an dem Kühlschrank bedient hatte und nun Getränkeflaschen auf die Theke stellte.

»Wie immer?«

Man bestätigte durch Nicken und Grunzen.

Hier wird kein Wort verschwendet, dachte Liesa. Nicht lange rumschwafeln. So sind meine Ruhris, es geht immer gleich zur Sache. Sie und Timo nahmen ihre Plätze an einem Tischchen ein, das nicht größer als ein Schachbrett war. Wischspuren auf der Resopalplatte, dick lackiertes Holz. Die Polster verfügten in ihrem grafischen Design in Grau-Blau-Gelb über den Chic eines 80er-Jahre-Busses, der im absoluten Notfall als Ersatzwagen dieselabgasend durch Bottrop kurvte. An der Wand dudelte ein Geldspielgerät fröhlich vor sich hin und wartete auf Spieler, die unglücklicherweise ihr Glück versuchen und Geldmünzen in dem Kasten versenken würden.

»Und?«, fragte Liesa, machte damit den Tonfall der Bedienung nach und musste grinsen.

»Alles okay«, meinte Timo und schaute aus dem Fenster.

Wo war der Kerl gerade mit seinen Gedanken? Liesa versuchte noch einmal, ein Gespräch zu beginnen. »Die Semesterferien sind bald zu Ende.«

Timo brummte zustimmend und drehte sich zur Theke, reckte seinen Hals dabei so übertrieben, dass der Versuch dieser Ablenktaktik gänzlich aufflog. Na gut, du lauchiger Typ, dann spiele ich das Spielchen mit, dachte Liesa. Vorerst. »Hier gibt es echt die beste Currywurst weit und breit«, erklärte sie. »Oder wie der Fachmann sagt: CPM.«

Timo schaute sie an. »Mantaplatte.«

»Schimanski-Teller«, schob Liesa nach.

»Pommes Schranke.« Timo grinste. »Assiteller.«

Liesa lachte auf. »Nicht zu vergessen: C-Wurst.«

Timo hob den Zeigefinger. »Carpaccio von der Bratwurst an Erdäpfeln mit Sauce de Mayonnaise.«

Liesa lachte. »Okay, du hast gewonnen.«

»Die wird mir fehlen.«

»Wie meinst du das?«

»Ach, nur so.«

Hatte er sich gerade verplappert? Was zum Teufel war mit dem Kerl los? War er krank, hatte er Pläne, die ihr nicht gefallen würden? So konnte das nicht weitergehen, das war Liesa klar. Einerseits ihr täglicher Fleischkonsum, andererseits der junge Herr Goretzka, der ihr immer wieder aus den Händen glitt wie ein frittierter Schokoriegel. Karma, wünschte sie sich. Lass das hier ausgleichen. Weniger Fleisch, mehr Beziehung. Sozusagen das Herstellen einer Fleisch-Life-Balance. Wenn ich das nicht besser hinkriege, ende ich verfettet und einsam auf den Straßen Bottrops. Und während wir hier sitzen und den Fall nicht lösen, rennt ein irrer Zechenkiller durch die Stadt und knöpft sich womöglich ein weiteres Opfer vor, von dem er meint, es teile seine Überzeugung nicht und müsse aus dem Weg geräumt, genauer gesagt abgefackelt werden, weil es das Nest beschmutzt hatte.

Liesa zog die Papierausdrucke der Drohmails aus ihrem Rucksack. »Jetzt mal Butter bei die Fische«, meinte sie. »Lass uns die E-Mails und den Chatverlauf vergleichen. Ist UweBot, unser gesperrter Plattform-Hater, der Sprockmann im sozialen Netzwerk beleidigt und attackiert hat, auch der Drohmailschreiber alias Zechenkiller? Mal gucken, ob wir Übereinstimmungen finden oder der Herr ausgeschlossen werden kann.«

Timo nickte und zückte sein Handy.

»Also«, begann Liesa. »Ich hätte zu bieten: einmal ›Du Nestbeschmutzer Arschloch‹ und zweimal ›Verräter‹.«

Timo las von seinem Smartphone ab: »Nicht schlecht. Bei mir steht in UweBots Tipps an Herrn Felix Sprockmann in dem bekannten sozialen Netzwerk: ›Du weißt, was man mit Nestbeschmutzer macht‹ und ›geh sterben‹, wortwörtlich zitiert.«

»Immer wortwörtlich«, sagte Liesa.

»Okay. ›Verrecke Arschloch‹, meint UweBot in seinen freundlichen Chats. Womit sich ›Arschloch‹ doppelt.«

»›Nestbeschmutzer‹ doppelt sich auch«, bemerkte Liesa. »›Du warst nie auf eine Zeche‹, das meint der Zechenkiller per E-Mail.«

»›Keine Ahnung von Bergbau‹, meint UweBot im Chat.«

»›Veräter werden bestraft. Verrecke. RIP.‹ Verräter mit einem r.«

»Das passt zu: ›geh kaputt du Veräter‹, auch nur mit einem r«, sagte Timo.

Liesa brummte zustimmend.

Timo fuhr fort: »›Unter uns echte und ehrenvolle Bergmänner hat er hier nichts zu suchen, Glück auf‹, schreibt UweBot über Felix Sprockmann.«

»Hm«, machte Liesa. »›Glück auf‹ finde ich hier in den E-Mails nicht. Wie sieht es denn mit anderen Spezialbegriffen aus, gibt es da Übereinstimmungen?«

Timo scrollte sich durch seinen Text. »›Dann würde ich mich schämen‹, schreibt UweBot. Und: ›Pfui.‹«

»In den Mails finde ich so etwas nicht.« Sie überlegte. »Wie sieht es mit Satzzeichen aus? Gibt es bei dir etwas Auffälliges? Mein Zechenkiller setzt gern ein Leerzeichen vor dem Komma.«

»Bingo, Adlerauge.« Timo grinste. »Genau das habe ich hier auch zweimal.«

Liesa verglich beide Texte noch einmal selbst. Tatsächlich. Die Sprache stimmte weitgehend überein, die spezifischen Rechtschreib- und Zeichenfehler ebenfalls. Es musste sich um ein und denselben Urheber handeln. UweBot war mit größter Wahrscheinlichkeit der Zechenkiller, der Sprockmann vor seinem ominösen Unfall mit dem Tod bedroht hatte. »Er ist es.«

Timo nickte. »Hier sind noch ein paar Schmankerl.«

»Her damit.«

»›Jetzt wird alles geglaubt was man denen im Hirn scheißt‹«, zitierte Timo.

»Im Hirn?« Liesa hob eine Augenbraue.

»Jepp. ›Setzen sechs!‹« Sie lasen die Zitate weiter vor.

»›Lachhaft.‹«

»›Du Wanze.‹«

»›Halt deine dumme Fresse du Grünenschwein.‹«

»›Grüne Sau‹.«

»›Grüner Schleimscheißer.‹«

»Euer Essen.« Die Bedienung, Frau T-Shirt, stand plötzlich am Tisch, stellte Liesa und Timo zwei Teller vor die Nase, nachdem diese hastig ihre Papiere und Smartphones an sich genommen hatten. Sie machte ein skeptisches Gesicht, guckte bedröppelt und schüttelte den Kopf. »Wisst ihr was?« Sie überlegte. »Datt geht mich ja nix an, aber …«

Liesa und Timo guckten sie gespannt an.

»… ihr könntet echt netter zueinander sein.« Sie drehte

sich um und ging, sagte beim Weggehen: »Doch, datt könntet ihr echt.«

Die Angesprochenen guckten einander an und grinsten.

»Weißte Bescheid«, bemerkte Liesa leise.

»So isset«, wusste Timo.

Beim Essen lenkte Timo das Gespräch wieder auf den Fall. »Also sind UweBot und der Zechenkiller ein und dieselbe Person?«

»Es bestehen deutliche Übereinstimmungen, aber auch Unterschiede.«

»Mit Absicht, um sich zu verstellen?«

Liesa hob die Schultern. Jedenfalls untermauerte die Sprache der beiden Quellen Liesas Verdacht, dass der Verfasser jeweils ein Mann mittleren Alters war, wenn sie schon nicht genau festmachen konnten, dass es sich um UweBot handelte. »Meine Altersschätzung passt. Er benutzt zum Beispiel kein F-Wort.«

»Kein was?«

»Ich kann das auch überpiepsen.«

»Nee, geht schon.«

»Auch keine Abkürzungen, wie wir sie verwenden würden, HDL oder so.«

»›Hab dich lieb‹ hätte auch nicht wirklich gepasst.«

»Witzig.«

»Außer ›RIP‹, aber das ist absolut oldschool«, sagte Timo. »Das hätte auch mein Vater schreiben können oder dein Onkel Willi.«

Liesa verzog das Gesicht. »Die beiden sind doch wohl raus, oder? Obwohl …« Bei ihrem Onkel Willi wusste man nie.

Timo spießte ein Stück Currywurst auf. »Er nutzte auch keine Sprachnachrichten oder Videos. Nur knappe Texte.«

»Schade auch, sonst hätten wir jetzt seine Stimme, dazu ein Gesicht und eine Wohnzimmereinrichtung.«

»Woher willst du eigentlich wissen, dass es ein Mann ist?«, wollte Timo wissen.

»Statistik, Erfahrung, Bergbaubezug, aggressive Sprache, teils vulgär, hat kein Duden-Abo. Sprachlich sind beide sehr ähnlich. Und unverkennbar aus der Gegend.« Liesa wischte einen Pommes durch ihre Mayonnaise und biss ab.

»Okay, das klingt überzeugend. Und vom Alter her ein Boomer.«

»Ein was?«, schmatzte Liesa.

»Ein Babyboomer, geboren nach 45 und bis Mitte der 60er-Jahre«, dozierte Timo. »Typisch für Boomer ist, dass sie in der Vergangenheit leben und alles besser wissen.«

Nach der Definition wäre ich auch ein Boomer, dachte Liesa.

»Die haben selbst keine Visionen mehr und pinkeln der jüngeren Generation gern an den Karren«, fuhr Timo fort. »Die jungen Leute sollen lieber zur Schule gehen, statt zu demonstrieren, sowas in der Art.«

»Bringt uns das weiter?« Wieder tun sich Gräben auf. Liesa wurde mulmig. Mag ja sein, dass auf unseren Zechenkiller diese Merkmale passen. Das konnte sogar sehr gut zutreffend sein. Warum muss man sich heutzutage immer von anderen Gruppen differenzieren? Unterschiede suchen, sich abgrenzen? Wir weisen andere ab, dachte Liesa, und grenzen aus. Wie sieht es eigentlich bei mir selbst aus? Wo stehe ich? Möchte ich das Vergangene nicht auch krampfhaft festhalten? Gleichzeitig stelle ich mir eine Zukunft vor, in der man verantwortungsvoll mit der Umwelt umgeht. Meine Güte, geht denn nicht beides? Ist das so unvereinbar? Wer sorgt dafür, dass es unvereinbar scheint? Sind da Lobbyisten am Werk, die Stimmung machen? Und hält die Mehrheit der Leute, die entspannt und nicht ausgrenzend sind, einfach die Klappe? Gibt es eine entspannte, schweigende Mehrheit der Ruhrgebietler, die der Zukunft verantwortungsvoll und vorbehaltlos entgegensieht? Geht das überhaupt? Liesa konnte sich das zu dem Zeitpunkt nicht vorstellen. Zu schmerzhaft war der Abschied gewesen, zu frisch. Sie fühlte sich innerlich zerrissen. »Unsere Gesellschaft ist gespalten, heißt es immer. Aber das machen wir selbst, wir sind die Gesellschaft.«

»Kann ja stimmen«, meinte Timo. »Aber was meinst du, was passiert, wenn sich herausstellt, dass ein Bergmann den Öko-Sprockmann umgebracht hat? Denkst du, die halten die Füße still? Das wird politisch ausgeschlachtet.«

Das gab Liesa zu denken. »Und was, wenn umgekehrt ein Öko den Ex-Bergmann gekillt hat? Wer wird das dann für seine Zwecke nutzen und Unruhe stiften?« Es könnte explosiv werden, so oder so, und Liesa saß zwischen den Stühlen. Das machte ihr Angst. Aber es half ja nichts. Sie mussten dranbleiben und ganz konkret weiterermitteln, Fakten mussten her. Sie hatten mehr über Bottrop-Uwe zu erfahren. Er war ein ganz heißer Kandidat in Bezug auf Sprockmanns ominösen Unfall, bei dem jemand buchstäblich gegrillt worden war, der offensichtlich auf der falschen Seite gestanden hatte. Oder worin lag das Motiv? Geldgier? Eifersucht? Auszuschließen, das passte nicht zum Nestbeschmutzervorwurf. Es war etwas, das mit dem Bergbau zu tun hatte. Liesa wurde das Gefühl nicht los, dass mehr dahintersteckte. Etwas Persönliches. Der blanke Hass.

»Und, wird dein Kollege uns Uwes Daten, also den Namen und am besten auch die Adresse, besorgen?«

»Ich hake noch mal nach.« Timo nahm sein Handy, textete, verriet aber wieder nicht, welchen Gefallen er dem Kollegen schuldete. »Er meldet sich, wenn er was weiß.«

»Gut, aber was können wir sonst noch tun? Kann man den Schreiber der Drohmails nicht einfach zurückverfolgen?« Liesa tippte auf das Papier mit dem Zechenkiller-Absender.

»Einfach nicht. Aber es geht, wenn ich Zugriff auf Sprockmanns PC habe.« Timo schob sich ein Stück Wurst mit sämiger Soße in den Mund und tippte ebenfalls auf den E-Mail-Ausdruck. »Ich muss den Header und nicht den E-Mail-Absender prüfen.«

»Was ist das jeweils?«

»Im E-Mail-Header sieht man zusätzlich zu den Angaben ›von, from‹ und ›an, to‹, also Adressat und Absender, auch die Stationen zwischen Absender und Empfänger. Wenn man die Kopfzeilen einer E-Mail öffnet, gelangt man zur IP-Adresse und das erlaubt es, einen ungefähren Standort auf einer Karte anzuzeigen.«

»Cool. Du musst also die Original-Mail öffnen und grenzt den Zechenkiller örtlich ein?«

»Wenn alles klappt, ja.«

»Dann machen wir das so.« Liesa schnappte sich ihren Rucksack und schwang sich vom Essplatz.

»Äh, wir fahren jetzt also …«

»… nach Grafenwald zu Herrn Sprockmann, besser gesagt zu dessen Witwe, Frau Oksana Sprockmann, um an den PC und weitere Informationen zu kommen.«

Das benutzte Geschirr stellten sie brav auf der Theke ab. Die Bedienung schaute sie skeptisch an und nickte langsam. Das Geldspielgerät dudelte zum Abschied.

Während der Fahrt nach Grafenwald nahm Liesa den klugen Hinweis der Pommesbudenbedienung lakonisch wieder auf: »Sei nett zu mir, du Häcksler«, forderte sie auf.

»Bin ich doch.« Timo tätschelte Liesas Knie und Liesa legte kurz ihre Hand auf seine.

»Aber sag nie wieder ›grüner Schleimscheißer‹ zu mir.«

»Kann ich nicht versprechen.«

»Okay, wie ist der Plan genau?«, fragte Timo, als sie die Stadt Richtung Grafenwald verließen.

»Du kannst Oksana bitten, dir den Rechner ansehen zu dürfen, um etwas über den Drohmail-Schreiber zu erfahren, ihn zurückzuverfolgen. Wir berufen uns auf die BIB und Karin Palmowski und auf ihren Verdacht, dass hinter dem vermeintlichen Unfall ein Anschlag stecken könnte.«

»Meinst du, das klappt?«

Liesa wusste es definitiv nicht. »Ansonsten improvisieren wir.«

»Also wie immer.«

Timo hatte recht. Schimanski und Thanner in planloser Version auf dem Weg nach Bottrop-Grafenwald.

Sie befuhren die Kirchhellener Straße, an einer ländlich werdenden Landschaft vorbei. Im Frühling sehen die Pferdekoppeln und Weiden bestimmt klasse aus, dachte Liesa. »Werden wir verfolgt?«

13

Liesa schaute auf Timo, der ein angespanntes Gesicht machte, dann in den Außenspiegel.

»Momentan ist da nichts, aber rechnen muss man damit«, sagte Timo.

Übertreibt er damit nicht? Bei ihrem letzten Einsatz in Grafenwald hatte sie ein Geländewagen verfolgt. Liesa schüttelte sich bei dem Gedanken an das, was danach kam. Wieder würden sie eine Witwe aufsuchen. Das nimmt hier überhand, dachte sie. Zu viele Witwen für so eine kleine Stadt. Von Karin Palmowski und ihrem Mordvorwurf war alles ausgegangen. Dazu hatte sich der Todesfall ihres BIB-Kollegen Sprockmann gesellt. Jetzt zockelten sie über die Landstraße, um dem nachzugehen. Immerhin, Karin, das hast du schon bewirkt. Dass zwei studentische Ermittlerhilfskräfte durch das nördliche Bottrop fahren, um Fragen zu stellen, und sich dabei verfolgt fühlen.

»Meinst du, der wird noch beerdigt?«, überlegte Liesa laut.

»Warum nicht?«

»Von dem ist doch nicht mehr viel übrig. Den haben die bestimmt eingeäschert.«

»Ernsthaft? Hat der Bestatter dann noch den vollen Preis berechnet? Ich meine …«

Liesa fragte sich, ob der gute Herr Sprockmann beziehungsweise das, was von ihm übrig geblieben war, überhaupt hatte eingeäschert werden müssen. »Vielleicht ist er nur mit einem Mörser zerstoßen worden?«

»Bah, pfui, sowas sagt man doch nicht.« Timo schüttelte hektisch den Kopf, musste aber doch lachen.

Hoffentlich würden sie Oksana antreffen, überlegte Liesa.

»Was fragen wir Frau Oksana Sprockmann denn?«, wollte Timo wissen.

»Habe ich wieder laut gedacht?«

»Nee, da bin ich jetzt mal von alleine drauf gekommen.«

Liesa dachte nach. »Wir gucken uns das Domizil der Herrschaften an. Anschließend fragen wir Frau Sprockmann, ob sie ihren Mann umgebracht hat.«

Timo schüttelte den Kopf. »Klingt nach ›Tatort‹ oder ›Derrick‹. Das funktioniert nur im Fernsehen.«

Liesa grinste. »Das war ja auch nur die Kurzfassung, sozusagen der Subtext. Vordergründig kondolieren wir artig und schleimen uns ein.«

»Alles klar, Frau Psych. Und wie komme ich an den PC des Verblichenen?«

Liesa hob die Schultern. Vermutlich würden sie mit dieser Nummer gar nicht durchkommen und dumm vor der Tür stehen bleiben. Sollten sie ins Haus gelassen werden, könnten sie auf einer Schleimspur in das Arbeitszimmer des Sprockmann-Felixes schlittern. Oder kläglich scheitern. Frau Sprockmann könnte die Polizei rufen und uns anzeigen wegen … Ja wegen was? Akuter Selbstüberschätzung? Erregung öffentlicher Peinlichkeit? Dümmlichkeit? Dann könnten wir immer noch die Schimanski-Methode anwenden, alles kurz und klein schlagen, ein paar Mal »Scheiße!« rufen und schließlich mit einem blauen Auge und den gewünschten Informationen aus dem Haus wanken. Es blieb spannend …

Sie erreichten Sprockmanns Haus und Liesa wähnte sich für einen Moment selbst in einer Derrick-Folge. In dieser Villa mit Satteldach und Säulenportal hätten locker fünf Familien untergebracht werden können, ein Sportverein und ein dreigruppiger Kindergarten. Auf dem Klingelschild stand jedoch nur ein Name. In einer Derrick-Folge hätten sie vor einem schmiedeeisernen Tor gestanden, hier in Grafenwald tat es auch eine Einfahrt. Man war ja nicht so. Das großzügige Anwesen reichte neben und hinter dem Haus vermutlich bis zum nächsten oder übernächsten Acker und Waldstück. Lärm der Nachbarn war hier vermutlich eher kein Problem.

Liesa klingelte und machte sich auf die Witwe Oksana oder eine verheulte Freundin des Hauses gefasst. Allerdings öffnete ein Mann die Tür, Mitte bis Ende 50. Er stand da in Jogginghosen, ausgeleiertem, ausgewaschenem Sweatshirt mit Knopfleiste vorn und in Badelatschen. War das ein Hausangestellter, Verwandter des Verblichenen oder Bestatter? Für alle Optionen sah er nicht seriös genug aus.

Er schaute kurz an sich herab. »Ich halte hier die Stellung«, meinte der Mann, guckte von einem zum anderen und grinste schief.

Liesa sammelte sich. »Wir möchten unser Beileid aussprechen«, erklärte sie und ihr Ausdruck erschien ehrlich betroffen.

Der Mann verengte die Augen, als fragte er sich, wem denn warum ein Beileid ausgesprochen wurde. Dann machte es wohl »klick« und er reagierte. »Oksana ist nicht da. Aber kommen Sie doch rein.«

Überaus freundlich.

»Manfred Drießen.« Er reichte Liesa und Timo die Hand. Der feste Händedruck eines Malochers, von einem, der es gewohnt war, anzupacken. »Manni. Alle sagen nur Manni zu mir. Ich passe hier auf das Haus auf, solange die Familie nicht da ist.«

Jetzt dämmerte es Liesa. Manni Drießen, Sprockmanns Vertrauter, Freund, Bodyguard. Wie standen sie wirklich zueinander? Liesa hatte ein mulmiges Gefühl, schaute in Drießens Seele und blickte in einen Wetterschacht, der tief und dunkel in die Erde reichte. Windig, ging ihr durch den Kopf. Der Typ ist irgendwie windig.

Modernes Wohnen in seiner ganzen Pracht. Drießen bewegte sich in den Räumen, als wäre er hier zu Hause, und bot ihnen Platz an. Man verteilte sich in einer großzügigen Wohnlandschaft.

Liesa fühlte vor. »Frau Sprockmann hat ja jetzt bestimmt viel um die Ohren, wir wollen da gar nicht lange stören.«

»Nee, die ist weggefahren.«

»Muss sich seine Frau nicht um die Bestattung kümmern?«, fragte Timo.

»Ist schon so gut wie gelaufen. Er wird eingeäschert, die Urne geht dann direkt auf dem Postweg nach Holland, da soll sie auf See versenkt werden.«

»Sowas geht?« Liesa schaute Timo an, dem für eine Millisekunde ein Grinsen über das Gesicht huschte. Vermutlich erinnerte er sich an Liesas Mörser-Spruch. Liesa schüttelte kurz den Kopf.

»Hat Felix so gewollt«, erklärte Drießen. »Felix war immer gern auf seiner Jacht und am Meer. Er hatte nach den Jahren auf dem Pütt keinen Bock mehr auf Dunkelheit. Obwohl, so lange war er ja nicht auf der Zeche, nur ein paar Jahre nach der Lehre. Ich bin ja viel länger geblieben, aber der Felix war schon immer schlau. Der ist früh weg und hat sich umschulen lassen, zum Versicherungskaufmann.«

Mit Blick auf den weitläufigen Wohnbereich und Ausblick in den noch weitläufigeren Garten bemerkte Timo: »Hat sich wohl rentiert.«

»Jo, hat es sich. Aber Felix war ein Fleißiger, der hat immer viel gearbeitet.«

»Und seine Frau? Ist die auch auf dem Weg nach Holland?«

»Nein, da muss keiner dabei sein. Das geht auch so. Ist alles inklusive, die Schiffsbesatzung kümmert sich um alles. Kein großes Getue. Die Oksana ist in die Dom Rep geflogen zu ihren Söhnen.«

Liesa schaute nachdenklich, was Timo mit der Erklärung »Dominikanische Republik« quittierte, die ihm wiederum ein Augenrollen einbrachte.

Sprockmanns Haus war als Villa mit Anwesen zu bezeichnen. Hier wurde geklotzt und nicht gekleckert. Understatement sah anders aus. Liesa hätte sich zu gern umgesehen. Wie konnten sie diesen Drießen eine Weile loswerden? Sie hüstelte. »Trockener Hals, Entschuldigung.«

Drießen bot erwartungsgemäß ein Getränk an, dem stimmte sie gern zu. Liesa überlegte sich einen etwas komplizierten Wunsch. »Tut mir leid, Kohlensäure vertrage ich nicht.«

»Stilles Wasser?«

»Vielleicht eine Saftschorle. Maracuja würde gehen. Aber Bio, bitte.«

Drießen sah sie skeptisch an.

»Allergien«, behauptete sie und hüstelte noch einmal, um ihre Aufforderung zu unterstreichen. Ich hör nicht damit auf, bis du weg bist, dachte sie.

»Oh, da muss ich mal nachgucken«, meinte Drießen. »Vielleicht ist noch was im Keller.«

Als er verschwunden war, grinste Liesa.
»Geht's wieder?« Timo grinste auch.

Liesa nutzte die Zeit für eine kleine Recherchetour. Auch im weitläufigen Wohnraum standen überall, wie in Sprockmanns Büro, Fotos herum. Felix Sprockmann in verschiedenen Sportausrüstungen, als Schnorchler, auf einer Jacht, unter Palmen, vor einem ungeheuer großen, geradezu meergroßen Pool, mit Snowboard, ohne Snowboard. Seine Frau und die beiden erwachsenen Söhne, dem Herrn Sprockmann senior wie aus dem Gesicht geschnitten, braungebrannt, langhaarig, tendenziell sorgenfrei, je einmal vorhanden. Da sind die Prioritäten klar, da weiß man, wer hier wohnt und die Sporthosen anhat. Von harmonischen Familienporträts war nirgends eine Spur. Liesa warf einen kurzen Blick in die angrenzenden Räume. Als Timo ihr etwas zuzischelte, saß sie blitzschnell wieder an ihrem Platz und hüstelte vor sich hin.

»Seine Söhne«, nahm Liesa das Gespräch wieder auf, als Drießen mit den Getränken zurückkam. »Was machen die so?«

Drießen stellte Gläser auf den Tisch. »Die haben eine Surfschule in der Karibik.«

Liesa nickte. Ja, so ist er, der Familienzusammenhalt, dachte sie. Stirbt ein naher Verwandter, hält man wacker zusammen. Die Kokosnuss fällt nicht weit vom Stamm, oder so ähnlich. Die Söhne plus Mama tauchen in der Karibik ab. Und der Alte wird ohne viel Aufhebens in der Nordsee versenkt.

Sie wäre im letzten Jahr, als ihre Mutter beerdigt wurde, auch lieber ausgeflogen.

»Frau Sprockmann hat jetzt vermutlich ausgesorgt?«, fragte Timo direkt.

»Kann man so nicht sagen.« Manni Drießen lachte. »Felix

war eben richtig schlau. Der hat einen Ehevertrag gemacht. Oksana bekommt gar nix, höchstens die Klamotten, die sie trägt.« Er zeigte beim Lachen eine große Backenzahnlücke.

Timo nippte an seinem stillen Wasser mit Maracujasaft und verzog das Gesicht. Liesa schnupperte an ihrem Drink. Entweder war der Saft schon ein paar Jahre drüber, oder etwas anderes stimmte damit nicht. Sie tat, als würde sie davon trinken. »Na ja«, wandte sie ein. »Sie erbt doch wohl. Zumindest der Pflichtanteil wird fällig.«

Drießen rieb sich die Augen. Liesa nutzte die Gelegenheit und machte Timo gegenüber eine Geste. Trink das Zeug bloß nicht, deutete sie an. Egal, was es ist, es wird dir nicht bekommen. Timo stellte sein Glas ab.

»Offiziell hatte mein Freund nichts. Nur Schulden, Hypotheken, Investments, damit das Finanzamt nicht zu gierig wird. Der wusste eben, wie das geht.«

Liesa hakte nach. »Und eine Versicherung? In der Agentur hat man uns gesagt, sie erhalte eine hohe Summe im Falle des Ehemann-Todes.«

»Wer sagt das? Die Kleinkötter?« Drießen schüttelte verärgert den Kopf. »Das hatte Felix wieder rückgängig gemacht. Wissen Sie«, er senkte die Stimme. »Es lief nicht mehr so gut zwischen Felix und seiner Frau, der Oksana.«

Liesa erinnerte sich an die knackigen Damen in Sprockmanns Büro, mit denen er posiert hatte. Das war seiner Frau vielleicht nicht so ganz recht gewesen, das hatte sie wohl nicht so knackig gefunden.

»Sprockmann war ja sein eigener Chef, die Kleinkötter musste nicht alles wissen. Die Oksana fällt immer auf die Füße«, wusste Drießen und lächelte.

Holla, dachte Liesa, die arme Frau Sprockmann. Die Oksana fällt sanft auf ihre Füße, dafür fällt ein Motiv definitiv weg: Ehegattenraffgier. Dann bohren wir mal weiter, und zwar so lange, bis es wehtut.

»Sie haben für Sprockmann gearbeitet?«, fragte Liesa weiter.

»Wir waren gute Kollegen. Freunde, kann man sagen. Nach der Zeit auf dem Pütt bin ich Felix zur Hand gegangen. Quasi als Mädchen für alles.« Er lächelte unverbindlich.

Liesa ahnte, dass er über Sprockmanns Geschäfte nichts weiter verlauten lassen würde.

»Schlimm, das mit dem Felix. Das hat er nicht verdient. Weiß man denn schon, was genau passiert ist?«, fragte Drießen.

»Deshalb sind wir hier«, meinte Liesa. »Was denken Sie darüber? Wie ist es zu dem Unfall gekommen? War es Ihrer Meinung nach überhaupt ein Unfall?«

Drießen hob die Schultern.

»Wann haben Sie Herrn Sprockmann zum letzten Mal gesehen?«

»Das habe ich doch schon Ihren Kollegen erzählt«, meinte Drießen und machte eine abtuende Geste, winkte ab.

Timo schaute Liesa an.

Drießen redete weiter. »Ich habe Felix zuletzt gesehen, da hab ich ihm den frisch gewaschenen und getankten Wagen hingestellt. Freitags hat er immer schon früh Schluss gemacht und ist zu seiner Jacht gefahren, vorher nach Hause, da hat er seine Frau abgeholt.«

Liesa wurde stutzig. Drießen wusch Sprockmanns Wagen? Was für ein Verhältnis hatten die beiden zueinander? Statt Freundschaft doch eher Abhängigkeit, Knechtung? Ihr kam Drießen seltsam vor. Sie bekam es nicht zu fassen, es war erst einmal ein Gefühl von … Ja von was? Antipathie? Unehrlichkeit? Sie wischte den Gedanken fort. »Jeden Freitag?«

Drießen nickte.

»Felix Sprockmann war immer zur gleichen Zeit auf derselben Strecke unterwegs?«

»Kann man so sagen. Wie ein Uhrwerk. Er ist immer pünktlich zur Freischicht, wie damals auf dem Pütt.«

Liesa nahm sich vor, das nicht zu vergessen. Dem Sprockmann hatte man also auflauern können. Hatte sich jemand zu ihm ins Auto gesetzt, ihm eventuell eine Waffe vorgehalten? Hatte jemand sein Fahrzeug manipuliert? Sie dachte an die Überreste der Gaskartusche, die man im Wrack gefunden hatte.

»Was meinen Sie, warum das Fahrzeug in Flammen aufging?«

»Ich denke immer, ich hab irgendwas falsch gemacht«, gab sich Drießen zerknirscht. Er schloss die Augen. »Das hab ich dem so oft gesagt, dass er das sein lassen soll mit den Ersatzkanistern.«

Liesa horchte auf und sah ihn auffordernd an.

»Also, der Felix musste immer zwei volle 20-Liter-Benzinkanister mit sich rumfahren. War so eine Macke von dem. Der dachte immer, der Sprit geht ihm unterwegs aus, irgendwo in der Pampa.«

Das erklärt einiges, dachte Liesa. Timo nickte und überlegte vermutlich das Gleiche. 40 Liter Benzin gaben schon ein ordentliches Feuer ab.

»Das ist brandgefährlich, hab ich immer gesagt. Aber das wollte er nicht hören.«

»Und die Kanister waren an dem Freitag auch gefüllt?«, fragte Timo.

»Die hab ich höchstpersönlich vollgemacht.«

»Wie war denn Sprockmanns Gesundheitszustand?«, fragte Liesa. »Sie kennen Herrn Sprockmann schon so lange.

Hatte er persönliche Probleme? War er krank oder übermüdet an dem Tag? Hatte er etwas eingenommen?«

Drießen schüttelte den Kopf.

»Gab es irgendetwas im Fahrzeug, was ihn dazu gebracht haben könnte, in Panik zu geraten, das Lenkrad zu verreißen und von der Spur abzukommen?«

Drießen merkte auf. »Was denn zum Beispiel?«

Liesa überlegte. Dann fiel ihr ihre eigene Spinnenphobie ein. »Eine Spinne, ein Insekt? Vielleicht eine Wespe? Hatte er eine ausgeprägte Angst oder Allergie?«

Etwas an Drießens Gesichtsausdruck gefiel Liesa nicht. Grinste er sie gerade an? War das eine unausgesprochene Verhöhnung? So abwegig waren ihre Thesen doch nicht.

»Nee, nix davon.«

»Hatte Sprockmann Feinde?« Timo klang wie ein TV-Kommissar. Aber die Frage war berechtigt.

»Er hat eine Bürgerinitiative gegründet. Ungewöhnlich für einen Ex-Bergmann«, schob Liesa nach.

»So ist das«, meinte Drießen. »Und damit macht man sich hier in Bottrop nicht nur Freunde.« Er zeigte in Richtung des Gartens, der äußerst rein, übersichtlich und gepflegt aussah. Liesa entdeckte nichts, was blühte.

»Bergsenkungen. Wenn man hier umgräbt, einmal mit der Schüppe reingeht, kommt schon das Grundwasser. Die Wurzeln sind verfault. Die Bäume müssen weg, bevor die einem auf den Kopf fallen oder aufs Auto. Hier säuft alles ab.«

Und unter uns läuft gerade alles voll, dachte Liesa. Aber das war ein anderes Problem. War es das wirklich? Hing nicht alles zusammen?

»Für Bergschäden gibt es von der Zeche Entschädigungszahlungen. Um die besser durchzusetzen, hat Sprockmann die BIB mitgegründet.«

»Es ging ihm also um Geld?«, fragte Liesa.

»Eigentlich«, meinte Drießen, »ging es Felix immer um Geld.« Er lachte. »Aber das war schon in Ordnung so. Davon haben wir alle profitiert. Man hat immer zusammengehalten, wie damals auf dem Pütt, auf Prosper-Haniel. Felix hat alles richtig gemacht, und die Zeche muss jetzt dafür bluten.«

»Bluten für was?«

Drießen antwortete nicht auf Liesas Frage. Vielleicht hatte das jemand anders gesehen, war diesbezüglich gänzlich anderer Meinung.

»Gab es Konflikte, von denen Sie erfahren haben? Mit der Bürgerinitiative oder anderen Bergbaukritikern?«

Drießen zog ein Gesicht. »Ja, sicher. Aber das wissen Ihre Kollegen doch schon.«

Liesa hob eine Augenbraue. Timo räusperte sich.

»Oder …?« Drießen schaute misstrauisch.

Liesa gab sich geschlagen. »Wir sind nicht von der Polizei«, gab sie zu. »Wir ermitteln …« Ja, wie und warum ermitteln wir überhaupt, fragte sie sich. Auf eigene Faust? Aus Jux und Dollerei? Aus Überschwang und grenzenloser Selbstüberschätzung?

»… aus privaten Gründen«, ergänzte Timo.

Drießen nickte langsam und schaute die offensichtlich hier nicht hingehörenden Privatermittler skeptisch an. »Sie kannten Felix persönlich?«

»Das nicht«, meinte Liesa. »Aber wir stehen im Kontakt mit der Bürgerinitiative. Wir ermitteln sozusagen in deren Auftrag.«

Drießens Gesicht verfinsterte sich. »Ach so ist das.«

Er wandte sich ab, als stünde auf seinem Rücken: »Danke, das war's. Verzieht euch, ihr Nulpen!«

14

Liesa sprach zu Drießens Kehrseite: »Wir haben mit Frau Palmowski von der Bürgerinitiative gesprochen. Alle sind erschüttert und man fragt sich, wie das passieren konnte.«

Manni Drießen drehte sich ihr wieder zu, horchte sichtlich auf.

»Ihr Freund Felix ist bedroht worden, davon wissen Sie sicherlich?«

»Ach, das. Ja, das war sicher nur so ein Spinner. Irgendein Doofkopp. Tinnef, sowatt kann man doch nicht ernst nehmen.«

»Felix Sprockmann hat E-Mails erhalten, er wurde mit dem Tod bedroht. Und jetzt ist er tot.«

»Was stand denn in den E-Mails?«

»Er wurde als Verräter beschimpft, als Grüner. Der Absender nennt sich Zechenkiller.«

Da wurde Drießen so richtig aufmerksam. »Wer soll datt denn sein, dieser Typ?«

»Um das herauszufinden, würden wir uns gern einmal den PC von Herrn Sprockmann ansehen.« Unvermittelt stand Timo auf und ging in Richtung Flur, steuerte dann auf eine Küchentheke zu, auf der ein Laptop stand. Liesa und Drießen folgten ihm. Respekt, dachte Liesa. Sie hatte den Laptop beim Hineingehen nicht bemerkt.

»Ist der von Felix Sprockmann?«, fragte Timo.

»Ja, äh …«, begann Drießen zu stammeln. »Aber … Ich denke nicht, dass das Felix oder Oksana recht wäre. Außerdem ist das Teil kaputt. Felix wollte sich einen neuen kaufen, war aber nicht mehr dazu gekommen.«

Timo guckte skeptisch. »Haben Sie den Rechner kürzlich benutzt?«

»Nee, da würde ich nicht drangehen. Der macht auch keinen Mucks mehr.«

»Ach, Liesa-Schätzken«, sprach Timo sie an. »So ruhig ist es nur hier in Grafenwald. Hör doch mal.«

Ein Moment fast absoluter Stille. Liesa guckte ihn finster an. War der jetzt völlig durchgeknallt? Ein Anfall von Stadtflucht? Wollte er sofort aufs Land ziehen? Liesa sah ihren Timo schon in Gummistiefeln einen Trecker fahren. Obwohl die Landbevölkerung inzwischen vermutlich eher SUVs fuhr, was sie verstörte. Timo nickte in Richtung des Laptops, Liesa verstand nicht. Er grinste. Offenbar hatte er, was er wollte. Die Stille durfte unterbrochen werden.

»Ich habe noch eine Frage.« Liesa wandte sich an Drießen. »Kennen Sie einen Uwe? Er stammt vermutlich auch aus Bottrop und hatte wohl etwas mit der Zeche zu tun.«

Drießen stierte sie förmlich an. »Ich kenne ein Dutzend Männer, die Uwe heißen, aus Bottrop kommen und auf dem Pütt waren.« Er schaute demonstrativ auf seine Uhr. »So, ich hab noch zu tun.«

Timo und Liesa fanden sich flugs vor der Tür wieder.

»Auch wenn Sie nicht von der Polizei sind«, sagte Drießen zum Abschied versöhnlich, »ist es doch wichtig, dass das geklärt wird.« Er reichte Liesa eine Visitenkarte. Darauf standen allerdings Sprockmanns Name, Adresse und Telefonnummern. »Einfach melden, wenn es Fragen gibt. Ich bin erst mal hier.« Oha, dachte Liesa. Der meint also, hier weiterhin residieren zu können.

*

In meiner Stadt sorge ich selbst für Ordnung. Und wenn es das Letzte ist, was ich tue. Ihr wolltet mich lebendig begraben. Aber ihr kriegt mich nicht. Ich habe tausend Arme und noch mehr Feuer. Sie brennen in der Nacht. Ihr könnt sie nicht sehen, nicht mehr. Aber ich sehe sie, meine tausend Feuer, und ich spüre alles. Den Rauch, den Qualm, den Ruß. Ich höre die Maschinen, die Waggons auf den Schienen, das Zischen der Koksöfen, tausend Stiefel von Arbeitern, wie ich einer bin und mein Vater einer war. Ich sehe den roten Feuerschein am Himmel, wenn der Stahl gegossen wird. Wenn der Koks gestochen wird. Wenn die Kohle gewaschen wird. Damit es nie dunkel wird. Was seht und hört ihr in der Nacht? Steht ihr nicht im Dunkeln?

*

In der Nordsee versenkt werden, ohne trauernde Angehörige und Freunde – Liesa konnte sich Schöneres vorstellen. Sie fühlte sich in diesem Augenblick unsagbar allein und war überrascht, dass Timo sie in den Arm nahm. Diese Zuneigung und Verbundenheit tat ihr einen Moment lang gut. Dann musste es weitergehen.

»Oksana hat kein Motiv«, murmelte sie auf dem Weg zum Auto. »Die Jungs erben, was da ist, Oksana wird weitgehend leer ausgehen.« Da hat der Herr Finanzexperte und Versicherungsdingens für alles gesorgt. Und sich abgesichert. »Die Witwe Sprockmann fällt als Verdächtige dann raus«, sagte sie.

Timo schaute sie zweifelnd an. »Warum? Weil sie nicht von dem Tod ihres Mannes profitiert?«

»Zumindest nicht finanziell. Aber vielleicht wollte sie ihren Gatten aus einem anderen Grund loswerden.«

»Der wäre?«

Liesa überlegte. »Eifersucht, Rachegelüste, häusliche Gewalt, pure Boshaftigkeit. Keine Ahnung.« Während sie das sagte, kam es ihr selbst nicht plausibel vor. Oksana war es nicht. Dafür hatten sich ganz andere, wesentlich vielversprechendere Motivlagen aufgetan. Sie waren Interessanterem auf die Spur gekommen. »Ist dir aufgefallen, wie nervös Drießen die Frage nach dem PC gemacht hat?«, fragte sie Timo.

Dieser antwortete ironisch: »Ein Mann allein zu Haus, was macht er da? Das ist doch klar, packt nackte Frauen aus.«

Liesa rollte mit den Augen. »Kann sein. Aber irgendwie macht mich das stutzig.«

»Da ist noch mehr, was dich stutzig machen sollte.« Timo legte eine Kunstpause ein.

Die beiden setzten sich ins Auto. Liesa wäre vor Neugier fast geplatzt. »Und?«

»Unser Herr Manni hat uns angelogen.«

»Bist du sicher?«

Timo grinste versonnen. »Das Säuseln eines High End Coolers ist Musik in meinen Ohren. Den erkenne ich.«

»Ein was?«

»Ein Hochleistungsgehäuselüfter. Der lief noch. Da hatte jemand wohl nur das Gerät zugeklappt, zum Herunterfahren reichte die Zeit nicht.«

»Der Rechner war also nicht kaputt?«

»Im Gegenteil, Drießen muss sich kurz vor unserem Auftauchen mit ihm beschäftigt haben.«

»Wenn das dynamische Duo vor der Tür steht und klingelt, wundert mich das nicht. Hat Manni Drießen in Sprockmanns Rechner rumspioniert?«

»Vermutlich. High End Cooler«, schwärmte Timo wieder.

»Du bist spooky.«

»Sach datt mal auf Deutsch«, zitierte er Oma Kwatkowiak.

»Ey, läster nicht über meine Oma, Familie, Vorfahren, also Gertrude Kwatkowiak.«

»Das würde ich mich nicht trauen, Frau Psych.«

»Jedenfalls«, überlegte Liesa laut weiter, »war Sprockmann ein ungewöhnlich wohlhabender Saubermann, der für sein Hab und Gut alles getan hätte.«

»Manni Drießen ist auch ein nettes Kerlchen«, meinte Timo. »Bodyguard, Geschäfte, von denen nicht jeder wissen soll. Jetzt wanzt er sich hier ein. Er hat Sprockmann zuletzt gesehen vor dem Unfall, der kein Unfall war. Er hat ganz schick zwei volle Benzinkanister in dessen Kofferraum gestellt. Ob das wirklich Sprockmanns Anweisung war?«

»Meinst du, er hat den Wagen manipuliert?«

Timo guckte sie an und versuchte, ein Lachen zu unterdrücken.

Liesa verstand nicht.

»Ma-ni-pu-liert«, wiederholte Timo langsam.

Dann verstand auch Liesa.

Sie prusteten los.

»Manni Puliert«, sagte Liesa. »Manni Drießen, der Manni Pulator.« Sie schüttelte den Kopf. »Vielleicht sehen wir schon Gespenster. Oder den Berggeist von Prosper-Haniel.«

»Der Wasserträger und Benzinauffüller Manni Drießen wohnt also fürs Erste in der Sprockmannschen Villa. Es könnte einem schlechter gehen.«

»Ach, und der Sprockmann kann einem erst mal leidtun«, sagte Liesa spöttisch. »Der hat sich fürs Finanzamt ordentlich armgerechnet.«

»Ja«, meinte Timo, »vor allem, wenn man sich das Häuschen mit dem absaufenden Park drumherum ansieht. Da spürt man die Bedürftigkeit in jedem Winkel und in jeder Pfütze.«

»Neidisch?«

»Nö. Aber waren andere auf Sprockmann neidisch? Oder gab es Feinde hier in der Nachbarschaft?«

»Weil er das ausgeliehene Ei nicht zurückbrachte oder den Nachbarshund versehentlich mit seinem Rasenmähereinsitzer überfahren hat? Oder weil er mit den Bergsenkungen Geld erwirtschaftete und seine Nachbarn vielleicht nicht?«

Sie grinsten. Es waren weit und breit keine Nachbarn zu sehen, jedenfalls keine, die wie arme Schlucker aussahen, offen Waffen mit sich herumtrugen oder einen Unfall fingierten, etwa Bremsschläuche durchschnitten. Das wäre auch zu einfach, dachte Liesa. Da müssen wir schon mehr unternehmen und der Sache auf den Grund gehen, in die Tiefe. Volle Lotte in die Sackgasse rennen.

Sie fuhren los.

Sprockmann hatte die BIB gegründet, grübelte Liesa weiter, um seinem alten Arbeitgeber Geld abzutrotzen. Das finden manche bestimmt richtig ungut, er ist für mindestens eine Person ein Verräter, Nestbeschmutzer, eine »grüne Sau«. Das hat ihm der Zechenkiller mitgeteilt. Und Uwe aus Bottrop. Oder beide. Vielleicht, vermutlich, eventuell sind sie ein und dieselbe Person.

Die Bremsschläuche waren es nicht, das hätte Feuerwehr-Rainer in Erfahrung gebracht durch Feuerwehr und Polizei. Aber jemand hatte den Wagen manipuliert, ohne Witz, da war sich Liesa nun sicher. Ihr fiel die Reizgaskartusche ein. Wozu brauchte man so etwas? Hatte man so ein Ding zu einem Mordwerkzeug umfunktioniert?

15

Liesa nahm ihr Smartphone zur Hand, das in diesem Moment gar nichts machte. Das Gerät war so inaktiv, wie Manni Drießen es für den Sprockmann-PC vorgegeben hatte. Den Akku hätte man auch mal aufladen können, ärgerte sich Liesa und warf das Handy verärgert in ihren Rucksack. »Fahr doch bitte rechts ran und lass mich mal an dein Notebook«, forderte Liesa Timo auf, der nicht begeistert reagierte.

»Was hast du vor?«

»Was nachgucken.«

Timo hielt an, kramte sein Notebook aus dem Rucksack hervor und meinte: »Der ist neu.« Als Liesa nicht nachgab, setzte er hinzu: »Damit kommst du eher nicht klar.«

Liesa funkelte ihn böse an. »Warum? Fehlt mir ein Y-Chromosom oder was?«

Timo hob eine Augenbraue. Er öffnete das Notebook und reichte es ihr herüber. Keine Maus, keine Tasten, keine bekannte Oberfläche. Ein Touchscreen war es also, okay. Aber Timo reichte ihr dazu einen Gegenstand, der aussah wie ein handtellergroßes schwarzes flaches Glasquadrat. Liesa fand darauf keine Taste, keinerlei Beschriftung. Es war ein verfluchtes Teufelsding. Liesa seufzte. »Womit bedienst du das Teil, Nerd? Mit der Kraft deiner Gedanken?«

Timo lachte. »Feine Sache, oder? Ein Wireless Trackpad mit Nano-Empfänger, Reichweite fünf bis acht Meter.« Er nahm das Notebook zurück auf seinen Schoß und tippte auf dem Touchpad so schnell Kombinationen ein, dass Liesa seine Finger kaum noch sah, geschweige denn irgendetwas,

was sie an ihren eigenen heimischen Laptop mit Kacheloberfläche und Ordnersymbolen erinnerte. Crazy. Wozu brauchte der Kerl eine Fernbedienung an seinem Notebook?

»Ready for take off.« Timo schaute sie erwartungsfroh an.

Jetzt hat er vermutlich eine Abwehrrakete programmiert oder sich online einen Organspendeausweis bestellt, dachte Liesa. Man wusste bei Timo nie. Vielleicht hatte er auch einfach die Maske einer Suchmaschine geöffnet. Sie seufzte noch einmal. »Okay, was findest du über Reizgaskartuschen? Welche sind auf dem Markt und wofür setzt man sie ein? Wie kommt man an die Dinger? Haben die irgendwas in einem Fahrzeug zu suchen?«

Reizgas, fand Timo heraus, war in verschiedenen Onlineshops einfach zu bestellen. In Form von Sprühdosen, auch zum Befestigen an der Wand.

»Wofür braucht man sowas denn?«, fragte Liesa.

»Zur Selbstverteidigung, Abwehr von Einbrechern.«

»Und das soll was nützen?« Sie wusste aus eigener Erfahrung, dass frau sich mit Abwehrwaffen auch immer selbst in Gefahr bringen konnte im Falle eines Falles.

»Was zum Teufel hatte Sprockmann mit einer Reizgaskartusche samt Befestigung vor?«, fragte sie. »Hat er sich bedroht gefühlt? Wollte er zu Hause oder in seinem Büro jemanden abwehren?«

»Dafür gibt es wesentlich effektivere Alarmanlagen. Außerdem«, las Timo nun vor, »hat so ein Ding eine Gas-Reichweite von knapp zwei Metern.«

»Damit kann man doch keinen Raum abdecken. Höchstens einen ganz kleinen.«

»Eine Fernbedienung ist auch dabei.«

Liesa verstand den Zweck der Sache nicht. Was steckte dahinter?

Timos Notebook machte ein Geräusch. »Eine Nachricht. Darauf habe ich gewartet.« Er grinste. »Da haben wir es ja. Name und Anschrift von UweBot. Es ist ein gewisser Herr Uwe Bosshardt, wohnhaft Essener Straße 145 in Bottrop.«

»Cool, dann hat dein Hacker-Kollege erfolgreich gehäckselt. Jetzt haben wir UweBot also, seinen kompletten Namen. Sollen wir noch mal zurückfahren und Manni Drießen nach ihm fragen? Man kennt sich vielleicht und hat etwas zu berichten.«

»Wir können ihn auch anrufen, haben ja jetzt die tolle Visitenkarte.«

»Wir haben ihn auch gar nicht nach der Gaskartusche gefragt.« Liesa seufzte. Na toll, ich habe bei der Befragung die Hälfte vergessen, dachte sie. Beim nächsten Mal mache ich mir einen Spickzettel. »Gib doch mal Uwes Daten ein, damit wir mehr über ihn erfahren.«

Timo ließ seine Finger auf dem Touchpad tanzen und erhielt Informationen. »Uwe Bosshardt, geboren 1951 in Gladbeck, wohnhaft seit Urzeiten in Bottrop. Ehemaliger Steiger auf fast allen Prosper-Zechen, Mitglied einiger Bergbaugruppen im sozialen Netzwerk, aber das wussten wir ja schon. Pöbelt und beleidigt dort auch gern. Extrem stolz, ein Bergmann gewesen zu sein.«

»Extrem?«

»Er tut seine politische Meinung auch in kleinen Artikelchen auf der Homepage eines Bergbauvereins kund. Sprachlich etwas zurückhaltender, aber inhaltlich vom Feinsten.«

Liesa sah sich zwei Artikel auf dem Notebook an. Sprachstil und Inhalt passten tadellos zu den E-Mails, die der

Zechenkiller dem Sprockmann vor dessen Tod geschickt hatte. Und da war eine extreme Wut, die Liesa deutlich herausspürte, und die die Beleidigungen und Vorwürfe noch überstieg. Alles passte perfekt.

»Ich rufe Drießen an«, beschloss Liesa. »Das heißt, du rufst ihn an, mein Handyakku ist leer.«

Timo gab die Festnetznummer ein, die Manni Drießen ihnen auf Sprockmanns Visitenkarte hinterlassen hatte. »Was soll ich sagen?«, fragte er leise.

Liesa tippte auf Uwes Namen unter einem der Artikel. »Und frag nach dem Reizgas.«

Timo nickte. Drießen hatte abgenommen. »Hier noch einmal Goretzka, wir haben uns vorhin gesprochen. Ich habe noch eine Frage.« Pause. Timo stellte auf laut. »Wie sieht es mit einem Uwe Bosshardt aus, ist der Ihnen bekannt?«

»Boah«, ertönte es am anderen Ende der Mobilfunkverbindung. »Und ob ich den kenne! Der war Steiger auf Prosper-Haniel damals. Wir waren unter dem in der Lehre, also Felix und ich.« Drießen atmete hörbar durch. »Das war ein harter Hund. Der hat uns das Leben zur Hölle gemacht. Ein kleiner dünner Kerl, den alle nur den Boss nannten.«

Liesa reckte triumphierend die Faust.

»Aber warum fragen Sie nach dem? Hat der was mit dem Unfall zu tun?«

»Würden Sie es ihm denn zutrauen?«

Drießen senkte die Stimme. »Uwe Bosshardt war ein Teufel in Menschengestalt. Dem würde ich alles zutrauen.«

Festgenagelt, dachte Liesa. Der Fall ist gelöst. Dann fiel ihr noch Thema Nummer zwei ein. Sie machte eine Atemnotgeste, ihre schauspielerischen Fähigkeiten waren aber äußerst begrenzt. Timo verstand nicht, dann flüsterte sie: »Reizgas.«

»In Sprockmanns Fahrzeug wurden die Überreste einer Reizgasvorrichtung gefunden«, erklärte Timo. »Haben Sie eine Idee, was es damit auf sich hat?«

Lange Pause. »Eigentlich nicht. Weiß ich nichts von. Was denn für eine Vorrichtung?«

»Eine Reizgaskartusche, offenbar eine, wie man sie zur Einbrecherabwehr benutzt.«

»Hat der Bosshardt die in Felix' Auto gepackt? War der das, dieses Schwein? Dann war das der Grund für den Unfall? Der Bosshardt hat den Felix umgebracht?«

»So sieht es aus.«

Flüche aus Grafenwald. »Ja, dem würde ich das zutrauen. Der kann mit Technik, der kann alles bauen. Und der steckt bestimmt hinter den E-Mails, von denen Sie erzählt haben.« Noch mehr Flüche. »Den pack ich mir, den –«

»Wir setzen die Polizei darüber in Kenntnis«, schaltete sich Liesa ein. »Sie machen besser nichts.« Halten Sie weiterhin die Stellung, dachte sie. Wir haben den Täter geschnappt und sorgen jetzt dafür, dass er dingfest gemacht wird.

Er war es. Sie hatten ihn. »Uwe Bosshardt ist der Zechenkiller.« Liesa jubelte innerlich. »Wenn wir das so der Polizei mitteilen, sind wir mit der Aufgabe durch. Wir geben alles weiter, die E-Mail-Ausdrucke, Uwes Daten. Sollen die doch selbst Sprockmanns Computer durchsuchen, den Header zurückverfolgen und mit Bosshardt in Verbindung bringen.«

»Hoppla«, entgegnete Timo. »Das geht jetzt aber schnell. Meinst du, das war's schon?«

»Jepp, Fall gelöst.«

Es klang zu verlockend. Der Fall war prompt gelöst, ihre Probleme auch. Finito, basta, erledigt. Ich brauche keinen Spickzettel mehr, war sich Liesa sicher. Wir werden als

Ermittlerduo in die Geschichte eingehen, der smarte Timo Goretzka und die clevere Liesa Kwatkowiak. Oder doch nicht? Konnte das so einfach sein?

»Und was ist mit der Reizgassache?«, wandte Timo ein.

Liesa überlegte. »Das darf die Polizei selbst herausfinden. Wenn sie erst einmal darauf hingewiesen werden, dass sie in Richtung Mord untersuchen und wen sie dabei ins Visier nehmen sollen, werden sie schon eins und eins zusammenzählen.« Liesa hatte so eine Ahnung, war selbst nicht ganz überzeugt. Aber es war doch zu reizvoll. Sie konnten den Fall abgeben und sich wieder anderen Dingen zuwenden. Und da gab es genügend Themen, um nicht zu sagen Probleme, die angegangen werden mussten. Die Zeit drängte.

Was soll's. Liesa wischte alle Zweifel fort. Jetzt haben wir ihn! Einen Namen zum Pseudonym und zu den Drohungen. Es war ein feiger Mord und Bosshardt war der Täter! »Reiche mir bitte mal dein Handy, das möchte ich gern persönlich machen. Wer ist wohl zuständig?«

»Vermutlich die Kripo in Essen, oder doch die in Recklinghausen.« Timo suchte nach der Essener Telefonnummer. »Da sind so viele – Polizeidienststellen, Polizeiwachen, Polizeipräsidium.«

Liesa seufzte. In den Krimis war es immer so einfach. »Lass es uns mal in Bottrop versuchen, hier ist es schließlich passiert. Man wird es schon weiterleiten.«

Timo nickte und hatte schnell die Nummer der Polizeiwache auf der Gladbecker Straße parat. Er reichte Liesa sein Handy und schaute sie gespannt an.

»Okay, dann serviere ich ihnen Täter und Opfer, den ganzen Fall auf dem Silbertablett.« Doch das freudige Lachen verging Liesa schnell.

Jemand meldete sich, vernuschelte Namen und Dienstgrad, das vermutete Liesa zumindest. Sie konzentrierte sich. »Mein Name ist Kwatkowiak, ich habe Informationen zu den Hintergründen eines fingierten Unfalls.«

Worum es denn genau gehe, fragte der Beamte distanziert und im gleichen Atemzug, ob sie Anzeige erstatten wolle. Das wäre jetzt auch ganz bequem online möglich.

»Mord«, versuchte Liesa zu erklären. »Also ich gehe davon aus, dass es einer war.«

Ausdrucksvolles Schweigen am anderen Ende der Leitung.

»Ein Mann ist mit seinem Auto verunglückt, am letzten Freitag. Felix Sprockmann, das wissen Sie ja schon.«

»Wir geben prinzipiell keine Auskunft.« Der Beamte klang skeptisch.

»Nein, ich benötige keine Auskunft. Ich habe Informationen zu dem Fall für Sie. Es war aller Wahrscheinlichkeit nach ein Uwe Bosshardt.«

Liesa hörte, wie der Beamte sich leise mit jemandem unterhielt. Es wurde gelacht. Die Antwort ließ auf sich warten. »Ja, Frau Quasikowski –«, hieß es endlich gedehnt.

»Kwatkowiak. Liesa Kwatkowiak.«

»Frau Ammoniak, wie heißt der Tote, also das ›Mordopfer‹, denn nun? Offenbar sind Sie da ein bisschen durcheinandergekommen.« Noch mehr Gelächter im Hintergrund.

Liesa spürte, dass sie rot wurde. Ihr Puls hämmerte. Bitte jetzt keine Panikattacke, bat sie. Dann brächte sie keinen Ton mehr heraus.

»Das Mordopfer heißt Sprockmann, der Täter Bosshardt. Ich kann Ihnen Unterlagen geben –«

»So, Frau Quasselkowski, jetzt gucken Sie mal schön Ihre Krimis weiter und blockieren die Leitung nicht länger.« Aufgelegt.

Liesa hatte Tränen in den Augen vor Wut. Wenigstens war die Panikattacke ausgeblieben. Aber das half jetzt auch nichts.

Timo schüttelte verständnislos den Kopf. »Er hätte ja wenigstens mal zuhören können …«

… was Frau Quasi-Quasselkowski zu sagen hatte, dachte Liesa. Sie war innerlich zusammengebrochen wie ein uralter morscher Bergbaustollen. Jaja, der smarte Timo Goretzka, dachte sie, und die clevere Liesa Kwatkowiak. Das Dreamteam gleich nach Sherlock Schmalz und Dr. Dubbel. Das wird so nichts. Es wäre zu einfach gewesen, die Aufgabe mal eben abzugeben. Sie wischte sich über die Augen. Das war offenbar nicht der richtige Weg. Liesa war immer noch ein Stehaufmädchen.

»Aufgeben ist keine Option«, sagte sie bestimmt. »Wir müssen da jetzt durch. Der Typ hat jemanden umgebracht. Er ist gefährlich. Mit der Polizei kommen wir nicht weiter. Wir müssen selbst gegen Bosshardt vorgehen.«

»Aber wie?«

»Wir machen das auf die klassische Art und Weise. Analog«, erklärte Liesa.

»Oldschool«, erwiderte Timo und beide lächelten.

»Ja, das ist wenigstens effektiv. Bosshardt ist der Zechenkiller und wir werden ihm mal gehörig auf die Pelle rücken.« Dem Teufel die drei goldenen Haare rausrupfen, dachte Liesa. Wir legen uns mit niemand Geringerem als dem Teufel in Menschengestalt an.

16

Timo fuhr Liesa nach Hause. Die beiden blieben noch eine Weile schweigend im Auto sitzen. Ob er mir noch etwas über seine Zukunftspläne verraten möchte?, fragte sich Liesa. Vielleicht hat er mir unheimlich viel zu erzählen, was ich nicht hören möchte. Vielleicht hat er mir auch unheimlich viel zu geben.

»Ich habe heute noch zu tun«, unterbrach Timo Liesas Gedanken.

»Ja, klar.« Sie löste den Gurt. »Sehen wir uns morgen?«

Sie verabredeten sich für den kommenden Vormittag, um Uwe Bosshardt aufzusuchen.

Liesa stieg aus und sah Timo davonbrausen. Eine Weile stand sie noch da und fröstelte. Dann wollen wir morgen mal dem Teufel einen Besuch abstatten, dachte sie. Sie ging auf die Haustür zu und kramte im Rucksack nach ihrem Schlüssel. Eine Gestalt schritt aus dem Schatten und stand plötzlich hinter Liesa. Ein Angriff! Hastig fuhr sie herum, rechnete schon mit dem Schlimmsten und war bereit, den Typen mit dem Haustürschlüssel abzuwehren, den sie wie eine Waffe in der Hand hielt.

»Ich bin's«, meinte die Person. »Nicht erschrecken.« Es war Karin Palmowski.

»Boah ey, was ist das denn für eine Aktion?« Liesa atmete hörbar durch.

»Lass uns schnell machen, Liesa. Ich hab ein ganz ungutes Gefühl. Mich beobachtet jemand.« Karin schaute sich um. »Ich glaube, der ist hinter mir her.«

Liesa öffnete die Haustür und die beiden Frauen schlüpften in den Flur, sodass sie von der Straße aus nicht mehr gesehen werden konnten.

»Ich habe dich telefonisch nicht erreicht«, flüsterte Karin.

»Das doofe Handy ist ja auch aus«, ärgerte sich Liesa. »Woher weißt du denn, wo ich wohne?«

»In Bottrop gibt es nicht viele Kwatkowiaks. Der erste Anruf ergab schon eine Information.«

Auskunftsfreudige, geschwätzige Bagage, dachte Liesa. Das würde noch ein Nachspiel haben. Denen würde sie etwas erzählen …

»Wir müssen uns beeilen«, fuhr Karin fort. Sie griff in die Innentasche ihrer Jacke und reichte Liesa einen braunen, in der Mitte gefalteten Umschlag. »Hier sind meine Rechercheergebnisse. Alles deutet auf eine wahnsinnige Umweltsauerei hin. Es sind Stichworte, ich hatte ja keine Zeit, und vielleicht ist es besser so …«

Liesa nahm den Umschlag an sich.

»Da läuft etwas auf dem Zechengelände, jetzt kurz vor der Verfüllung der Schächte. Ich bin mir sicher, dass Felix Sprockmanns Tod damit zusammenhängt.«

Das hängt alles zusammen, dachte Liesa. Natürlich tut es das.

»Ich bin denen auf die Spur, vermutlich schon ganz nah gekommen«, fuhr Karin fort und sah Liesa eindringlich an. »Es fehlt nur noch ein kleines Puzzlestück, dann habe ich sie. Aber ich fürchte, sie wissen darüber Bescheid. Deshalb kann ich nicht selbst weitermachen. Sie wissen, was ich tue, und werden vermutlich etwas unternehmen. Finde du die fehlenden Beweise, Liesa.«

»Meinst du den Zechenkiller? Ist der hinter dir her? Soweit wir wissen, war es ein ehemaliger Vorgesetzter von Sprockmann, Uwe Bosshardt heißt er.«

Karin runzelte die Stirn. »Nie gehört.«

»Ein strammer, schon auffällig gewordener Ex-Bergmann, der ein Problem mit allem hat, was nicht in seinen Bergbaukram passt und über seinen Horizont hinausgeht. Der hat den Sprockmann umgebracht, vermutlich vorher ausspioniert.«

»So heißt das Schwein also?«

»Manni Drießen vermutet das auch.«

»Dieser Manni, ja?« Karin zweifelte.

»Vielleicht ist Bosshardt jetzt hinter dir her? Die Polizei ist schon verständigt.«

Karin schüttelte verärgert den Kopf. »Die solltest du doch rauslassen!«

»Na ja«, gab Liesa kleinlaut zu, »ich habe es zumindest versucht, aber die haben mich nicht ernst genommen.«

»Kein Wunder, es ist noch zu früh. Wir haben noch nichts in der Hand. Das da«, Karin zeigte auf den Umschlag, den Liesa in der Hand hielt, »darf unter keinen Umständen in falsche Hände gelangen. Hast du verstanden? Es hängt zu viel davon ab. Und man weiß nie, wer hier mit wem unter einer Decke steckt.«

Liesa nickte. »Wir bleiben dran, Karin. Morgen laufen wir bei Bosshardt auf und fühlen ihm auf den Zahn.«

»Das solltet ihr lieber lassen. Wenn dieser Typ hinter allem steckt, dann ist der gefährlich.«

Brandgefährlich, dachte Liesa. Ihr lief es eiskalt den Rücken herunter.

»Ich werde schauen, was ich selbst noch herausfinde.« Karin zog sich den Reißverschluss ihrer Jacke hoch bis zum Kinn. »Pass auf dich auf.«

Liesa sah, wie Karin aus dem Haus schlüpfte und sich auf ihr Fahrrad schwang. Hoffentlich passierte ihr nichts.

Liesa ging hoch in ihre Wohnung, legte Rucksack und Mantel auf dem Sofa ab und setzte sich daneben. Den Umschlag, den sie von Karin Palmowski erhalten hatte, legte sie vor sich auf den Tisch. Ein brauner Umschlag, DIN A5, unbeschriftet, zugeklebt. Etwas verknittert. Liesas Herz pochte. Ich hätte Karin nicht allein durch die Dunkelheit fahren lassen sollen, dachte sie. Sie war erst seit kurzer Zeit verwitwet. Hatte sie überhaupt noch Familie? Wartete jemand auf sie? Sie hatte eine Tochter erwähnt. Was, wenn ihr irgendwer auflauerte? *Das darf unter keinen Umständen in falsche Hände gelangen*, hörte sie Karin sagen und sie spürte, wie ernsthaft und dringlich es ihr war. Liesa ging zum Fenster und schaute hinunter auf die gegenüberliegende Straßenseite. War da jemand? Schaute jemand zu ihr hoch? Sie zog die Vorhänge zu und atmete tief durch. *Ich bin denen auf die Spur, vermutlich schon ganz nah gekommen.* Wem bist du auf die Spur gekommen, Karin? Sie war neugierig auf den Inhalt des Briefumschlags, gleichzeitig hatte sie Angst vor dem, was sie darin finden würde. Ihr war klar, dass sich für sie mit dem Öffnen des Umschlags alles ändern würde. Es würde kein Zurück geben.

Sie riss das Papier auf. Mehrere gelbe Post-it-Zettel fielen als ein ungleichmäßig zusammengeklebter Stapel heraus, offenbar hastig von irgendwo abgerissen, übereinandergelegt und in den Umschlag gesteckt.

Liesa nahm sich den ersten gelben Klebezettel vor.

»28.2.: ehemaliger Kollege von M. Info über illegale Aktionen auf V10«

V10, das klang wie eine Geheimwaffe, eine Maschine oder etwas Ähnliches. Aber es musste eine Ortsangabe sein, vielleicht handelte es sich um Koordinaten. In den alten Atlanten und Stadtplänen wurden auf diese Art Quadrate durchgezählt. Woher sollte sie jetzt einen Stadtplan herbekommen? Waren die inzwischen nicht digitalisiert? Vermutlich gab es Dutzende solcher Pläne im Internet, die Suche wäre zu umfangreich. Sie könnte ihre Oma fragen, die hatte sicherlich noch ein Telefonbuch in Papierform mit dem Bottroper Stadtplan auf den letzten Seiten und vielleicht auch einen Atlas im Regal. Aber wäre es dann der richtige Stadtplan? Hätte Karin so etwas benutzt, um eine Ortsangabe zu machen? Unwahrscheinlich, zu umständlich. Vermutlich waren die Notizen ursprünglich nur für Karin selbst und ihre Recherchearbeit gedacht. Liesa ging noch einmal anders an die Sache heran. Hauptthema Bergbau, ein Bergmann berichtet, auf einem Zechengelände ist etwas auffällig. Es machte klick. Das V war kein Buchstabe, sondern eine römische Zahl – die Fünf. Es musste sich um Prosper fünf Schacht 10 handeln, dem Schacht in Bottrop-Kirchhellen, der zuletzt geteuft, also gebaut und zur Kohlegewinnung benutzt wurde. Wird der Schacht aktuell verfüllt? Wie weit ist man denn da auf dem Zechengelände? Was passiert da vor Ort?

Was läuft da ab? Illegal war ja einiges, das hatte sie mitbekommen – beispielsweise der private Verkauf von nun nicht mehr gebrauchten Zechengegenständen. Im Angebot waren Seife, Kauenkörbe, Handtücher und Kauenlatschen, sogar Stücke eines Förderseils, die von Liebhabern der Bergbauerinnerungen zu Tischbeinen verarbeitet wurden. Liesa hatte Verkaufsanzeigen gesehen und einiges von Willi erfahren. Da floss bestimmt auch Geld, aber dieser Kleinkram bot Karin sicherlich keinen Grund, so intensiv zu recherchieren und sich bedroht zu fühlen. *Ich bin da an was dran*, hatte Karin beim Treffen der Bürgerinitiative gesagt, *und ich schwöre dir, wenn ich das beweisen kann, dann explodiert die Hütte, dann geht ganz Bottrop in die Luft.*

Liesa ging die weiteren Zettel durch. »heimliche LKW-Transporte, Umweltschweinerei?!«, stand da auf einem Notizzettel, das Ausrufezeichen groß und plakativ. Es schrie sie fast an, wie Karin sie bei ihrem ersten Zusammentreffen angeschrien hatte: *Es war Mord!* Das würde passen, dachte Liesa. Somit wären wir wieder beim Thema. Für das Fragezeichen bin dann wohl ich hier zuständig. Wurde beim Abbau der Gebäude geschlampt und gesundheitsgefährdende Stoffe freigesetzt? Wurden die per LKW wegtransportiert? Liesa dachte an Asbestplatten, die eigentlich sorgsam und unter Sicherheitsmaßnahmen bei einem Gebäudeabriss oder einer Entkernung entfernt und für ordentliches Geld speziell entsorgt werden mussten. Ihr Onkel Willi hatte kurzzeitig in dem Bereich gearbeitet und es dann aufgegeben. Er wollte sich seine Gesundheit nicht kaputt machen, hatte er gesagt. Nun, er hatte es drastischer ausgedrückt. Ging es um so etwas?

»Felix befragen«, stand auf einem weiteren Zettel. Das war ja nun nicht mehr möglich. Karin hatte vermutet, dass Felix Sprockmann etwas wusste. Oder hatte er, der Vorsitzende der Bürgerinitiative, sie bezüglich des weiteren Vorgehens beraten sollen? Hatte sie sich mit ihm absprechen wollen, um das ganze publik zu machen? Aber Karin lag noch nicht der Beweis vor, hinter dem sie her war, und Sprockmann war tot, anscheinend ermordet worden. Alles hing irgendwie auf verhängnisvolle Art und Weise zusammen. Aber wie? Hatte er zu viel gewusst? Hatte er deshalb sterben müssen? Liesa legte die Zettel aus der Hand. Diese Notizen waren nicht unbedingt in chronologischer Reihenfolge aufeinandergeklebt und in den Umschlag gelegt worden. Vielleicht hatte Karin den einen oder anderen Punkt längst durchgeführt, abgearbeitet. Da bliebe noch der Hauptfakt: Jemand hatte Karin Informationen über eine vermeintliche Umweltschweinerei zukommen lassen, der Kontakt war über einen M. erfolgt. Wer war M.? Liesa ging alle bekannten Namen durch. Manfred Manni Drießen? Ein Ex-Kollege von ihm soll Karins Informant gewesen sein? Möglich. Sprockmann war ein Ex-Kollege von Drießen. War Sprockmann der Informant? Das ergab keinen Sinn. Karin hätte sich nicht so kompliziert ausgedrückt. Könnte Liesa Drießen dazu befragen? Das würde sie später entscheiden. Ihr fiel ein, dass ihr Smartphone tot war. Sie hängte es an das Ladekabel und begab sich mit dem Zettelstapel an ihren Schreibtisch, fuhr den Laptop hoch und überlegte. Wer kam sonst noch als die Person in Betracht, der Karin Informationen auf illegale Machenschaften auf der Zeche anvertraute? Liesa gab »Karin Palmowski Bottrop« in die Suchmaske ihres Laptops ein. Womöglich fand sich jemand im Umfeld, dessen Name mit einem M begann. Gleich das erste Ergebnis war ein Treffer: Markus Palmowski, Karins verstorbener Ehemann. Na toll, dachte Liesa. Da hätte ich auch gleich draufkommen können. Ein Telefonbucheintrag des Paares, dann die Traueranzeige. Bingo, Doppeltreffer. Am 28. Februar wurde Markus Palmowski bestattet. An dem Tag fand laut Karins Aufzeichnungen das Informantengespräch statt. Liesa konnte sich gut vorstellen, dass in der Atmosphäre einer Beerdigung auch etwas Privates besprochen wurde, dass man insgesamt redseliger wurde. Man wusste von Karins und Markus' Engagement in der Bürgerinitiative, ein ehemaliger Kollege von Markus hatte ihr Informationen gesteckt. Vielleicht hatte dabei der eine oder andere Schnaps nachgeholfen. Vermutlich aus Gewissensbissen, gepusht durch das Wissen, dass die Zeche sowieso gerade im Begriff war, abgewickelt, Geschichte zu werden. Aber noch war da was am Laufen. *Da läuft etwas auf dem Zechengelände, jetzt kurz vor der Verfüllung der Schächte,* hatte Karin ihr gesagt. So weit passte alles. Dieser Kollege musste über Insiderwissen verfügen und war am Tag der Beerdigung anwesend. Konnte sie von ihm weitere Informationen erhalten? Zuerst war der Mann ausfindig zu machen. Kein Problem, dachte Liesa ironisch. Nichts leichter als das. Eine Zeitmaschine, Observation am Tag der Beerdigung, ein offenes Ohr und diese Fragen sind geklärt.

Inzwischen war ihr Handy so weit geladen, dass Liesa es einschalten konnte. Nachrichten bezüglich einiger unbeantworteter Anrufe von Karin ploppten auf, was Liesa nicht wunderte, denn Karin hatte ihr bei dem überraschenden Zusammentreffen vorhin mitgeteilt, sie telefonisch nicht erreicht zu haben. Allerdings stammte der letzte Anruf von vor nicht einmal fünf Minuten. Karin hatte eine Sprachnachricht hinterlassen. Liesa überkam ein ungutes Gefühl, als sie den Playbutton betätigte. Hoffentlich war ihr nichts passiert. Lass sie nicht in Gefahr sein.

»Liesa?« Karins Stimme war die pure Panik. »Liesa, ich kann nicht mehr.« Sie schien zu weinen. »Ich werde massiv bedroht, ich bin raus. Der hat ein Blatt Papier direkt unter die Wohnungstür druntergeschoben. Und vorne im Garten hat er Spielzeug von meiner Tochter verbrannt! Liesa, der weiß, wo ich wohne. Der war im Haus, hat direkt vor meiner Wohnungstür gestanden. Ich soll die Klappe halten, steht auf dem Papier, sonst geht es meiner Tochter wie dem Sprockmann.« Karin schluchzte.

Liesa war alarmiert.

»Wir hauen ab. Und ich würde dir raten, nicht weiterzumachen in dem Fall. Mit dem ist nicht zu spaßen. Dieser Scheißkerl ist …« Sie senkte die Stimme. »… gefährlich. Nicht, dass er dir etwas antut!«

Scheiße, dachte Liesa. Große Scheiße, beschissener Scheißkerl. Karin durfte doch nicht aufgeben. Jetzt war sie allein mit den Ermittlungen. Was, wenn sie dabei versagte? Sie wünschte sich, sie hätte diesen Uwe Bosshardt heute schon aufgesucht, dann wäre es nicht so weit gekommen. Sie würde ihm morgen persönlich den Hals umdrehen, diesem Möchtegern-Zechenkiller-Arsch. Dann würde sie sich eben mit dem Teufel anlegen, kein Problem. Sie war richtig wütend. Spielzeug anzünden, einer Mutter mit dem Tod des Kindes drohen. So ein Schwein! Dann setzte sich die Wut und sie begann, den Täter zu analysieren. Der potenzielle Täter hat mit diesem Schreiben den Mord an Sprockmann zugegeben und er muss Karin verfolgt haben. Er ist ihr sehr nah gekommen, hat sich an den persönlichen Gegenständen der Familie Palmowski vergriffen und ist mit seiner Drohung in deren Leben eingedrungen. Er fühlt sich selbst bedroht, dachte Liesa. Dafür ist er Risiken eingegangen, hat sich ein Stück weit selbst offenbart. Überheblich ist er, vermutlich narzisstisch. Und er ist noch nicht fertig, dachte sie. Der ist wahnsinnig wütend, geht Risiken ein und trotzdem handelt er verdammt gezielt. Eine gefährliche Mischung. Da kommt noch einiges auf uns zu.

Der Inhalt des Umschlags war ohne Zweifel interessant, überlegte Liesa. Aber warum hätte er nicht in falsche Hände geraten sollen? Es fehlte die eine brisante Information, ein Name oder ein konkreter Vorwurf. Sie ärgerte sich, denn entweder hatte Karin wirklich noch nicht genug zusammengetragen und mit ihrem Hinweis maßlos übertrieben.

Oder sie selbst hatte etwas übersehen. Sie nahm sich wieder die gelben Zettel vor, drehte jeden einzelnen um, achtete darauf, dass nicht zwei übereinander klebten und etwas verdeckten, heftete sie dann in unterschiedlicher Reihenfolge auf ihren Schreibtisch. Es ergaben sich keine neuen Erkenntnisse. Schließlich gab sie auf, nahm den Umschlag, um die Zettelchen wieder hineinzustecken, und hatte ein Gefühl von »da stimmt etwas nicht«. Aber was? Sie wog das Papier in der Hand. Der Umschlag wirkte ein wenig zu schwer. Sie langte hinein und erfühlte etwas. Liesa nahm eine Schere und trennte die Seiten des Kuverts sorgfältig auf. Innen war mit Tesafilm ein weißes Papier befestigt. Liesas Herz hüpfte höher. Clever von Frau Palmowski. Liesa löste den Klebestreifen vorsichtig ab und drehte das Papier um. Was sie vorfand, ließ sie nahezu schockgefrieren.

Es dauerte eine Weile, bis sich Liesa gefangen hatte und sie sich auf die neuen Informationen konzentrierte. Der Zechenkiller hat Sprockmann also tatsächlich umgebracht, das hat er Karin gegenüber per Drohzettel zugegeben. Er hat es mit der Reizgaskartusche getan, da war sich Liesa sicher. Aber wie? Und warum?

Offensichtlich war es Bosshardt, der dem vermeintlichen Öko und tatsächlichen Bergbaukritiker Sprockmann nicht wohlgesonnen war. War der Zechenkiller noch aktiv im Bergbau, an der Verfüllung und Flutung beteiligt? Hatte er einen wichtigeren Grund, Sprockmann aus dem Weg zu räumen und Palmowski wegzudrohen? Hatte es etwas mit den ominösen LKW-Fahrten auf dem Zechengelände zu tun? Was hatte es überhaupt damit auf sich? Liesa wusste jetzt, dass sie mit ihren Informationen und dem Umweltsauereiverdacht vorsichtig umgehen musste. Sie konnte niemanden leichtfertig danach befragen, solange sie nicht wusste, wer dahintersteckte.

Ich muss den Informanten finden, dachte sie. Der ist der Schlüssel. Aber für heute hatte sie die Nase voll von den vielen Fragen, den Drohungen und Brandanschlägen.

Timo hatte nach eigenem Bekunden noch etwas zu tun, deshalb schickte Liesa ihm eine kurze Nachricht. »Habe viele neue Infos. Morgen mehr. Pass auf dich auf.« Sie kontrollierte die Wohnungstür, schloss ab und ließ den Schlüssel leicht gedreht von innen stecken. Dann löschte sie das Licht, lugte zwischen den Vorhängen aus den Fenstern. Weder auf dem Hof, der sowieso im Dunkeln lag, noch auf der Straße war etwas zu sehen. Das Handy ließ sie am Ladegerät in ihrer Nähe. Keine Antwort von Timo. Schließlich wickelte sie sich auf dem Sofa in eine Wolldecke ein.

*

Das Wasser im Streb steigt, schwarzes Brackwasser strömt aus allen Richtungen aus dem Berg, fließt von dem First herab, steigt aus der Sohle. Es reicht Liesa so schnell bis zur Hüfte, dass sie vor Kälte und Schrecken kaum atmen kann. Das Wasser ist schwärzer als alles, was sie bisher gesehen hat. Das völlige Fehlen von Leben erschreckt sie. Völlig ohne Leben, das weiß sie, lebensgefährlich. Dann kommen die Ratten. Ein Teppich aus grauen Leibern bedeckt die Wasserfläche. Einige laufen über die Schwimmenden, andere scheinen Schwall für Schwall aus dem Berg ausgespuckt zu werden. Sie haben Wunden an ihren nassen Körpern, beißen einander die Ohren ab, fressen sich gegenseitig in die kleinen Leiber. Liesa möchte schreien, aber sie ist völlig erstarrt. Ekel,

Blut, schwarze Wunden, die sich mit dem schwarzen Wasser vermischen. Da nähert sich Licht. Endlich! Liesa atmet auf. Gott sei Dank, da kommt Hilfe. Doch etwas stimmt nicht. Die sich nähernde Gestalt trägt eine Fackel. Das geht nicht, durchfährt es Liesa. Hier ist überall Methan, Kohlenstaub, Gas strömt aus. Kein offenes Feuer! Mach das Feuer aus, will sie schreien. – Das Licht bei der Nacht, antwortet der Mann, das wird nicht ausgemacht. – Vorsicht, hier explodiert gleich alles! – Nix da. – Liesa versteht nicht. Wie kann er das nicht wissen, dass sie in höchster Gefahr sind? Jetzt kann sie ihn sehen. Ein Bergmann, mehr tot als lebendig, als hätten das Wasser und die Ratten einen Toten aufgeweckt. *Meine tausend Feuer*, raunt ihr der Mann zu, *brennen bis in alle Ewigkeit*. Und sie riecht das Verweste und Verbrannte, das Verheerende und Tödliche. Er hält seine Fackel weiter hoch, dass Liesa ihn genauer sehen kann. Da, wo ein Gesicht war, sind tiefe Krater im Fleisch. Die Nase fehlt und einiges mehr. Eine Ratte springt ihn an, mitten ins Gesicht. Die Fettratten von Prosper, denkt Liesa. Die beißen sich fest und lassen nie mehr los. Er schlägt das quiekende Tier von sich, etwas von der Fleischmasse aus seinem Gesicht spritzt mit der Ratte davon. Liesa wird speiübel. Ihr Magen dreht sich um, sie ist kurz davor, sich zu übergeben. Die Ratten laufen weiter und drohen alles zu überfluten. In größter Panik schreit Liesa: Mach das Feuer aus! – Ist doch Ex-geschützt. Der heruntergekommene Halbverweste lacht kehlig. Das ist doch Quatsch, denkt Liesa. Hier ist nichts explosionsgeschützt, durch das offene Feuer fliegt alles in die Luft. Das überleben wir nicht. Der Mann schwenkt die Fackel wie eine Fahne über beide hinweg. In der anderen Hand hält er etwas, erkennt Liesa. Das Wasser steht ihr jetzt bis zur Brust und die Ratten berühren sie über und unter Wasser am ganzen

Körper. Sie schließt die Augen vor Qual. Was hat er in der Hand? Liesa will nur noch schreien. Oder stumm untergehen in die schwarze Ewigkeit des Stollens. Aber sie kann nicht aufgeben. Sie muss überleben, auch für die anderen. Was hat er in der Hand hinter seinem Rücken? Es muss wichtig sein, das weiß sie. Mach die Augen auf, befahl sie sich. Lass dich nicht umbringen, du darfst nicht untergehen, beweg dich. Sie schaut auf, streckt sich, so weit sie kann, geht ein paar kleine Schritte auf dem unebenen Untergrund, rutscht aus, fängt sich wieder und kommt auf einer flachen Erhebung neben dem Mann zu stehen. Da sieht sie es. Hinter seinem Rücken hält er einen Baseballschläger, »Zechenkiller«, steht darauf. Ich muss etwas tun, drängt es in Liesa. Sonst geht hier alles in die Luft. Sonst bringt der mich und uns alle um.

17

»Der weiße Zettel hat es in sich.« Liesa las vor:

»JA: LKWs Firma EX, Gift?! Mafia?«

Timo weitete die Augen. »Ach du Scheiße, die Mafia? Das ist ja noch mal eine ganz andere Hausnummer. Kein Wunder, dass Karin raus aus der Sache ist und sich zurückzieht.«

Liesa hatte ihm auf dem Weg zu Uwe Bosshardt, nachdem er sie abgeholt hatte, von der abendlichen Begegnung mit Karin Palmowski und ihrer Sprachnachricht berichtet.

»Mafia, ich kann nicht mehr.« Timo schüttete den Kopf. »Übertreibt sie da nicht?«

»Wenn sie die Müllmafia meint, dann sicher nicht. Müssen wir sehen.« Wie hatte man sich das vorzustellen? Liesa sah geschniegelte Süditaliener in feinen Anzügen vor sich, bewaffnet bis an die Zähne, kriminell kultiviert, und das auf dem Gelände von Schacht 10 in Bottrop-Kirchhellen?

»Wer könnte denn dahinterstecken?«, fragte Timo. »Südosteuropäer?«

»Möglich.« Vielleicht war es doch einer der speziellen italienischen Familienbetriebe, die im Ruhrgebiet seit Jahrzehnten ansässig waren, dachte Liesa. Sie hatte sozusagen Anknüpfungspunkte. Kontakte, von denen Timo nichts wissen konnte. Er musste es auch gar nicht erfahren. Es würde eines ihrer Geheimnisse bleiben. Sie würde es ihm nicht verraten, vorerst jedenfalls.

»Okay, was holen die da ab?«, überlegte Liesa laut. Gift, Umweltschweinerei, Müll. PCB kam ihr in den Sinn – Giftmüll. »Die entsorgen womöglich das PCB-haltige Öl aus den Maschinen, und zwar illegal, weil das wesentlich billiger ist als eine ordnungsgemäße Entsorgung.«

»Aber das ist doch schon vor Jahren durch Öl ersetzt worden, das kein PCB enthält. Oder doch nicht?«

»Womöglich gibt es da noch Altbestände, die man heimlich vom Gelände bringen muss, bevor es bald besenrein übergeben wird.«

»Das wäre eine Umweltsauerei. Und wer oder was ist die Firma EX?«

Liesa bediente ihr Smartphone. Der Firmenname war so unspezifisch, dass eine Internetsuche nichts Sinnvolles erbrachte. »Viele internationale und nationale Ergebnisse, nichts Spezifisches. Einige Hundert Firmen haben ›ex‹ im Namen.«

Timo runzelte die Stirn. »Oder handelt es sich um eine Ex-Firma von irgendwem? Wir brauchen mehr Informationen.«

»… und zwar vor Ort«, ergänzte Liesa, wobei sie auf Willi und Timos Vater Andy abzielte. Sicher konnten die einen Kontakt herstellen.

*

Früher hatte er mit seiner Familie gegenüber in einem der Zechenhäuser gewohnt. Dann war seine Frau Elfie gestorben. Die Häuser wurden 2001 abgerissen. Er musste raus und war in das Mehrfamilienhaus gegenüber gezogen. Es war zwar zu groß und zu teuer für einen Mann allein, aber er wollte dortbleiben, in Bottrop-Lehmkuhle. Von seinem Balkon aus sah er auf die Barbarakirche, auch als sie abgerissen wurde. Als die Bagger Stücke aus ihr herausrissen, war es, als rissen sie Stücke aus seinem Leben. Der Spielplatz hinter dem Haus war schon vorher einem Parkplatz gewichen. Man brauchte Platz für Autos, Kinder gab es kaum noch. Er war Steiger gewesen, Aufsichtsperson, auch einige Jahre in der Ausbildung der jungen Bergmänner. Er hatte sich in den Jahren nach Elfies Tod oft im Barbaraheim eingefunden, aber die Kumpel und Kollegen wurden immer weniger. Er selbst wurde immer unbeweglicher. Ihm blieben nur ein wenig Internetkontakt und der Blick auf das Südringcenter, das man auf die andere Straßenseite gesetzt hatte. Dort, wo er mit der Familie und seinen Kollegen im Garten gesessen, gearbeitet und gefeiert hatte, da war jetzt ein Hotel, meinte er zu wissen, eine Disco, zwei Supermärkte, Ärzte und eine Apotheke. Der Multifunktionsbau drehte ihm seinen glatten Betonrücken zu. Dahinter lagen der Bahnhof und die Siedlung Lehmkuhle. Es waren harte Jahre gewesen, aber ehrliche.

*

»Essener Straße 145. Ist das nicht in der Nähe vom Südringcenter?«

Es war genau gegenüber. Liesa und Timo standen vor dem rechten der drei nahezu identischen weißen Mehrfamilienhäuser aus den 1970er-Jahren. »Bosshardt«, stand auf dem Klingelschild, ehemals ordentlich in einen Plastikstreifen geprägt, inzwischen verblasst. Ihnen wurde geöffnet. Zweite Etage, eine Frau stand in der offenen Wohnungstür. In diesem Moment vibrierte Timos Handy. Er fingerte es aus seiner Hosentasche, flüsterte »Ausgerechnet jetzt. Passt ja wohl gar nicht« und unterdrückte den Anruf.

»Wir möchten zu Herrn Bosshardt, Uwe Bosshardt. Sind wir da richtig?«, fragte Liesa.

Die Frau, etwa Ende 40, sah abgespannt aus und trug gelbe Gummihandschuhe. »Ja«, meinte sie nur knapp und ließ die beiden eintreten. Sie war offenbar gerade dabei, aufzuräumen und auszusortieren. Im Wohnzimmer reihten sich auf einem massiven Esstisch aus Eiche diverse Bergbauandenken auf, um in Kartons verpackt zu werden. Der berühmte Pütt-Schrein, dachte Liesa, den jeder Bergmann, der etwas auf sich hält, zu Hause aufgestellt hat. Und sie meinte es keineswegs abfällig. Schlägel und Eisen, ein handgroßer Kohlebrocken auf einer Holzplatte, daneben Gruben- und Karbidlampen. Auch ältere Exemplare waren darunter, die wie orientalische Öllampen aussahen, Frösche genannt. All das hatte ein ehemaliger Bergmann sorgsam zusammengetragen und in Szene gesetzt. Bergleute hingen an solchen Gegenständen. Sie waren mehr als Erinnerungsstücke, standen sie doch für ein gelebtes Leben. Liesa erinnerte es an ihren Opa, der eine vergleichbare Sammlung hinterlassen hatte. Die axtähnlichen Steigerstöcke erzeugten bei Liesa allerdings ein mulmiges Déjà-vu-Gefühl. Wir sind wegen dem Mord hier, brachte sie sich wieder auf das Wesentliche.

»Was soll ich nur mit den ganzen Sachen machen?« Die Frau wischte sich eine Strähne aus der Stirn. »Es ist ja nun mal so, dass er hier nicht mehr wohnen kann. In der zweiten Etage, ohne Fahrstuhl. Da muss man sich nichts vormachen.«

Liesa fiel die Statuette der heiligen Barbara auf dem Grab ihrer Mutter ein, wischte den Gedanken aber fort. Sie betrachtete die Gegenstände und fand unter ihnen ein gerahmtes Foto. Es zeigte einen Bergmann, der weiße Helm wies ihn als Steiger aus. Das Alter passte. Es war Uwe, der Boss, Bosshardt. Erstaunlich klein, schmächtig und seinem Ausdruck nach stolz. Laut Manni Drießen genauso boshaft, um nicht zu sagen teuflisch.

»Wann könnten wir denn mit Ihrem Vater sprechen?«, fragte Liesa.

Offenbar wurde sich die Frau jetzt erst der Anwesenden wirklich bewusst. »Er kann im Moment leider keinen Besuch bekommen, nur Familie, jetzt nach dem Apoplex.« Sie schaute kurz hoch und wandte sich den Dingen auf dem Tisch zu. »Schlaganfall«, erklärte sie.

Liesa und Timo sahen einander an.

»Wann ist das passiert, also der Schlaganfall?«, wollte Liesa wissen.

»Vor zehn Tagen etwa. Ja, am Freitag«, antwortete Bosshardts Tochter, während sie das Kohlenstück in Zeitungspapier wickelte und in einen der Kartons legte.

Timo rechnete offenbar die Wochen zurück. »Das war dann der 8. März, stimmt das?«

Die Frau nickte.

»Sind Sie ganz sicher?«, hakte Timo nach.

»Ja, klar. Ich hatte in der Woche Nachtschicht. Als ich in der Klinik ankam, haben mir die Kollegen Bescheid gegeben. Da war mein Vater schon eingeliefert worden. Immer freitags, dachte ich noch. In unserer Familie passiert immer freitags etwas.«

Aber erst am 15. März war Sprockmann ermordet worden, dachte Liesa, das war eine Woche nach Bosshardts Krankenhauseinlieferung. Hatte er vorher die Droh-Mails geschrieben? Sie versuchte sich zu erinnern, wann die letzte losgeschickt worden war. Die meisten E-Mails waren im Februar, die letzte am 9. März angekommen und vermutlich auch verschickt worden. »Hat Ihr Vater Internet im Krankenhaus? Kann er dort E-Mails schreiben?«, fragte sie und kam sich dabei gleich blöd vor.

Die Frau schaute verwundert. »Hemiparese, Aphasie, und wer weiß, was noch dazu kommt.« Sie setzte zu einer Übersetzung an. »Er ist halbseitig gelähmt, hat seine Sprache verloren und liegt auf der Intensivstation. Was soll er da mit einem Internetanschluss?«

Timo sah Liesa skeptisch an.

»Schöne Scheiße«, entfuhr es ihr.

»Wie?«

»Schöne Grüße«, kam Timo zur Hilfe. »Grüßen Sie Ihren Vater doch bitte von uns.« Er wandte sich zum Gehen. Liesa öffnete die Tür. Sie hatten es jetzt eilig.

»Von wem soll ich denn grüßen?«, rief Bosshardts Tochter ihnen durch den Flur hinterher.

»Ja, von wem …«, brummte Liesa. »Von den Dusselköppen, Frau Quasikowski und Herrn Gehwegda.« Aber bei den letzten Worten war sie schon im Erdgeschoss und zur Haustür verschwunden.

Vor dem Haus hielten sie inne. Ein Blick nach oben sicherte zu, man würde sie hier nicht sehen.

»Der kann unmöglich gestern Karin Palmowski bedroht haben.«

»Ist mir auch klar.« Liesa schoss wütend einen Stein über den Fußweg ins Gebüsch. Er wirbelte raschelnd trockenes Laub auf. Hoffentlich hatte er keinen Igel erwischt. »Vielleicht hatte er einen Helfer, einen Handlanger.«

»Und den hat er von der Intensivstation aus beauftragt?«

Liesa schüttelte den Kopf. »Eher nicht. Vielleicht hat auch jemand seinen Job fortgesetzt, also von dem Schlaganfall erfahren und dann in seinem Sinne weitergemacht?«

Timo runzelte die Stirn.

»Und wie sieht es mit den E-Mails aus?«, fragte Liesa. »Ist er da jetzt komplett auszuschließen? Am Tag der letzten Droh-Mail lag er im Krankenhaus, und zwar ziemlich angeschlagen.«

»Man kann E-Mails auch zeitversetzt senden.«

»Aber selbst, wenn Bosshardt die Sendung der letzten E-Mail vor dem 8. März geplant und sein E-Mail-Programm sie am 9. März abgeschickt hat, so kann er doch unmöglich Felix Sprockmann getötet haben. Sprockmann ist am Freitag, den 15. März, genau eine Woche nach Bosshardts Einlieferung ins Krankenhaus, getötet worden. Hat er den Wagen schon so lange vor dem Unfall manipuliert?«

»Unwahrscheinlich. Die Gefahr, dass seine Spielerei entdeckt würde, wuchs mit jedem Tag. Sprockmann hätte den Wagen zum Beispiel in eine Werkstatt bringen können, wenn eine Inspektion fällig war. Also ich würde das Ding innerhalb kürzester Zeit durchziehen, um das Risiko zu minimieren.« Timo war sich seiner Sache sicher.

»Dann muss er doch auch vor Ort gewesen sein, oder wie konnte er den günstigen Zeitpunkt der Autobahnfahrt sonst abpassen? Ein Unfall in der Tempo-30-Zone hätte nicht zum Ziel geführt.«

»Hat sich Bosshardt vielleicht zeitweise selbst aus dem Krankenhaus entlassen? Ein Stündchen hätte gereicht.«

Timos Idee überzeugte sie nicht ganz. »Er liegt auf der Intensivstation, da wird er rund um die Uhr bewacht.« Liesa erinnerte sich an Schläuche, Piepsen und den ekelerregenden Geruch von Desinfektionsmittel. Der Flashback kam unvermittelt, nahm sie mit und wollte sie nicht loslassen. Sie schloss die Augen und dachte an ihren Ankerort. An ihre Zuflucht. Einatmen, ausatmen. Timo wartete geduldig ab. Einatmen, ausatmen. Liesa sammelte sich einen Augenblick, dann war sie wieder beim Thema. Intensivstation, das Krankenhaus verlassen. Von dort aus ein Auto manipulieren und den Fahrer auf der Autobahn zu Tode bringen, das ging in Bosshardts derzeitigem Zustand schwerlich. »Das kannst du vergessen. Der war es nicht.«

Timo nickte.

»Aber ich war mir so sicher, es wies so viel auf ihn.« Liesa ärgerte sich. »Die Rechtschreibfehler, spezifischen Ausdrücke in den Artikeln und E-Mails ...« Teufel in Menschengestalt, hatte Drießen ihn genannt. Da war doch was faul. Sie hatten gerade etwas Wichtiges ausgegraben, das wurde Liesa nun klar. Aber was? »Der Killer hat Sprockmann aufgelauert«, dachte sie laut. »Er war in der Nähe, als der Unfall passiert ist, um sicherzugehen, dass es auf der Autobahn passiert. Er muss ihn dann irgendwie verursacht haben, und zwar punktgenau und kontrolliert. Vorher hatte er etwas an dem Fahrzeug gemacht, damit der Unfall tödliche Folgen hat. Vermutlich hängt das mit dem Reizgas zusammen.«

»Er wusste also einiges über Sprockmann«, folgerte Timo, »kannte seine Abläufe, seine regelmäßig gefahrenen Strecken und den Zeitplan.«

»Dann wird er ihn observiert haben«, sagte Liesa, »so, wie Karin verfolgt wurde.«

»Vielleicht ist er jemandem dabei aufgefallen. Wir könnten noch einmal die Bürokraft in Sprockmanns Versicherungsagentur befragen, seinen Busenfreund Drießen, die gute Oksana, wenn sie denn fertig geurlaubt hat …«

Liesa schüttelte den Kopf. »Wir werden erst einmal niemanden mehr befragen. Wie Karin schon sagte: Man weiß nie, wer hier mit wem unter einer Decke steckt. Ab jetzt müssen wir es geschickter angehen, vorsichtiger sein. Der Typ versteht keinen Spaß und wir haben leider keine Ahnung, wer es ist. Wir stehen wieder am Anfang.« Liesa seufzte. Bosshardt war es nicht, das wussten sie jetzt. Aber wer sonst war der Zechenkiller? Was passierte im Bergwerk und auf dem Bergwerksgelände, was für eine Umweltschweinerei war da im Gange? Wer war Karins Informant? Das schnelle Fällelösen und die Bosshardt-Spur führten sie in eine Sackgasse, also mussten sie ein Stück zurück und den harten Weg einschlagen. Sie brauchten eine Verbindung zu den Bergleuten, mussten an die Zeche ran. Im besten Fall würde sich der ominöse Informant finden.

»Lass uns die Kontakte nutzen, die auf jeden Fall vertrauenswürdig sind. Wir sollten deinen Vater und Willi befragen.« Konnte sie ihrem Onkel Willi wirklich vertrauen? »Vielleicht kennen die jemanden, der da noch arbeitet.« Die Zeit wurde knapp, das wusste sie. Man würde nicht ewig rauben, abreißen und verfüllen. Bald war endgültig Schicht im Schacht.

Timo sah auf sein Handy. Liesa beobachtete ihn skeptisch. Ob sein geheimnisvoller Hackerkontakt versucht hatte, ihn zu erreichen? War eine andere Frau im Spiel? Oder war der Hackerkollege womöglich eine Frau? Oder zwei?

»Unterdrückte Nummer.« Timo wischte flott über das Display. »Aber er hat eine Nachricht hinterlassen.«

ER, dachte Liesa, ob das wohl stimmt? Dann hörte sie die Stimme von Manni Drießen. Er klang besorgt und bat um einen schnellen Rückruf. Liesa und Timo schauten sich an. Was wollte er denn so dringend? War etwas passiert?

»Das machen wir besser nicht hier«, schlug Liesa vor und nickte in Richtung der Bosshardt-Wohnung.

Sie setzten sich in Timos Wagen. Liesa nahm ihr Handy zur Hand und kramte in ihrem Rucksack herum. Schließlich fischte sie Drießens Visitenkarte heraus, die eigentlich Sprockmanns war. Liesa tippte die Nummer in ihr Handy und stellte auf laut.

»Ja«, meldete sich eine tiefe Stimme, barsch und unfreundlich.

Liesa überlegte kurz, ob es nicht doch Sprockmann selbst war, dessen Nummer sie schließlich angerufen hatte. War er wieder zu Hause? Und wenn ja, in welchem Zustand? Sie konzentrierte sich wieder auf die reale Welt. Sprockmann war quasi eingeäschert und vor der niederländischen Küste versenkt worden. Wer außer Drießen sollte also am Telefon sein? »Goretzka und Kwatkowiak noch einmal«, meldete sie sich.

»Haben Sie Uwe Bosshardt erreicht? Der war es doch, oder? Der hat den Felix umgebracht?«

Liesa fühlte sich überrumpelt. Eigentlich wollte sie nichts zu dem Fall sagen. »Wir denken nicht, dass …«

»Ich stehe in ständigem Austausch mit der Kripo. Man geht davon aus, dass es kein Unfall war.«

Liesa sah Timo an. »Ja?«, meinte sie nur.

»Da ist doch was mit Reizgas im Auto gewesen.« Drießen wartete offenbar darauf, dass Liesa etwas dazu sagte. Sie biss sich auf die Zunge.

Timo schaute auch verwundert.

»Na, jedenfalls bekomme ich ständig die neuesten Ermittlungsergebnisse, also Oksana bekommt sie über mich«, begann Drießen wieder.

Liesa wartete jetzt ihrerseits ab. Würde er seine neuen Erkenntnisse nun preisgeben?

Drießen raschelte mit Papier. »Kann ich Sie unter dieser Nummer erreichen? Also, wenn sich etwas Neues bei der Polizei ergeben hat?«

»Ja«, meinte sie verdutzt und ärgerte sich im gleichen Moment, dass sie somit ihre Handynummer weitergegeben hatte, was sie sonst konsequent vermied. Aber jetzt war es zu spät.

»Wenn es Neuigkeiten gibt, melde ich mich also«, wiederholte Drießen. »Und wenn Sie etwas erfahren …«

Melde ich mich auch, wollte er hören, aber Liesa wiegelte ab und beendete das Gespräch. Der Typ irritierte sie. Hatte er das wirklich versucht? War er gerade dabei, sie auszufragen? Oder war er nur der besorgte Manni, der den Tod seines Freundes klären wollte und sich wünschte, dass der Täter zur Rechenschaft gezogen wurde?

18

»Der Bosshardt war datt also nicht?« Oma Kwatkowiak setzte sich mit ihrem Kaffeebecher an den Küchentisch.

»Zumindest die letzte E-Mail kann er nicht geschrieben haben«, berichtete Liesa. Sie nahm eine eiförmige Waffel aus der eiförmigen Glasschale mit Kristallschliff und freute sich herzlich wenig auf Ostern. »Es sei denn, er nutzte technische Raffinesse, aber das traue ich ihm nicht zu.«

»Und für den Autoanschlag und die Sache mit dem verbrannten Spielzeug, die sich dieser Mistbolzen bei Frau Palmowski geleistet hat, dafür hat er ein Alibi?«, fragte Oma.

»Aber sowas von.« Liesa steckte sich die Waffel in den Mund und ließ einen Schluck Kaffee folgen. Oma hatte ihn per Kaffeefilter aufgebrüht, was eine halbe Ewigkeit gedauert hatte, aber dafür war er ausgesprochen gut. Außerdem roch es herrlich nach Schmorbraten und Salzkartoffeln. Vielleicht bleibe ich auch bis Ostern, dachte Liesa.

»Die Tante Hetti ist ja auch nicht mehr so gut bei. Ich bin am Überlegen, ob die sowatt aus dem Krankenhaus raus anstellen könnte.«

Liesa grinste. »Tante Hetti könnte alles anstellen.« Ihr war alles zuzutrauen. Sie war die einzige Tätowierte im weiteren Familienkreis und um ihre Vergangenheit rankten sich abenteuerliche Geschichten. Womöglich war sie nicht von dieser Welt, ein Spionage-Alien oder zeitgereister Kampf-Cyborg. Eine Maschine. Legende. Tante Hetti eben. Liesa merkte, dass sie gedanklich abschweifte. »Ich habe im Krankenhaus angerufen und nach Bosshardt gefragt. Die Frau am Empfang bestätigte mir, dass er auf der Intensivstation liegt. Sollte er nicht über einen Zwilling oder übersinnliche Fähigkeiten verfügen, ist er definitiv raus aus der Nummer.«

Oma Kwatkowiak wirkte unzufrieden. »Und was ist mit dieser Umweltverseuchung?«

Liesa seufzte. »Darüber wissen wir noch zu wenig.«

»Ihr müsst da hin.« Oma war jetzt ganz in ihrem Element. »Aufe Zeche, da wo datt Spielchen gerade gespielt wird.«

Sie hatte recht. Aber wie? Schließlich konnte Liesa nicht einfach in einem weißen Kittel und mit dicker Brille auf das Zechengelände marschieren, Bodenproben nehmen, sich Unterlagen zeigen lassen und dann – ja, was dann? Sie brauchte mehr Details, aber aus der Deckung heraus. Alles andere war zu riskant.

»Watt wird gespielt?«, fragte Willi, der in Schlabberhose und Unterhemd den Mittag begrüßte und in Omas Kochtöpfe lugte. Sein versonnener Ausdruck ließ auf Vorfreude schließen. Ein ausgeglichener Onkel Willi verhieß beste Voraussetzungen für das weitere Vorgehen. Omas und Liesas Blicke trafen sich. Stilles Einvernehmen, mentale Gleichfunktion.

»Sag mal, Willi«, begann Oma. »Du hast doch bestimmt noch Kontakte zu Prosper-Haniel, ne?«

»Schacht 10 ginge auch«, schlug Liesa in die gleiche Kerbe.

»Watt denn«, meinte er an Liesa gerichtet, »willste wieder auf Prosper randalieren?«

Liesa schmunzelte. Onkel Willi spielte auf ihr Abenteuer im letzten Dezember an, das mit einem Verletzten, einer Festnahme und zwei Zeitungsartikeln geendet hatte, wobei einer Liesa als Randaliererin beschrieb und nicht ganz unrecht damit hatte. »Sowas in der Art.« Aufräumen würde besser passen, dachte sie.

Willi setzte sich an den Tisch, griff sich zwei Waffeln und fand sich den fordernden Blicken der Kwatkowiakfrauen ausgesetzt. »Boah ey, watt habt ihr denn schon wieder ausbaldowert?«

Das Schellen an der Haustür rettete ihn fürs Erste. Oma ließ Timo herein, der offenbar auch gleich von den angenehmen Kochdünsten vereinnahmt wurde. Er wurde ebenfalls mit Omas handgebrühtem Kaffee und einem Platz am Küchentisch versorgt.

»Und?«, fragte ihn Liesa. »Geht etwas über Andy?«

Timo schüttelte den Kopf. »Mein Vater zieht es weiterhin vor, sich da rauszuhalten. Leider.«

Willi kaute grinsend Waffeln.

Oma rührte im Schmortopf herum, platzierte den Kochlöffel auf einem Unterteller, stellte sich dann hinter ihren Schwiegersohn und legte ihre Hände auf seine Schultern. »Nä, Willi, du machst datt schon.« Würde sie ihn nun würgen? Vom Stuhl ziehen? In die Mangel nehmen? Willi sank ein wenig ein. Oma gab ihm einen Klaps auf die Schulter. »Wusste ich doch.« Dann setzte sie sich wieder an den Tisch und fixierte ihn auffordernd.

»Ich muss morgen wieder nach Fuhlenbrock.« Willi griff nach den Waffeln, verharrte aber und fuhr fort: »Einmal im Monat ist da unser Stammtisch, für die ehemaligen Kumpel. In der Kleingartenanlage.«

»Dann nimmste die Liesa und den Timo einfach mal mit.« Oma nickte ihm zu.

»Dann mach ich datt wohl.« Willi streckte seine Hand wieder nach der Waffelschale aus, schaute aber Oma an und wartete auf eine Reaktion.

Oma schob sie ihm grinsend entgegen. »Geht doch.«

»Sind da auch Kollegen dabei, die aktuell noch auf der Zeche arbeiten?«, wollte Liesa wissen.

»Damit ist es doch schon vorbei, die machen nur noch das Rauben und Verfüllen der Schächte.«

»Ist klar, so jemanden meinte ich.«

Willi hob die Schultern. »Mal gucken, wer da morgen aufläuft.«

»Der Willi kann ja mal vorher rumhören, wer da morgen hinkommt«, bestimmte Oma. »Und dafür sorgen, datt die richtigen Leute Bescheid bekommen über den Stammtisch morgen.«

»Ja, datt kann er wohl auch«, meinte Willi kleinlaut.

Die zwei Kwatkowiakfrauen und Timo blickten ihn zufrieden an. Als sich nach einer Weile nichts getan hatte, meinte Oma: »Dann muss er wohl mal los.«

Willi erhob sich brummend. »Muss er dann wohl.« Er verließ die Küche.

»Bevor du fragst«, Liesa sah Oma an. »Es sind noch zwölfeinhalb Tage und 13 Nächte, bis ich wieder zur Uni muss, und mein Auto ist immer noch Ort der Hölle für mich.«

»Du hast schon so viel geschafft, Liesa.«

Sie wurde nachdenklich. Tatsächlich hatte sie die Panikanfälle reduziert auf dieses Autothema. Aber was sollte das? Als wollte man sie nicht aus der Stadt lassen. Und es wurde eiliger. Der erste April würde ein Montag sein, kein Scherz. Wenn sie bis dahin nicht ihre Angstattacken in den Griff bekam, wäre es Essig mit dem Studium. Und auf ihrem Schreibtisch, ganz tief unten im Stapel der verborgenen und versteckten Pflichten und ungesehenen Erinnerungen, lag ein Brief. Ob sie das auch schaffen würde? Oder würde das alles am Ende sie schaffen? Liesa lächelte ihre Oma schief an. Die schaute Timo an. Doch er wich dem Blick aus.

Während sie den Tisch für das Mittagessen deckten, fragte Oma nach Karin Palmowski.

»Leider Funkstille. Sie ist weder telefonisch noch per Textnachricht erreichbar.«

Oma nickte und machte ein ernstes Gesicht.

Liesa wusste, was auf dem Spiel stand. Sie hatte das ungute Gefühl, dass ihr etwas passiert war. »Ob ich es noch mal bei der Polizei versuchen soll?«

»Weil sie telefonisch nicht erreichbar ist? Sie wird sich ihre Tochter geschnappt haben und ist untergetaucht, zu Familie oder Freunden.«

»Hoffentlich. Kann man denn nichts tun? Sie fühlte sich verfolgt und wurde auf jeden Fall bedroht.«

»Datt wird nicht reichen.«

Timo pflichtete Oma bei. »Hast du Beweise? Den Drohzettel oder Zeugen für die Brandstiftung?«

Alles Fehlanzeige, das war Liesa klar. Karin hätte selbst Anzeige erstatten müssen. Und auch dann wäre ein intensives Agieren der Beamten zweifelhaft. »Hat denn der Feuerwehr-Rainer noch etwas herausgefunden?«

»Das hätte ich fast vergessen.« Oma stellte das vierte Senfglas auf den Tisch. »Die Ermittlungen im Fall Sprockmann sind eingestellt worden.« Sie wandte sich dem Herd zu. »Keine Einwirkung von außen, jedenfalls war nichts nachweisbar und Zeugen haben auch niemanden gesehen, der ihn abgedrängt hätte. Ein tragischer Unfall, meinen sie.«

»Und was ist mit der Gaskartusche?«, fragte Timo und sah dem dampfenden Teller entgegen, den ihm Oma Kwatkowiak reichte.

»Damit konnten sie nichts anfangen.«

Liesa setzte sich. Das war ja ein Hammer. Drießen hatte vor weniger als einer Stunde das Gegenteil behauptet.

»Da hat wer in Grafenwald andere Informationen«, bemerkte Timo.

Liesa nickte.

Oma zog die Stirn kraus. »Dann ist hier bald die Kacke am Dampfen«, bemerkte sie und Liesa war ganz ihrer Meinung. Da stimmte etwas nicht. Bewegung war in die Sache gekommen. Sie befanden sich keinesfalls komplett auf dem Holzweg, sondern waren jemandem gefährlich nahegekommen. Es hing nun alles von ihnen ab. Sie waren nach Sprockmann und Karin nun offenbar die Einzigen, die von diesen Vorgängen und Machenschaften etwas wussten. Der eine war verbrannt, die andere untergetaucht. Und dann war da dieser Täter, vielleicht noch Mitwisser, Komplizen. Liesa überkam eine große Furcht. Dieser verrückte Zechenkiller war unterwegs, unter der Stadt brodelte es. Sie waren in Gefahr.

*

Die eine Schnüfflerin bin ich losgeworden, hat die Schnauze so dermaßen voll. Jetzt ist die nächste dran. Kann doch nicht wahr sein, dass die Weiber so neugierig sind. Die stellt noch mehr Fragen als die Erste, ist hartnäckiger als die Ratten auf Prosper. Ich weiß, wo ich dich finden kann, ich weiß, wer du bist, ich weiß, *was* du verdammt noch mal bist.

19

Liesa und Timo trafen nach Onkel Willi auf dem Gelände des Kleingartenvereins »Grüne Lunge e.V.« ein, wo der Bergmannsstammtisch abgehalten werden sollte. Sie würden die Ohren offenhalten. Bestimmt wussten die Ex-Bergleute etwas oder der eine oder andere arbeitete sogar noch dort, bis die Schächte verfüllt waren. War der Zechenkiller, offensichtlich nicht Bosshardt, aber ein Bergmann, vielleicht sogar anwesend? Oder der Informant von Karin, Markus' Ex-Kollege? Ob sie nach ihm fragen könnten? Willi hatte etwas eingestielt, sich aber bezüglich Details bedeckt gehalten. Liesa machte sich auf einiges gefasst.

Der Kleingartenverein war ihnen schon bekannt, aber heute würde sich eine geschlossene Gesellschaft einfinden und sie gehörten definitiv nicht dazu. Wie beim Treffen der Bürgerinitiative, überlegte Liesa. Aber diesmal würden sie auffallen. Liesa war die einzige Frau und wie Timo, der zu jung war, offensichtlich kein ehemaliger Bergmann. Frauen hatten unter Tage traditionell nichts verloren. Es war eine reine Männergesellschaft, von den wenigen Kantinendamen und weiblichen Büroangestellten einmal abgesehen, da waren die Kumpel sich einig. In den letzten Jahren mag es einzelne Auszubildende gegeben haben. Liesa war dafür zu jung. Würden die Bergleute auf Frau Neugier abweisend reagieren? Die Männer nahmen für gewöhnlich kein Blatt vor dem Mund. Leg dich nie mit einem Bergmann an, hieß es. Die kennen Orte, an denen dich niemand findet … Liesa musste sich anstrengen, um hier etwas herauszufinden, das war Ziel eins. Ziel zwei: keinen Ärger bekommen. Mindestanforderung: nicht herausgeworfen und in peinlichen Zeitungsartikeln erwähnt werden.

»Na, steht die Laube wieder?«, fragte Timo, als er mit Liesa auf Willi traf, der vor der Vereinsgaststätte wartete.

»Tippitoppi. Besser als vorher«, antwortete dieser und er hatte sich sogar fein gemacht. Willi trug zu der ausgebeulten Jeans ein Sweatshirt, darüber seine gute dunkle Jacke. »Ein paar Kollegen haben dabei geholfen, die sind heute auch hier. Der Ralle und der Dietmar, werdet ihr ja gleich sehen. Der Jürgen Adamczyk kommt auch.« Bei letzter Bemerkung schaute Willi Liesa eindringlich an. Vermutlich hätte er gern gezwinkert, konnte es aber nicht.

Nachtigall, ick hör dir elefantös stampfen, dachte Liesa und nickte.

Sie hielt sich mit Timo etwas abseits des Eingangs, als gehörte sie zum Kleingartenverein und hätte somit eine gewisse Daseinsberechtigung. Hineingehen würde sie erst später, damit man ihre Anwesenheit nicht lange infrage stellen konnte. »Lass uns mal noch hierbleiben und die Lage checken«, flüsterte sie Timo zu.

Die Männer kamen mit dem Fahrrad an, zu Fuß in dicker brauner Lederjacke und Rauchschwaden ausstoßend, in Klein- und Mittelklassewagen, auf Motorrädern. Bald war der Parkplatz voll, man wendete und wich auf einen entfernteren aus. Liesa achtete besonders auf die Kennzeichen. Sie vermutete den Zechenkiller in der näheren Umgebung, womöglich in Bottrop wohnhaft. Das eine oder andere BOT-Kennzeichen fand sie auch, aber der Zechenkiller könnte auch in Oberhausen, Gladbeck, Castrop-Rauxel oder in Herne-Baukau wohnen. Dies würde eher nicht zum Ziel führen. Der Initiator des Stammtisches stand im Eingangsbereich und begrüßte die Ankommenden mit einem kernigen »Glückauf!«, wobei er die letzte Silbe betonte und die meisten mit einem tiefen »Auf!« antworteten. Es waren Männer jenseits der 50, mit Glatze oder grauem Haar, Bart, Bauch und Brille, in Kapuzenpullis und Hemden. Einer hatte sich seine 80er-Vokuhila-Frisur bewahrt plus grauem Schnauzbart. Unter dem Anorak, wahlweise der Outdoor-Mehrzweckjacke, lugten schwarze T-Shirts hervor, die sie sich offenbar hatten bedrucken lassen. »Kumpel für die Ewigkeit«, »Einmal Bergmann immer Bergmann«, stand darauf, »Prosper-Haniel 1863–2018« und »Glück auf«, spack über den Pulli und die Plauze gezogen. Einer der Männer gab weitere Exemplare aus und kassierte Geld dafür. Liesa beobachtete und tat unauffällig.

»Na, ihr alten Hauer!«

»Mal wieder ordentlich Antriebe rücken.«

»Glück auf, Männers!«

»Auf!«

»Ist der Frank Kiesewetter nicht da, oder versteckt der sich wieder?«

»Nee, der ist in Norddeich.«

»So is' datt mit der Altersarmut.«

»Ey, da ist ja der Kot–«

Willi war anzusehen, dass er kurz davor war, handgreiflich zu werden. Jemand entschärfte die Situation. Ein alter Kollege, den Willi sehr lange nicht gesehen hatte und dessen Anwesenheit ihn überraschte, was große Wiedersehensgesten, Glückauf-Wünsche und Flüche nach sich zog.

»Datt größte Arschloch von Prosper!«

»Der Zechenfürst!«

Man nahm sich freudig in den Arm, klopfte sich feste auf

den Rücken, schlug sich auf die Schulter und beleidigte sich wieder. Kumpel für die Ewigkeit.

Während Willi noch mit letzten Nachzüglern redete, winkte Liesa Timo zu, hineinzugehen. Das Vereinsheim bestand aus einem überschaubaren Vorraum, der wie eine Kneipe über eine gemauerte Theke und rustikale Bestuhlung verfügte. Zu essen gab es Mettwurst, Fleischwurst und Brötchen, dazu Senf aus großen Quetschflaschen. Alles in Männerart schnörkellos auf die Theke gestellt. Durch eine Doppeltür ging es in den »Saal«, der mit braunen Fliesen, einer dunklen Holzvertäfelung und Fenstern aus Glasbausteinen mit Vorhängen ausgestattet war. In einer Ecke hatte jemand eine weiße Gehhilfe abgestellt. Etwa 20 bis 30 Männer saßen bereits an den zu Reihen zusammengestellten Tischen. Liesa war, wie schon befürchtet, die einzige Frau. Und ob ich auffalle, dachte sie, und ihr Puls stieg. Liesa und Timo setzten sich an einen freien Nebentisch und spitzten die Ohren.

Auf den Tischen standen neben Aschenbechern und Bierflaschen kleine blaue Fläschchen mit orangefarbenen Stopfen, die Schnupftabak enthielten. »Mal 'ne Prise nehmen«, hieß es, auf den Handrücken gestreut und in die Nase geschnupft, mit dem Daumen ordentlich gemacht und noch mal hochgezogen, das Taschentuch zum späteren Herausrotzen bereitgehalten. Die Stopfen stammten von Hydraulikschläuchen unter Tage, die zufälligerweise perfekt passten. Besser sogar als die Originalverschlüsse, die häufig verlorengingen. Man trank Bier aus der Flasche, auch alkoholfreies, der Raum war bald mit Zigarettenrauch und Gelächter gefüllt. Später hatten die meisten Männer rote Wangen und glasige Augen von dem Pils, den Anekdoten und dem Wiedererleben ihrer Kameradschaft. Glücklich, dachte Liesa. Sie sehen glücklich aus. Und sie fühlte sich umso mehr fehl am Platz, nicht zugehörig. Hoffentlich fliegen wir nicht auf, dachte Liesa.

Es wurden Fotos gemacht, Selfies und einer der Kumpel hatte eine Fotoausrüstung dabei. »Für die Ewigkeit«, meinte er lächelnd. Liesa dachte an die Ewigkeitsaufgaben. Bewahren gehörte auch dazu. Aber es gab da ja noch ein Problem. Sie war hier, um Fragen zu stellen, etwas zu klären. Das würde den Männern hier eher nicht gefallen. Der Fotograf ging die Reihe ab und näherte sich Liesa. Sie verbarg ihr Gesicht unauffällig mit der Hand, wandte sich Timo zu und somit von dem Fotografen ab. Man wusste ja nie, wo diese Fotos landen, wer sie sehen, veröffentlichen und in welche Hände sie geraten würden. Und ob man dabei nicht mitten ins Schussfeld geriet.

Willi kam zu ihnen, stellte Ralle und Dietmar vor, die in der Nähe saßen, und einige andere Namen fielen. Der von Willi angekündigte Jürgen wurde nicht mehr erwähnt. War er doch nicht hergekommen?

»Ich war eine Konifere am Förderband«, behauptete Willi und er machte sich vor Stolz gerade. Koryphäe hatte er gemeint, aber Liesa hatte gleich dieses Bild vor Augen. Ihr Onkel Willi als Nadelbaum mit Armen. Eine Zypresse, grün, nadelig, zipfelmützenartig hochragend, mit herunterhängenden Ästen. Sie trägt Willis zerschlissenes Unterhemd, seine blassen, dicken Arme schauen hervor und verrichten unheimlich gute Arbeit am Förderband. Ja, Willi war bestimmt eine Konifere unter Tage. Sie musste sich auf die Zunge beißen, um nicht loszuprusten. Ich muss diese Bilder loswerden, ermahnte sich Liesa. Wenn ich mich nicht zusammenreiße, schmeißen die mich hier raus. Sie hatte einen Auftrag und musste loslegen, bevor sich die Veranstaltung auflöste.

»Bist du auch eine Konifere?«, raunte Liesa Timo zu und lächelte.

Timo schaute verwegen. »Nee, ein Häcksler.« Er machte den Scherz mit, aber es schwang etwas Ungutes, Unklares mit. Er wirkte angespannt und abwesend. Was war nur mit ihm?

»War schon 'ne toffte Zeit.« Ralle, ein runder Mann im Kapuzenpullover, setzte sich eine schmale Lesebrille auf und schaute auf sein Smartphone. »Kumma, haste schon gesehen? Da war ich auf Fahrradtour bis nach Lohberg.«

»Mit 'nem E-Bike, Dicken?« Sein Kollege Dietmar, ein dünner Bartträger im schwarzen Prosper-T-Shirt, lachte.

»Und kumma hier. Ich hab letztens datt Gezähe im Keller gefunden. Kennste datt noch?«

»Jau«, meinte Dietmar. »Datt war eine Scheißzange, man hat sich jedes Mal die Flossen geklemmt. Die konnte man nur gebrauchen, um sie einem hinterherzuschmeißen.«

»Gezähe heißt das Werkzeug unter Tage«, flüsterte Liesa Timo zu. Der nickte.

»Wo ist der Eintonner? Der war immer weg«, fügte jemand hinzu, der Ralle schräg gegenübersaß.

»Mehmet«, sagte Dietmar. »Der Eintonner ist bei mir im Keller. Den brauche ich wegen der Rentenerhöhung, um die Goldbarren im Regal zu stapeln.«

Die Männer lachten.

»Der Eintonner ist so was wie …«, flüsterte Liesa. Ihr fiel der richtige Begriff nicht ein.

»… ein Flaschenzug für Gewichte bis eine Tonne«, ergänzte Timo und guckte genervt.

Liesa hob entschuldigend die Hände. Dann würde sie jetzt nicht weiter übersetzen, ihre Tätigkeit als Simultandolmetscherin einstellen.

»Bei mir im Keller hängt auch ein Eintonner. Den hab ich aber auf Schalke bei Flohmarkt gekauft. Nicht von der Arbeit mitgenommen.«

»Na, Mehmet, ob wir das mal glauben sollen?«, fragte Dietmar.

Ralle grinste.

»Ich kann schwören, dass ich ein Eintonner in der Flohmarkt gekauft habe, Dietmar.«

»Ist ja egal. Mit dem Ding hab ich schon Autos abgeschleppt und den Heizkessel in den Keller transportiert. Watt 'n Kawenzmann. Der Sauhund war bestimmt drei Tonnen schwer.«

»Warum haste dann nicht den Zweieinhalbtonner genommen?«

»Den hattest du doch schon in deiner Garage.«

Sie lachten.

»Komm, lass mal«, meinte Dietmar ernst. »War nicht immer alles einfach. Am Anfang von Schacht 10 hatten wir nix. Dann sachte der Kerl aus dem Büro: ›Was willst du mit Werkzeug? Mit Werkzeug arbeiten kann ja jeder.‹«

Man stimmte zu. »Mettwurst im grünen Pullover haben wir den genannt.«

»Pulloverkopp.«

Sie lachten.

»Dann hab ich mir selbst Werkzeug gekauft und nach der Schicht in den Kofferraum gepackt. Glaubt heute keiner mehr.«

Sie schauten sich Fotos vom Pütt an, von früher.

»Ralle sieht original aus wie früher«, meinte einer. »Ich hab gehört, du bist jetzt BVB-Fan.«

»Ey, so viele Pillen kann ich gar nicht schlucken.«

Die Männer lachten wieder.

Timo grinste.

Liesa erinnerte sich an seine Schalke-Devotionalien im Jugendzimmer und lächelte auch. Jetzt aber mal Butter bei die Fische, dachte sie. Die Jungs haben sich warmgeredet, jetzt stößt Frau Psych mit ihrer gnadenlosen Fragetechnik erbarmungslos und zielsicher zu.

»Wart ihr alle auf Prosper?«, begann Liesa ein Gespräch und kam sich dabei nur mäßig geschickt vor. Aber da musste sie jetzt durch.

Ralle nickte. »Vorher 13 Jahre auf Lohberg«, meinte er und ergänzte, als er Liesas fragende Miene sah: »Zeche Lohberg in Dinslaken, auf der Grenze zu Oberhausen.«

»Ich war schon auf fünf Zechen. Prosper war mein letzter Pütt«, meinte Dietmar.

Liesa nickte. »Schade, dass das jetzt vorbei ist.« Das meinte sie so, wie sie es sagte.

Die Blicke der ehemaligen Bergleute zeigten stille Übereinkunft. »Datt kannste laut sagen.«

»So is' datt.«

»Wie läuft das jetzt eigentlich mit dem Verfüllen ab?«, wollte Liesa wissen.

»Das macht eine Tochterfirma, damit haben wir nix mehr zu tun«, erklärte Ralle und guckte wieder auf sein Smartphone, um seinem Kollegen weitere Fotos zu zeigen.

»Und was ist unter Tage geblieben? Was wurde eigentlich alles geraubt?«

Dietmar hob die Schultern.

»Ist da nicht jede Menge PCB unten geblieben?«, setzte Liesa nach. »Das hört man jedenfalls.«

Ralle verzog das Gesicht und winkte ab. »Bist du von einer Zeitung oder einfach nur neugierig?«

Liesa fühlte sich erwischt. Sie überlegte kurz und erklärte

dann: »Fast alle Männer aus meiner Familie waren auf der Zeche. Das interessiert mich.«

Ralle guckte nun Timo skeptisch an.

»Ist bei mir auch so«, meinte dieser.

Ralle wirkte fürs Erste beruhigt. »Weiß man ja nicht«, erklärte er. »Gibt ja viele Wanzen heutzutage.«

Liesa geriet ins Schwitzen.

»Krebs«, sagte Timo plötzlich, »kommt in ihrer Familie häufiger vor. Da muss man sich schon fragen, ob vielleicht PCB …«

»Hömma, du fängst doch wohl nicht mit diesem Tinnef an?«, stellte Dietmar ihn zur Rede.

»Wenn mein Vater mit PCB-haltigen Ölen arbeiten musste«, argumentierte Timo, »weil sein Arbeitgeber das so wollte, dann ist das doch nicht unwichtig. Ich würde wissen wollen, ob ich krank bin oder Krebs kriegen kann.«

Die Männer grummelten und schüttelten die Köpfe.

»Der Ofen ist aus, der Letzte hat das Licht ausgemacht«, meinte der eine.

»Was unten ist, das bleibt auch unten«, ergänzte der andere. »Restrisiko.«

»Es macht doch einen Unterschied, ob dein Arbeitgeber daran schuld ist«, sagte Liesa. »Und ob vielleicht durch die Grubenflutung alles nach oben geschwemmt wird.«

»Und auf welcher Zeche warst du am Arbeiten?«, fragte Dietmar sie und zog sich demonstrativ das Prosper-T-Shirt zurecht.

Okay, jetzt schmeißen sie uns raus, dachte Liesa. Das war's ja dann wohl.

»Hömma, weißte, warum et keine Frauen unter Tage gab? Warum Frauen nichts für die Zeche sind?«, fragte Ralle und kam Liesa so nah, dass sie den Bierdunst in seinem Atem riechen konnte.

Sein Kollege grinste.

»Guck mal, du und ich, bei 40 Grad vor der Kohle, Bullenhitze. Da stehn wir beide nur in der Unterbuxe. Datt is' mal 'ne Idee, ne?« Er lachte höhnisch.

Liesa spürte, dass sie rot wurde. Als sie sich den Schweiß von der Stirn wischte, ertönte allgemeines Gelächter. Sie deutete Timo mit einem Blick zum Ausgang an, dass es besser wäre, jetzt zu gehen. Sie hatte hier definitiv nichts zu suchen, die Männer hatten es ihr unmissverständlich zu verstehen gegeben. Ihr Onkel Willi war nicht zu sehen, sie hätten mit ihren Themen nicht auffälliger und unvorsichtiger sein können. Das war ja mal so richtig in die Buxe gegangen.

20

Ralle rief einige Kumpel zu sich. »Ey, habt ihr schon gehört …?« Es kam Bewegung in den Saal. Plötzlich standen mehrere Männer um den Tisch herum und es gab kein Entkommen. Ralle setzte gerade an: »Unsere jungen Gäste hier in der Runde …«, als er unterbrochen wurde.

»Lass mal«, mischte sich jemand ein, der plötzlich hinter Liesa stand. »Das ist schon ein tofftes Mädchen. Mit ihr würde ich auf jeden Fall vor der Kohle stehen wollen. Aber was seid ihr unhöflich, jemanden hier auf dem Trockenen sitzen zu lassen?«

Der Mann stellte drei Bierflaschen auf den Tisch und fragte, ob er sich nicht dazusetzen dürfe, sie sei ja schließlich eine Kumpeline. »Aber vor der müsst ihr euch in Acht nehmen«, warnte er grinsend, als man ihm Platz machte und er sich direkt zu Liesa setzte. »Der Willi Kotecki ist ja ein Lämmchen im Vergleich zu seiner Nichte.«

Was meinte er nur? Liesa war es peinlich, so im Mittelpunkt zu stehen. Sie lachte aber doch erleichtert mit, zumal sie das Lob heraushörte und dem Quasi-Rauswurf entgangen war. Die Männer nahmen wieder ihre vorherigen Plätze ein und auch Ralle widmete sich anderen Themen, vermutlich Dietmars Fotos. Aber wer war dieser Mann und woher kannte er sie?

»Jürgen Adamczyk, Grubenwehr auf Franz Haniel.« Er reichte Liesa eine Bierflasche, alkoholfreies Pils. »Wir haben uns bei der zentralen Abschiedsveranstaltung gesehen. Schon vergessen?«

Liesa dachte angestrengt nach.

»Nicht jeder hinterlässt einen bleibenden Eindruck«, lachte Dietmar. »Auch der Steiger nicht.«

»Schade«, meinte Adamczyk und lächelte ein charmantes Lächeln. Er bot Timo ebenfalls eine Flasche an und öffnete alle drei geschickt.

Der kann zupacken, dachte Liesa.

»Dabei haben wir eine echte Heldin unter uns.« Seine Stimme war so leise, prägnant und sanft, dass er ganz anders wirkte als die anderen Männer hier. Er machte einen sympathischen, fast jugendlichen Eindruck und Liesa hatte zunächst keine Ahnung, worauf er anspielte. Dann fiel es ihr schlagartig ein. Dabei erkannte sie nicht den Mann, sondern seine Stimme, denn er war jetzt in Zivil, hatte bei ihrem ersten Zusammentreffen orangefarbene Grubenwehrkleidung plus Helm getragen.

»Erste Hilfe auf Franz Haniel?«, fragte Liesa zögerlich. »Und die heilige Barbara?«

Adamczyk nickte. »Ich hoffe, sie hat einen Ehrenplatz bekommen.« Irgendetwas war mit seinen Augen.

»Hat sie«, meinte Liesa. »Vielen Dank noch einmal.« Sie hatte zum Ende des Steinkohlenbergbaus und nach ihrem letzten Zechenabenteuer eine kleine Bronzestatuette geschenkt bekommen, die mittlerweile auf dem Grab ihrer Mutter stand. Ihr Onkel Willi hatte sie, das heißt, ihren Sockel, ordentlich einbetoniert, damit sie nicht gestohlen werden konnte. *Das darf unter keinen Umständen in falsche Hände gelangen* – warum fiel ihr Karins Warnung ausgerechnet jetzt ein?

»Tradition ist …« Liesa überlegte, wie der eingravierte Spruch auf der Barbarastatuette lautete.

»… das Bewahren des Feuers und nicht die Anbetung der Asche«, ergänzte Jürgen Adamczyk und Liesa spürte, wie ernst es ihm damit war, genau wie ihr. Er schaute sie direkt an. Seine Augen hatten etwas Bemerkenswertes.

Sie tranken Bier aus der Flasche »Herr, äh, …«

»Jürgen«, stellte er sich vor und sie stießen mit den Bierflaschen an. Timo musterte sie von der Seite und fühlte sich vermutlich überflüssig. Aber Liesa hatte jetzt ihren Kontakt und musste unbedingt dranbleiben. Denn dieser Kontakt, Jürgen Adamczyk, der Steiger und Grubenwehrmann, hatte vermutlich Insiderwissen und ganz sicher bemerkenswerte Augen. Liesa konnte den Blick nicht abwenden. Sie strahlten unglaublich blau. Wusste er um diese Wirkung? Schaute er sie deshalb immer so lange und eindringlich an? Oder gab es einen anderen Grund dafür?

»Wenn du datt schon wissen willst mit dem PCB«, sprach Dietmar Liesa nun von der Seite an. »Datt Zeug war im Blauen Engel, datt is' ja mal klar.«

Jürgen Adamczyk stimmte zu. »In allen Bandantriebskupplungen und in den Schrämwalzen.«

»Aber früher war datt Stand der Technik und erlaubt«, meinte Dietmar. »War eben so.« Gesund hätten sie sowieso nicht gelebt, führte er aus, kippte sein Bier herunter und zündete sich eine filterlose Kippe an. »Und wegen der Flutung«, setzte er an. »Die Heimchen waren schon beim BUND und der hat Klage eingereicht.«

Die Männer lachten.

Ein Kollege ergänzte: »Ja, und wegen den Mäusen und Ratten muss man PETA informieren.«

»Ich hab ja noch ein paar Mäuse gerettet«, erzählte Dietmar. »Die hab ich in meiner Arbeitstasche mitgenommen und über Tage ausgesetzt.«

Seine Kollegen machten sich über ihn lustig. »Watt haste ein weiches Herz, du Hauer.«

Liesa wusste, dass Hauer direkt vor Kohle malocht hatten. Sie konnte sich die Männer in ihrer Arbeitskleidung vorstellen, in Grubenhemd und Weißzeug, mit Helm, Kopflampe, Schienbeinschonern, Filterselbstretter und Lampenakku am Gürtel, Kohlenschmiere und Schweiß in jeder Pore. Ich darf nicht parteiisch sein, ermahnte sich Liesa, wenn ich die Wahrheit herausfinden will.

»Wenn die Grube jetzt bald geflutet wird«, traute sie sich zu fragen, »dann ist doch noch viel unter Tage?«

Die Bergleute signalisierten Ablehnung. »Man muss nicht alles wissen.«

Es wurde unruhig, der Ton gereizt. »Wir haben die Kohle hochgeholt und das Land aufgebaut. Und watt haben wir dafür gekriegt? Einen Tritt in den Arsch.«

»Jetzt kommt die Kohle aus Australien. Die Schiffe fahren auch nicht mit Salatöl. Und wir haben noch Kohlevorräte für 100 Jahre direkt unter unseren Füßen.«

»Wenn die Grünen wüssten, was da abging, dann würden die die Verantwortlichen noch nach 30 Jahren vor Gericht stellen. Denen ist das zuzutrauen.«

»Obwohl das damals nicht verboten und Stand der Technik war.«

»Einfach nicht mehr abpumpen, dann sehen die, was die davon haben. Dann saufen die ab, die Umweltschützer.«

Nicht nur die, dachte Liesa. Das war keine Lösung.

»Atomkraft ist auch nicht sicher und denkt mal an Fracking und so.«

»Watt bilden die sich ein?«, redete sich einer in Rage. »Die Grünen und die Blagen, die freitags demonstrieren? Datt wir nur Scheiße gemacht haben und die haben die Weisheit mit Löffeln gefressen? Sollen die doch malochen gehen, dann wissen die, wie datt echte Leben ist.«

»Wo wollen die den Strom denn herholen, wenn die Braunkohle auch nicht mehr verstromt werden darf? Datt gibt Blackouts, wenn auf Kohle, Öl und Gas verzichtet wird. Datt geht nicht von heute auf morgen. Dann gehen hier aber die Lichter aus. Dann is' datt hier zappenduster. Dann gucken aber die blöd. Die paar Windkrafträder reichen nicht aus und die Sonne scheint auch nicht jeden Tag.«

Mag ja sein, dachte Liesa. Aber was ist heute? Was passiert mit dem PCB jetzt? Und was morgen? Was wird es in

Zukunft mit uns machen, mit unseren Städten, mit unseren Familien? Man hatte ihnen die Steinkohlenzechen dichtgemacht. Es blieb diese tiefe Verbundenheit. Eine Herzenssache, dachte Liesa. Wie hätte man dagegen argumentieren können? Sie fühlen sich moralisch abgewertet. Aufs Abstellgleis geschoben. Grabenkrieg, fiel ihr ein. Sie hatte Sorge, in diesen Graben zu fallen, der sich zwischen den Menschen aufgetan hatte. Zwischen gestern und heute, zwischen den Arbeitern und den jüngeren Leuten, denen, die rückwärts schauten und denen, die selbstbewusst in die Zukunft blickten, auch ängstlich, möglicherweise naiv.

Als sich die Wogen geglättet und sich die Männer wieder anderen Themen zugewandt hatten, sprach Jürgen Adamczyk Liesa noch einmal an. »Sie wollen nicht wissen, ob sie PCB im Blut haben und irgendwann krank werden. Man kann ja sowieso nichts dagegen tun. Rühr nicht in der Suppe, wenn du sie nicht essen willst. Das hat meine Oma immer gesagt.«

In diesem Moment wurde Liesa klar, dass der Mann vermutlich selbst betroffen war und in seinen Berufsjahren PCB-Kontakt hatte. Das war nicht abstrakt, für ihn war das Teil des Lebens. Sie erinnerte sich an das Krebsleiden ihrer Mutter. Hätte sie, Liesa, es wissen wollen, wenn sie selbst ein höheres Krebsrisiko hatte? Vielleicht hatte sie ja eines? Nicht ausgeschlossen, dass da schon etwas in ihr wuchs, was ihr massiv Lebenszeit raubte. Würde sie es wissen wollen, wenn es keine Rettung gab? Es wäre so viel einfacher, sich zu verschließen.

Doch das Licht bei der Nacht wird nicht ausgemacht, dachte sie. Sie wollte nicht vergessen, woher sie kam, und auch nicht die Seiten wechseln. Aber sie musste die Wahrheit herausfinden. Es ging um Menschenleben. Wer war dem

Sprockmann an den Kragen gegangen? Was hatte es mit seinen und Karins Behauptungen über Umweltgifte auf sich? Was lief da ab auf dem Zechengelände?

Liesa wandte sich Jürgen zu und sprach leise: »Ich hab da was von LKW-Verladungen gehört, auf Schacht 10.«

Jürgen Adamczyk atmete tief durch. Dann nickte er. »Angeblich haben ein paar Leute was beobachtet, ja.« Er schaute sich um und flüsterte: »Da ist noch etwas ganz anderes im Busch. Aber das kann man hier nicht besprechen.«

»Ich habe die Information von Karin Palmowski.«

»Ich weiß«, antwortete Adamczyk. »Lass uns mal an die frische Luft gehen, nur wir beide.«

Liesa raunte dem irritiert schauenden Timo zu, dass sie draußen etwas zu erledigen habe, und folgte Jürgen Adamczyk aus dem Saal.

21

»Hömma Jürgen, watt machste mit die Perle?«, feixte der Vokuhila-Mann im Vorraum an der Theke. »Wohl 'ne Überschicht schieben?«

Die Männer an der Theke lachten.

»Die Duschen sind da hinten.« Er zeigte in Richtung des Hinterraumes, der vermutlich eine Küche verbarg.

Es folgte eine Bemerkung von der Theke: »Jörg, du musst sagen: Herr Adamczyk. Der hat 'nen weißen Helm auf. Also, sonst jedenfalls immer.«

Gelächter.

»Und der ist der Einzige hier, der noch malochen muss.«

»Nicht mehr lange«, bestätigte Adamczyk.

»Ja und?«, meinte einer. »Der kann mir nix mehr, ich bin Rentner.«

»Der ist Aufsichtsperson. Da musste aufpassen, Kleine«, setzte Vokuhila-Jörg noch einen drauf.

»Hömma«, mischte sich Willi ein, der ebenfalls zur Theke gekommen war, »pass auf, watte sachst.« Er zeigte auf Liesa. »Datt is' Familie.«

Jörg hob die Hände zu einer Unschuldsgeste und sah dabei aus wie ein Fußballer, der ungerechterweise eines Fouls bezichtigt worden war. »Konnte ja keiner ahnen, datt du überhaupt Familie hast.« Nach einer kurzen Pause fügte er hinzu: »Willi Kot-lecki.« Jetzt war es raus. In diesem Augenblick färbte sich Willis Gesicht dunkelrot und Vokuhila-Jörg nahm unter dem Gelächter der Anwesenden Reißaus. Frisurenmann und Onkel Rotgesicht flitzten zurück in den Saal. Für Liesa und Jürgen Adamczyk die Gelegenheit hinauszugehen, ohne weiter aufzufallen.

Inzwischen war es dunkel geworden in der Kleingartenanlage. Auf dem Parkplatz stand im Schein einer Laterne ein Grüppchen von Männern, die sich ein Motorrad ansahen. Bevor Liesa es sich versah, hatte Adamczyk ihre Hand genommen und sie in die andere Richtung geführt. Hinter der Gaststätte des Kleingartenvereins führte ein Fußweg entlang, das wusste Liesa, von einer vielbefahrenen Straße an einem Friedhof vorbei bis zu einem Sportplatz nahe einer Kirche.

»Ich kenne mich hier aus«, flüsterte er.

Ich mich auch, dachte Liesa. Aber wo will er denn hin? Da bog er ab und sie standen vor einer Bank, durch hohes Gestrüpp von Blicken geschützt. Die war ihr allerdings unbekannt.

»Früher bin ich mit dem Mofa hier den Weg hochgebrettert und habe mich mit Freunden getroffen.« Liesa hörte an seiner Stimme, dass er grinste. »Und mit Freundinnen.«

Sie setzten sich. Na toll, dachte sie. Was soll das hier werden? Draußen im Dunkeln, auf einer einsamen Parkbank. Jetzt hätte nur noch Mondschein gefehlt und Grillenzirpen. Dabei hatte sie wirklich Besseres zu tun, als über so ein Frau-Mann-Ding nachzudenken. Der März hatte immer noch nicht mehr zustande gebracht als wintergleiche Temperaturen.

»Ist dir kalt?«, fragte er und seine Stimme berührte Liesa wie eine Umarmung.

»Es geht schon.«

Er blieb auf seinem Platz und machte keine Anstalten, sich Liesa zu nähern. Gut so.

»Kommen wir auf die Sache mit den LKW zurück«, begann sie. »Was wird verladen?«

»Da läuft was«, erklärte Adamczyk. »Aber ich bin mir noch nicht sicher, was das zu bedeuten hat.«

»Karin hat offenbar schon mehr herausgefunden. Sie hat mir Unterlagen gegeben.«

»Ja? Wie geht es der Karin denn?«, wollte Adamczyk wissen.

»Die hat jetzt ein Problem. Jemand ist hinter ihr her, der Felix Sprockmann, den Vorsitzenden der Bürgerinitiative, umgebracht hat. Er nennt sich Zechenkiller.«

»Nicht dein Ernst!«

»Karin hat mir eine Nachricht hinterlassen. Sie und ihre Tochter wurden von dem Typen bedroht. Dabei hat er zugegeben, den Sprockmann umgebracht zu haben. Seitdem ist sie untergetaucht.«

»Schöne Scheiße.« Adamczyk seufzte tief. »Hätte ich damals nur die Klappe gehalten. Aber als Markus beerdigt wurde, Karins Mann, der war ja auch unter Tage gewesen, da konnte ich das nicht mehr für mich behalten. Der war an Krebs gestorben und ich konnte den Mund nicht halten, als Karin danach fragte, ob ich eine Ahnung hätte. Ob da unter Tage etwas passiert war, was den Krebs ausgelöst haben könnte. Sie hatte gleich den richtigen Verdacht.« Er seufzte wieder. »Die Kollegen sagen ja immer, wir haben das doch überlebt. Klar, aber wie viele haben das nicht? Von fünf EHB-Führern, die ich kannte, sind drei tot und einer ist schwerkrank. Der hat Leukämie, das sieht ganz schlecht aus für ihn. Und das mit um die 50. Aber weißt du, das ist das eine. Was da jetzt aktuell abgeht, das betrifft noch viel mehr Leute als die ehemaligen Kumpel.«

»Karin ging von einer enormen Umweltschweinerei aus. Was meinst du dazu?«

Adamczyk fuhr sich über die Stirn. »Dass da PCB liegt, das weißt du ja schon.«

Liesa klopfte das Herz. Jetzt war sie an der Sache dran. »Wie läuft das mit der Verfüllung aktuell ab? Da bleibt doch einiges unter Tage?«

»Ja, sicher.« Adamczyk lachte leise auf. »Offiziell wurden die PCB-Öle ordnungsgemäß entsorgt und man hat so getan, als hätte alles seine Richtigkeit. Das Unternehmen kümmert sich um die Gefahrstoffe.«

»Zumindest um einen Bruchteil. Und auf dem Papier.«

»Genau so ist das.«

Also doch, dachte Liesa.

»Wir haben das literweise weggeschüttet«, fuhr Adamczyk fort. »Das müssen insgesamt einige Tonnen sein.«

»Davon habe ich gelesen. Dann stimmt das also. Und eine Entsorgung ist nicht möglich?«

»Wie sollte die möglich sein? Es ist längst in Gestein und Staub eingesickert und bleibt unten in den Stollen, wenn der Deckel draufgemacht wird.«

Man konnte das PCB demnach gar nicht über Tage bringen und entsorgen, geschätzte zwölfeinhalbtausend Tonnen.

»Keiner hat damit gerechnet, dass irgendwann die Pumpen abgestellt werden«, fuhr Adamczyk fort. »Wenn du wüsstest, was ich da schon alles gesehen habe. Einmal bin ich angefahren und dann sagte ein Kollege, geh da mal in den Abraumstreb. Ich dachte, das gibt's doch nicht. Da lagen alte Matratzen und Autoreifen. Da muss man sich doch an den Kopp packen. Wer bringt denn seinen Müll über 1.000 Meter tief in den Streb und vor allem, wie?«

Verrückt, dachte Liesa. Wenn so etwas möglich war, was steckte dann noch alles in der Tiefe? Und wenn man nie mit dem Abstellen der Pumpen gerechnet hatte, was hatte man unter welchen Bedingungen da unten gelagert, was würde jetzt mit dem Fluten hochkommen? Sich lösen? An die Oberfläche gelangen? Welche Sünden, welche Schweinereien würden ans Tageslicht kommen?

»Weißt du«, begann Adamczyk, »ich bin mit Leib und Seele Bergmann. Mein Vater war schon auf der Zeche und sein Vater auch. Und als dem Bundespräsidenten im Dezember auf Franz Haniel der letzte Kohlebrocken überreicht wurde, da habe ich mich meiner Tränen nicht geschämt.«

Liesa erinnerte sich gut an die Szene. Sie selbst hatte dabei sein dürfen und sich dem traurigen Geschehen nicht entziehen können.

»Aber was da jetzt passiert, das geht zu weit.« Jürgen Adamczyk nahm sein Smartphone zur Hand und rief eine Webseite auf. »Das ging letztens durch die Netzwerke«, bemerkte er und hielt Liesa das Handy hin. Sie sah ein verwackeltes Video, in dem jemand mit einer Taschen- oder Kopflampe Boden und Wand eines Stollens beleuchtete. Der Lichtschein ruckelte und zitterte über Gestein, Rohre und Kabel hingen an den Wänden. Jemand trat ins Bild, in Bergmannskleidung, nur schräg von hinten zu sehen. Die Männer gingen durch knöchelhohes Wasser. Man hörte das Platschen beim Durchwaten. Das Wasser schien dunkel, nahezu schwarz. Dann traf das Licht auf Fässer. Ungleichmäßig aufgestellt, etwa ein Dutzend, ihre blaue Farbe stach ins Auge. Liesa fragte sich, was es damit auf sich hatte.

Adamczyk stoppte das Video und packte das Smartphone weg. »Die Fässer wurden letztens erst abgestellt«, erklärte er, »als der Förderbetrieb schon eingestellt war. Du kannst davon ausgehen, dass da kein Leitungswasser drin ist.« Er schnaufte. »Jemand hat das Video gedreht und in den sozialen Netzwerken hochgeladen. Da ist es inzwischen gelöscht worden. Die Kollegen, die das gedreht haben, wurden gesucht. Da hat die Zeche keinen Spaß verstanden. Den einen, der kurz ins Bild gekommen ist, den haben sie sich gegriffen und befragt. Der soll seine Kollegen verraten, hat man ihm gesagt, sonst wird er entlassen.«

Liesa stockte der Atem. »Und was ist passiert?«

Adamczyk schüttelte den Kopf. »Hat er. Dafür musste sein Kollege die Papiere abholen.«

Liesa fluchte innerlich.

»Der Kollege hatte kurz vor der Anpassung gestanden«,

sagte Adamczyk. »Eine Katastrophe ist das für den. Kein Job, keine vernünftige Rente. Der findet nichts Neues, wenn er wegen so einer Sache rausgeworfen wird. Ich hab nur noch ein paar Monate, dann bin ich weg, hab dann ganz offiziell meine Zeit rum«, erklärte er. »Bis dahin muss ich aufpassen. Sonst blüht mir das auch.«

Liesa wurde klar, was für ihn auf dem Spiel stand.

»Ging es bei den LKW-Fahrten darum?«, fragte sie. »Wurden die Fässer angeliefert und unter Tage gebracht?«

»Nein«, meinte Adamczyk. »Das mit den Lieferungen ist noch mal etwas anderes. Das hat ganz andere Dimensionen.«

Liesa war jetzt komplett bei der Sache. »Karin hat etwas über eine Firma namens Ex-Irgendwas herausgekriegt. Spart sich da jemand Entsorgungskosten? Bringt der Bergbaubetreiber heimlich Fässer, Müll und PCB-Haltiges weg, um es als etwas Harmloses deklariert billig zu entsorgen?« Liesa dachte an den kürzlich publik gewordenen Fall des PCB-Entsorgers, der seine Mitarbeiter und deren Familien vergiftete, und an den Skandal um Öl-Pellets, die mit behördlicher Hilfe als harmlose Brennstoffe umdeklariert und in Kokereien und Verbrennungsanlagen fleißig verfeuert wurden, trotz des enormen Schwermetallgehaltes.

»Nee, da wird nichts weggebracht.«

Liesa hielt den Atem an.

»Die LKW kommen spät abends voll an und fahren leer wieder weg. Die gehören weder zum Bergwerk noch zu den Unternehmen, die später das Abreißen durchführen. Offiziell gibt es nachts gar keine Fahrten.«

Liesa schluckte schwer. Die holen mit den LKW nichts ab, sondern bringen etwas da hin, was schlimmer war als diese blauen Fässer. Sie dachte an alles Mögliche, was man da jetzt prima entsorgen konnte. Das Bergwerk war mit seinen Schächten über 1.000 Meter tief, über 100 Kilometer verzweigt und bald bis in alle Ewigkeit mit einem Deckel zugemacht und mit Wasser vollgepumpt. Da würde keiner mehr reinsehen können. Die beste Gelegenheit, etwas ein für alle Mal verschwinden zu lassen. Mord, Umweltschweinereien, Bedrohungen. Was wog so schwer, dass jemand all das tat? Sie musste der Sache auf den Grund gehen. Wie viel Zeit blieb ihr wohl noch?

»Wie weit ist man mit der Verfüllung der Schächte und wie läuft das denn genau ab?«

»Es sind nur noch wenige Tage. Dazu kann ich dir einiges sagen, aber nicht jetzt.«

Liesa wurde unruhig. »Das müsste man sich ansehen, bevor es zu spät ist. Aber zu welchen Zeiten und wo genau passiert das da?«

»Ich habe ja selbst keine Nachtschichten«, erklärte Adamczyk. »Aber vielleicht könnte ich da was organisieren.« Er nahm wieder sein Smartphone zur Hand. »Ich schicke dir meine Nummer.«

Liesas Handy machte ein Empfangsgeräusch. Die App-Nachricht enthielt außer seiner Handynummer ein Datum, dazu Uhrzeit und Ort. Schacht 10, morgen am späten Abend. Wow, Liesa hatte mit Informationen gerechnet, aber hier tat sich etwas Großes auf. Eine Riesenchance, vor Ort zu recherchieren. Ihr Herz klopfte schneller. Irgendetwas war unerklärlich an dem Ablauf, unglaubwürdig und seltsam. Aber Liesa hatte in diesem Moment nur Augen für diesen Herrn und das, was folgen könnte.

Adamczyk stand auf, Liesa tat es ihm nach.

»Aber halt mich bloß da raus«, meinte er ernst. »Die sind momentan alle sehr nervös wegen der Sache mit dem Video.«

Liesa nickte. »Klar, keine Frage.«

»Eine Frage habe *ich* jetzt aber.« Seine Stimme klang, als würde er lächeln. »Gehst du immer mit fremden Männern mit?«

»Nein, meistens trauen die sich nicht.«

Sie lachten.

Aber ihr war eigentlich nicht zum Lachen zumute. Irgendetwas passierte da gerade. Sie war im Begriff, sich zu verlieren. Reiß dich zusammen, ermahnte sie sich. Der Typ ist fast doppelt so alt wie du. Vermutlich hat er keinerlei Interesse an dir. Außerdem musst du die Welt retten. Alles ist tippitoppi. Dann nahm er Liesa in den Arm und ihre Welt geriet ins Wanken. Ein Erdbeben, eine Erschütterung, die sich aus der Tiefe Bahn brach und sie ebenfalls tief traf.

»Wir sehen uns morgen«, verabschiedete er sich nah an ihrem Ohr. »Geh am besten vor, ich halte mich hinter dir und komme mit etwas Abstand nach. Damit die Jungs nicht noch mehr zu reden haben.«

Während sich Liesa den Weg zurück zum Vereinsheim bahnte, schwirrten ihre Gedanken durch den Kopf. Lass das jetzt mal mit den Gefühlen, dachte sie. Die müssen warten. Zunächst zu den neuen Fakten: Spät abends kamen LKW an, fuhren leer wieder weg. Da wurde folglich etwas angeliefert, nicht weggebracht. Sie musste herausfinden, welche Firma das durchführte und was dahintersteckte. Die Info »Firma EX« hatte sie schon, Karins Vermutung, dass eine Art Mafia dahintersteckte. Aber das war alles noch zu ungenau. Doch sie wusste jetzt aus erster Hand, dass ihre Vermutungen stimmten. Auf Schacht 10 war eine Umweltschweinerei im Gange, für die offenbar ein Mensch ermordet worden war. Es war gefahrvoll, aber sie musste unbedingt da hin. Sie musste diese Chance nutzen, die Welt retten und diesen Mann wiedersehen, ob sie wollte oder nicht. Was für ein Abenteuer. Ihr blieben nur noch wenige Tage.

22

Liesa wedelte mit dem Handy triumphierend vor Timos Nase herum. »Ich hab eine Verabredung mit ihm.«

Timo sah sie nur an.

Sie hatten sich vor dem Vereinsheim getroffen, als Timo schon im Begriff war zu gehen, und die beiden hatten sich in Timos Auto gesetzt.

»Du glaubst es nicht«, berichtete Liesa aufgeregt. »Alles passt zusammen. Da sind tatsächlich Tonnen von PCB, die man einfach unten lässt, wenn geflutet wird. Und es kommen LKW an, die nicht da hingehören und irgendwas abladen.« Liesa verhaspelte sich vor Aufregung. »Die Karin hat davon erfahren, weil er«, sie zeigte wieder auf das Handy, »es ihr erzählt hat. Jürgen, also ich meine Adamczyk, ist ihr Informant.«

»Aha.«

Liesa hatte mehr Begeisterung erwartet. »Mensch Timo, überleg mal. *JA* auf Karins Notizzetteln bedeutet nicht *ja* in Großbuchstaben, sondern steht für Jürgen Adamczyk, ihren

Tippgeber. Er hat sie bei Markus' Beerdigung über seine Beobachtungen auf dem Zechengelände informiert, obwohl er seinen Job verlieren könnte. Karin hat dann recherchiert, aber noch keine hieb- und stichfesten Beweise, also detaillierte Informationen, Fotos oder Ähnliches erhalten, um an die Öffentlichkeit zu gehen. Sie wurde gestoppt und jetzt können wir an der Stelle weitermachen.« Sie sah Timo erwartungsvoll an.

Er steckte den Schlüssel klirrend ins Zündschloss und starrte durch die Windschutzscheibe.

»Wir? Du meinst dich und diesen Jürgen?«

Liesa verstand zunächst nicht. Was war denn mit ihm los?

»Was hat der dir denn zugeflüstert? Was habt ihr da draußen gemacht? Habt ihr Geheimnisse, du und dein Steigerheini?«

Liesa konnte sich das Lachen nicht verkneifen. Das meinte er doch nicht ernst? »Ach Timo, wenn du wüsstest …«

»Du hast dich verändert«, sagte Timo. »Offenbar brauchst du mich nicht mehr. Jetzt, wo du wieder selbst Auto fahren kannst. Ich war ja sowieso nur dein Taxifahrer. Und dein Bodyguard. Aber den brauchst du offensichtlich auch nicht mehr, springst mal eben mit so einem Typen in die Botanik.«

Da brach es aus Liesa heraus. »Was denkst du eigentlich von mir? Und wer hat hier Geheimnisse?« Sie wurde wütend. »Das sagst ausgerechnet du? Du bist es doch wohl, der die ganze Zeit schon herumdruckst.« Liesa hielt inne. Sie wollte zu gern wissen, was es mit der Funkstille auf sich hatte und was Timo ihr zu sagen hatte. Aber sie stellte keine Frage, denn sie hatte Angst vor dem, was er antworten würde. Jetzt macht er Schluss, dachte sie. Er sagt mir gleich, dass es aus ist, er mich nicht liebt, dass er eine andere hat, dass alles nur ein großes Missverständnis war.

»Der ist doch viel zu alt für dich«, fuhr Timo fort. »Aber wenn dir so ein Kerl wichtiger ist als ich …«

»Der ist wenigstens ein richtiger Kerl«, rutschte es Liesa heraus. Sie bedauerte es im selben Augenblick, aber da war es zu spät. Das hatte gesessen, das spürte sie. Schweigen. Liesa hielt den Atem an.

»Ich gehe ins Ausland«, sagte Timo langsam. »Das hatte ich schon vor Monaten ins Auge gefasst, bevor wir uns kennengelernt haben. Jetzt hat sich die Gelegenheit ergeben und ich will es auch.«

Die Worte trafen Liesa wie ein Faustschlag. Das war es also.

»Ein dualer Studiengang. Vielleicht bekomme ich in dem Unternehmen einen Fuß in die Tür und nach dem Studium einen Job.«

Er würde weggehen. Und es war endgültig. »Ach so.« Sie überlegte. »Und mit uns beiden …«

»Ich hätte es dir früher sagen sollen, tut mir leid.«

Liesa nickte.

»Wir sollten uns nicht im Weg stehen.« Timo wirkte abgeklärt.

Liesa sah ihn kurz von der Seite an. »Dann ist das wohl besser so«, sagte sie leise und versuchte, nicht die Fassung zu verlieren, nicht vor ihm zu weinen. Langsam öffnete sie die Autotür. Als sie ausstieg, hoffte sie so sehr, Timos Stimme zu hören. Dass er sagte, sie solle nicht gehen, dass sie es schon irgendwie zusammen schaffen würden, dass er sie liebte. Aber er sagte nichts und Liesa schloss die Tür. Sie ging zwei Schritte. Dann startete er den Motor und fuhr davon.

»Alles in Ordnung?« Jürgen Adamczyk stand plötzlich neben ihr.

Liesa drehte sich um. »Nee, geht schon.« Sie wollte sich nicht die Blöße geben. Verletzlicher als gerade jetzt hätte sie nicht sein können. Und diesen Mann mit dem faszinierenden Blick konnte sie jetzt nicht gebrauchen. Es war ihr klar, wohin das führen würde.

»Soll ich dich nach Hause fahren?« Er lächelte und zeigte auf seinen Wagen, eine größere Limousine. Mit der Fernbedienung entriegelte er das Fahrzeug und das Innenlicht leuchtete auf. »Ich hatte nur Alkoholfreies.«

Liesa versuchte ein Lächeln. Sie erspähte Onkel Willis roten Kleinwagen auf dem Parkplatz.

»Nein, äh …«

Adamczyk nickte verständnisvoll. »Ruf mich an, wenn …«

Ja, wenn was?, fragte sich Liesa. Wenn sie ihn brauchte? Wenn sie etwas mit ihm anfangen wollte? Wenn sie völlig durchgeknallt war? Liesa wurde wütend und traurig zugleich. Sie hatte mit einer ähnlichen Aktion gerade ihre Beziehung zerstört. Warum eigentlich nicht?, fragte sie sich. Seit zwei Minuten war sie wieder Single. Sie könnte durchaus … Doch Liesa widerstand dem Impuls, einfach zuzustimmen und mitzufahren. »Ich geh dann mal wieder rein«, sagte sie und wandte sich zum Gehen. Vielleicht in einer anderen Nacht, dachte sie. Adamczyk verabschiedete sich mit einem »Tschüss dann«. Sie hörte eine Autotür zuschlagen und wie sich ein Auto mit PS-starkem Motor entfernte. Liesa blieb vor der Tür der Vereinsgaststätte stehen, drehte sich um und starrte in die Dunkelheit jenseits des Parkplatzes.

*

Er saß in seinem Wagen und schaute auf sein Handy. Der Plan stand. Es würde nicht mehr lange dauern, wenn jetzt nichts mehr schiefging. Er würde alles dafür tun. Verdammt alles.

*

Akribisch bereitete er sich vor. *Sie ist mir auf die Schliche gekommen, die fette dumme Kuh, ausgerechnet so eine.* Glücklicherweise wusste er, wo sie wohnte. Er zückte sein Feuerzeug und im Flackern der gelben Flamme erschien sein Gesicht wie eine verzerrte, grinsende Fratze. Er zündete etwas an. *Burn, Baby. Burn.* In ihm loderte es. Er hätte damals schon alles in die Luft jagen sollen, die ganze verdammte Zeche mit den ganzen Arschlöchern darin, die immer alles besser wussten. *Mach datt nich', bisse doof? Ey, geh auf Nachtschicht, dann muss ich deine dumme Fresse nich' mehr sehn. Für deine Blödheit kriegste Prozente abgezogen, datt kann man ja nicht mit ansehen. Wir ziehen dich bald nicht mehr mit durch. Dann ist Schicht für dich, Hohlbirne.* Sagten die Weißmützen und die Kollegen, die aber keine waren. Alle Schweine, Drecksäue. Aber das größte Schwein von allen, das lag jetzt auf dem Grill. Das war erst der Anfang.

*

Am nächsten Morgen lag Liesa in ihrem Bett und fror. Im Weg stand ich ihm also, ging es ihr durch den Kopf. Sie zog sich die Bettdecke hoch bis zum Kinn und fror immer noch. Ich bin ein verdammter Psycho, dachte sie. Mische mich in Sachen ein, die mich nichts angehen. Was bilde ich mir ein? Alle verlassen mich. Das spricht doch eine klare Sprache. Ich bin die Einzige, die bisher nicht richtig zugehört hat oder nicht in der Lage war, etwas zu verstehen. Wenn ich mein

Leben nicht in den Griff bekomme … Ihre Sehnsucht nach Trost und Rückhalt wuchs unermesslich. Geh endlich zum Friedhof, sprach es in ihr. Zünde eine Kerze an, ein Licht. Das ewige Licht, ein Feuer. Schaffe ich es denn? Liesa warf einen Blick auf ihr Handy. Keine Nachricht. Jürgen Adamczyk fiel ihr ein, die Begegnung gestern, das Gleichklingen und Herzklopfen. Ich sollte die Verabredung heute Abend mit ihm absagen. Das könnte gefährlich werden. Aber diese Augen … Wenn sie ehrlich war, brannte es in ihr.

War er ihre Zukunft? Vermutlich wollte er gar nichts von ihr, sah sie nur als jemanden, der außerhalb des Bergbaus stand und in seinem Sinne, an seiner Stelle, recherchieren und Ergebnisse publik machen konnte. Er war selbst noch dort beschäftigt, deshalb waren ihm die Hände gebunden. Vermutlich nutzte er sie nur aus. Aber vielleicht war da doch etwas, als er sie in den Arm genommen hatte. Handelte es sich nur um eine zugewandte Verabschiedung, eine freundliche Geste, ein Vertrauensbekenntnis? Oder hatte er es auch gespürt? War da etwas zwischen den beiden? Würde sich da gerade etwas entwickeln und würde es weitergehen, wenn sie nicht rechtzeitig die Bremse zog? Sicher war er schon in festen Händen, vielleicht sogar verheiratet. Sie konnte doch nicht noch mehr zerstören. Innerlich war sie zusammengebrochen wie ein aufgegebener Stollen. Es ging nicht vor und nicht zurück. Sie wusste gar nichts mehr. Und sie hatte auch nichts und niemanden.

In diesem Moment erhielt Liesa eine Nachricht. Der Prüfungsausschuss ihrer Uni meldete sich. Weil ein Attest nicht anerkannt wurde, würde sie exmatrikuliert werden. Es sei denn, sie legte Widerspruch ein. Sie warf das Handy auf einen Kleiderstapel. War's das jetzt? Game over? Ihr Blick schweifte über das Bücherregal, in dem sich mehrere Reihen an Fachliteratur und einige andere Bücher befanden. Liesa hing an jedem einzelnen. Sie hatte sich viel erarbeitet, bevor das mit ihrer Mutter passiert war. Das Psychologiestudium war ihr lieb und teuer gewesen, sie hatte in einigen Klausuren Bestnoten geschrieben und von ihrem Prof eine Stelle als wissenschaftliche Hilfskraft angeboten bekommen. Ich gebe auf, ging es ihr durch den Kopf. Ich lasse das mit dem Studium. So ein Psycho wie ich kann ein Psychologiestudium nicht schaffen, andere nicht beraten oder therapieren. Das muss ich mir einfach mal eingestehen. Ich suche mir einen bescheidenen Job, lasse auch das Autofahren sein. Oma wäre enttäuscht, dessen war sie sich bewusst. Aber du verstehst mich, Mama, oder? Ich bin eingesperrt wie die heilige Barbara in ihrem Turm, wie die kleine Statue aus Bronze auf deinem Grab. Aber das geht in Ordnung, ich werde mich einrichten, werde schon klarkommen. Oder?

Was war mit Karin und den anderen, die unter PCB litten? Was war mit der Umweltschweinerei auf der Zeche? Was sollte es sie schon angehen? Sie hatte verdammt noch mal auf ganzer Linie versagt. Karin hatte aufs falsche Pferd gesetzt, als sie ihr die Rechercheergebnisse und das Schicksal der PCB-Gefährdeten anvertraut hatte. Sie wollte selbst nicht darauf wetten.

Dann erschien ihr alles völlig klar. Für ihre Zukunft sah Liesa nur noch einen Weg. Heute musste es geschehen, ob sie wollte oder nicht. Sie nahm ihren Mut zusammen. Sie würde sich mit dem Trauma konfrontieren. Dem Ursprung ihrer Angst war sie schon zu lange aus dem Weg gegangen. Sie würde dorthin gehen, wo der Schmerz am größten war, wo alles angefangen hatte. Wo es richtig wehtat.

Während sie sich anzog, blickte sie beiläufig aus dem Fenster zum Hof hinunter. Jemand stand vor den Garagen, der dort nicht hingehörte. Im Nieselregen und aus der Entfernung konnte Liesa kaum mehr erkennen als eine Gestalt, die sich dunkel gekleidet neben einem der Fahrzeuge herunterbeugte. Ein Mann machte sich daran zu schaffen. Es war kein Hausbewohner, jedenfalls kannte Liesa ihn nicht. Die Gestalt war zu weit weg und sie sah immer nur einen Teil von ihr. Aber vielleicht hatte nur jemand eine der Garagen gemietet und wollte an seinem Auto werkeln oder an dem eines Bekannten. Einige Zeit später schaute Liesa wieder hinunter und sah jemanden, der gerade auf der anderen Seite des Garagenhofes, wo auch Liesa ihren Wagen vor einer der Garagen abgestellt hatte, rasch entlangging und dann zur Straße hin verschwand. Es war vermutlich derselbe Mann, aber sie hätte es nicht beschwören können.

Sie nahm ihren Autoschlüssel, die Umhängetasche und machte sich auf den Weg.

*

Jemand beobachtete ihre Wohnung, lauerte ihr auf. Er hatte sie im Blick. Schließlich verfolgte er Liesa. Dabei war er nicht allein.

*

Dann muss die Kleine eben auch dran glauben, dämliche Schnüfflerin. Er musste mehrmals kurzfristig hinter parkenden Autos einscheren, um nicht von ihr gesehen zu werden.

*

Er beobachtete, wie sie am Straßenrand stoppte, und hielt kurzfristig ebenfalls an. Das war knapp. Der Abstand würde hoffentlich reichen. Was machte sie da? War sie angerufen worden oder hatte sie eine Nachricht auf dem Handy erhalten? Er hatte nicht den Eindruck, dass sie telefonierte. Aber vielleicht nutzte sie Kopfhörer, eine Freisprechanlage oder es war etwas anderes. Er betrachtete, wie sie sich über die Stirn fuhr, kopfübergebeugt dasaß. Was war mit ihr los?

*

Das Mädel sollte bloß weiterfahren. Kurz bevor er selbst aussteigen wollte und die Geduld verlor, startete sie das Fahrzeug und fuhr wieder los. Na, geht doch. Er blieb an ihr dran, fixierte sie. Als sie vom Westring in einen Weg einbog, endete die Verfolgung. Sackgasse. Von hier aus ging es nur noch zum Friedhof. Er stellte seinen Wagen frühzeitig vor einem Blumenladen und Café ab, nutzte dessen Kundenparkplatz. Sie war noch ein wenig weitergefahren und musste auf dem Parkplatz sein, der unmittelbar zum Haupteingang des Friedhofs führte. Er stieg aus, drückte sich an der Hecke entlang, bis er weite Teile des Areals überblicken konnte. Sie war nicht zu sehen. Dann endlich entdeckte er sie auf dem Weg zu dem großen schmiedeeisernen Tor. Er grinste schäbig. Ich bleib dir auf den Fersen, dachte er. Du weißt, dass es besser so ist. Ich hab euch doch alle gewarnt. Aber keiner wollte auf mich hören. Du bist allein, jetzt kann ich es dir zeigen. Vermutlich hast du es nur darauf abgesehen. Du forderst es doch förmlich heraus, kleine Schlampe. Dann werde ich dir mal zeigen, wo du hingehörst. Wo dein Platz ist.

23

Liesa bewegte sich mechanisch, fast wie ein Roboter, eine leere Hülle. Sie musste an diesen Ort, zu den Toten, den Beweinten und Vergessenen. Es zog sie hierher. Wie hätte sie sonst bekämpfen können, was sich in ihrem Geist ausgebreitet hatte wie ein elendes Krebsgeschwür? Gleichzeitig war die Sehnsucht so groß, die Leere füllte sie schmerzhaft aus. Sie sah sich wieder am Grab stehen, in Schwarz gekleidet und an einem farblosen Tag in einer farblosen Zeit. Sie könnte eine Kerze anzünden. Ein ewiges Licht. Ihr begegnete kein Mensch.

*

Der Mann folgte ihr. Er trug einen schwarzen Kapuzenpullover unter seiner dunklen Regenjacke, die Kapuze tief ins Gesicht gezogen.

*

Ich gehe dahin, wo es seinen Anfang genommen hat, dachte Liesa. Wo alles aufgehört und angefangen hat. Ihr früheres Leben hatte an diesem Ort geendet, ihr Angstleben begonnen. Deshalb musste sie hierher zurück und damit abschließen. Die schwarzen Bäume griffen in einen grauen Himmel. Riesig schienen sie und bedauernswert. Es hatte wieder zu regnen begonnen. Moderig roch es und erdig. Irgendwo rief eine Wildtaube, weit entfernt. Liesa wich Pfützen aus, irgendwann nahm sie diese gar nicht mehr wahr und ging platschend durch sie durch. Sie achtete nicht darauf, worauf sie trat. Spürte nur den kalten Regen auf der Haut und sah geradeaus. Grablichter leuchteten, rote Punkte im einsamen Grau. Kreuze, Grabsteine, Stelen, Blumenkränze, die von Nässe und Wind verunstaltet worden waren, verlassen und abgeschnitten. Sie hätte den Weg niemals vergessen können und doch fürchtete sie, sie könnte sich verlaufen, sich verlieren, ein für alle Mal. Immer diese Angst, dachte sie. Ich will keine Angst mehr haben. Wann nimmt das ein Ende? Wann ist das endlich vorbei? Dabei überflutete sie die Angst so stark wie selten zuvor. Sie ging wie auf Watte über den vom Regen aufgeweichten Weg. Matschig, schlammig, glitschig war er. Vielleicht gehe ich unter, dachte sie. Vielleicht fahre ich einfach in die Erde ein. Wie meine Mutter. Ich bin auf dem Weg, Mama. Ich komme zu dir.

*

Sie ging vor ihm. Er beobachtete sie und kam ihr näher. Er schritt hastig voran, seine Anspannung war erkennbar. Er legte sich etwas vor sein Gesicht. Seine Schritte wurden schneller. Nur noch wenige Meter trennten ihn von seinem Opfer. Hatte er eine Waffe? Jetzt lief er los.

*

Der Augenblick, als der Sarg in die Erde gesenkt wurde, erfüllte sie vollständig, als sei sie wieder dort, zu dem Zeitpunkt und an dem Ort. Sie spürte ihre Beine, wie sie lief, aber sie befand sich an jener Stelle, stand vor dem offenen Grab und es war so tief, dass sie zu fallen und für immer verschluckt zu werden drohte. Mitten in dem Flashback ging sie weiter, nahm ihre Umgebung nicht mehr bewusst wahr.

Dann bin ich bei dir, dachte sie. Dann bin ich bei mir, wieder vollständig. Für immer.

Als sie tatsächlich vor dem Grab ihrer Mutter stand, erstarrte sie. Es war mit Erde und Pflanzen bedeckt, keine offene Grube, wie sie es gerade noch vor sich gesehen hatte. Der rötliche Marmorstein hielt einen Namen, die kleine Statuette der heiligen Barbara schaute sie an. In diesem Moment wusste sie, erkannte sie es. Ich stürze nicht, ich gehe nicht unter. Ich bin hier angekommen und werde es überleben.

*

Dann warf er sich auf sie.

*

Ein Kampf auf Leben und Tod entbrannte. Sie wand sich, wurde den Mann, der sie von hinten umschlang, kurzzeitig los, floh, ließ ihn ein paar Meter hinter sich, rutschte aus, rappelte sich wieder auf, bog in schmalere, eng bewachsene Wege ab, wo rechts Grabsteine standen, dahinter nur Gestrüpp war, aber nirgendwo ein Mensch. Sie bog noch einmal ab, schlug einen Haken. Wie ein Hase, dachte sie. Wie ein verdammter Hase renne ich hier herum. Aber der kriegt mich nicht. Dann versteckte sie sich hinter einer breiten Grabstele aus rötlichem Beton, kauerte im matschigen Gestrüpp, hatte dabei Blumen niedergetreten, aber das war ihr jetzt egal. Hoffentlich sah er sie nicht. Aber ihre Spur würde er sehen, ging ihr auf, verdammt. Sie hörte ein Keuchen, er war schon nah gekommen. Es ging um ihr Leben. Er würde sie umbringen, das wusste sie. Sie traute sich nicht, an der Grabstele vorbeizugucken. Ihr Herz hämmerte. Er kam näher, das spürte sie. Ich bin hier nicht sicher, dachte sie. Muss zu dem breiteren Weg, am besten zur Trauerhalle, wo hoffentlich jemand ist. Wenigstens einer. Sie wollte loslaufen, stoppte aber. Er war schon auf gleicher Höhe, er würde ihr den Weg abschneiden. Sie verbarg sich hinter der Stele und unterdrückte ein Wimmern. Gleich hat er mich. Er ist stärker als ich. Vielleicht hat er eine Waffe. Hier ist kein Mensch. Wenn er mich kriegt, bin ich ihm völlig ausgeliefert. Wenn er mich kriegt, bin ich tot. Liesa schaute sich um. An die Pflanzschale kam sie nicht heran. Nicht mal ein Stein war greifbar oder ein Ast. Das war es jetzt. Man würde für sie eine Kerze anzünden, vielleicht.

Dann kam ihr eine Idee. Liesa griff in ihre Tasche. Okay, dachte sie. Wo ist das Ding? Sie fingerte einen Gegenstand heraus, dann noch einen. Ich habe nur die eine Chance, dachte sie. Liesa beugte sich nun doch ein wenig vor, denn sie musste ihn einmal kurz sehen und den richtigen Moment abpassen. In der Sekunde, als sie ihn sah, drückte sie auf die Spraydose. Das zischende Geräusch verriet sie sofort, er drehte sich zu ihr um und setzte zum Sprung an. Dann schloss Liesa die Augen und streckte den Arm aus mit dem Feuerzeug am Sprühnebel. Eine enorme Flamme entstand, sie erwischte den Mann, der sich mit einem unmenschlichen Geheul abwandte. Liesa hörte ihn schreien und sich selbst, dann seine Schritte, die sich entfernten. Sie hatte ihn erwischt. Ekel und Übelkeit überkamen sie. Liesa war so geschockt, dass sie sich kaum rühren konnte. Sie spürte nicht die Verbrennung an ihrer linken Hand, in der sie immer noch das Feuerzeug hielt, und traute sich erst nach einiger Zeit aus ihrem Versteck. Das Deospray hatte sie offenbar nach der Flammenattacke von sich geworfen, die Dose leuchtete weiß im Gras. Sie steckte das Feuerzeug in ihre Jackentasche und ging den kürzesten

Weg in Richtung der Trauerhalle. Sie wusste, dass sie noch nicht sicher war. Der Mann könnte sich hier überall verstecken, auf sie lauern und sich jeden Augenblick auf sie stürzen. Ein abgewehrter Täter war wütend, rachgierig und hochgefährlich, das wusste sie. Er würde sie jetzt umbringen wollen, völlig zerstören. Niemand war zu sehen, kein Gärtner, kein Friedhofsbesucher, kein Bestatter. Sie war ganz allein auf dem Friedhof und der Täter musste noch irgendwo hier sein. Sollte sie links abbiegen und zum Parkplatz gehen, wo ihr Auto stand, oder den schmalen Weg entlang, der sich direkt vor ihr auftat und zum Westring führte, eine vielbefahrene Straße, wo man auf sie aufmerksam werden würde, sie sicherer wäre? Sie bekam keine Luft, versuchte, das Keuchen zu unterdrücken. Es waren etwa 200 Meter bis dahin, eine Strecke, die sie schnell hinter sich bringen musste, sollte er hinter ihr her sein und sie bei der Flucht erspähen. Zum Parkplatz war es um einiges weiter und sie konnte aus der Entfernung gesehen werden. Der Täter hätte freie Sicht, freies Feld. Keine Zeit zum Durchatmen, es musste sofort weitergehen. Sie wägte in ihrem Notfallmodus blitzschnell beide Optionen ab, entschied sich für den Weg zum Parkplatz, um dort in ihr Auto flüchten und sich einschließen zu können. Sie hatte nur diesen einen Versuch. Sie begann zu rennen, bog um eine Kurve und erschrak zutiefst. Da war er. Sie wurde unversehens gestoppt. Sie war dem Mann in die Arme gelaufen. Sie schrie, schluchzte an seiner Schulter auf und er hielt sie fest. Jetzt ist es vorbei, dachte sie. Jetzt hat er mich. Ihre Kraft reichte nicht mehr für eine erneute Flucht.

»Liesa, was …?«

Sie blickte auf und begriff nicht. »Du? Warum …?«

Timo schaute sie an. »Meine Güte, was ist denn passiert?«

Liesa spürte, dass sie zitterte.

Timo hielt sie. »Hat dir jemand was getan? Was ist los?«

Da erst bemerkte sie, dass sie völlig durchnässt war, voller nassem Dreck an ihrer Hose, den Schuhen und Händen. Jetzt kamen der Schmerz, die Kälte und die Tränen.

24

Die leichte Verbrennung an der linken Hand, mit der sie das Feuerzeug gehalten hatte, verarztete Liesa zu Hause selbst. Sie trug Brandsalbe auf und umwickelte die betroffenen Finger und die Handinnenfläche mit wenigen Schichten Verbandmull. Das würde reichen, damit die Salbe vorerst hielt. Es war schmerzhaft, aber das war es wert gewesen. Sie konnte es selbst kaum glauben, sie hatte den Typen mit einem Deospray-Flammenwerfer in die Flucht geschlagen. Aus dem Bad kommend, im Bademantel und mit nassen Haaren, schwirrten ihr einige Fragen durch den Kopf. Wer war der Kapuzenkerl und was wollte er von ihr? Hatte es etwas mit dem Fall zu tun?

»Sollen wir nicht die Polizei rufen?«, fragte Timo, der zeitgleich mit Liesa in ihrem kleinen Wohnzimmer ankam und ihr einen Teller und eine Gabel reichte. Er hatte ein Omelett mit Pilzen zubereitet, das appetitlich duftete.

»Ich habe fast nichts von dem Typen gesehen. Schwarzer Kapuzenpulli, dunkle Jacke, vielleicht eine Jeans.« Wie klassisch, ärgerte sie sich. Die Beschreibung passte auf jeden zweiten Mann in Bottrop und Umgebung.

»Kannst du dich an nichts sonst erinnern?«

»Ein schwarzer Kapuzenpullover, hab ich ja schon gesagt.« Sie hatte förmlich mit ihm gerungen, dabei waren sie einander sehr nah gekommen. Sie schüttelte sich vor Ekel. »Er war unauffällig, nicht besonders groß oder so. Eher durchschnittlich.«

»Was meinst du, wie alt war er?«

»Kein Jugendlicher, denke ich. Mittelalt. Ich habe keine Ahnung.«

»Hast du denn sein Gesicht gesehen?«

Liesa rieb sich die Augen. »Er …« Sie versuchte, sich zu erinnern. »Er hatte kein Gesicht«, sagte sie leise. »Jedenfalls habe ich es nicht gesehen.«

Timo starrte sie an.

»Er hatte ein schwarzes Tuch oder einen Schal vor dem Gesicht, über Mund und Nase. Da war nichts zu erkennen.« Sie stellte sich seine Nähe vor, denn sie musste es tun. Hier passiert mir nichts, sprach sie sich Mut zu. Als sie mit der Erinnerung ungute Gefühle erreichten, wollte sie aufhören. Sie schluchzte innerlich auf, ließ die Erinnerung aber zu. Da bemerkte sie etwas. »Pfefferminze«, sagte sie langsam. »Er roch nach Pfefferminze.« Na toll, dachte Liesa. Vermutlich riecht nur ein einziger Mensch im ganzen Ruhrgebiet nach Pfefferminze. Wir sollten das der Polizei stecken. Die würden nach einem Pfefferminz-Mann fahnden. Hat der Typ sich kurz vorher die Zähne geputzt oder eine Vorliebe für Hustenbonbons? Der Quatsch würde sie keinen Millimeter weiterbringen. Sie seufzte. »Damit kriegen wir ihn nicht.«

Timo schaute sie verständnisvoll an. »Der wollte bestimmt nur deine Tasche klauen, vielleicht ein Junkie.«

»Dann hätte er nach der Tasche greifen können, das hat er aber nicht.« Sie schluckte. »Hab ich den eigentlich verletzt?« Liesa wurde schlecht bei dem Gedanken, dem Mann Verbrennungen beigefügt zu haben. Womöglich hatte sie sein Gesicht verbrannt. Sie stellte den Teller beiseite.

»Keine Ahnung. Der war schneller weg, als ich gucken konnte.« Timo grinste. »Meine Güte, dem hast du aber auch eingeheizt.«

Liesa war gerade nicht nach Scherzen zumute. »Was hast du da eigentlich gemacht?«, wollte sie wissen. »Bist du mir gefolgt?« So schnell kreuzen sich unsere Wege wieder, überlegte sie nicht ohne Groll.

Timo hob die Schultern und machte eine Unschuldsmiene.

»Du wolltest mich ausspionieren?«

»Nö, mit dir reden.«

Liesa glaubte ihm nicht ganz. »Dafür fährt man doch keinem hinterher. Außerdem müsstest du den Typen doch gesehen haben.«

Timo verzog sein Gesicht. »Ich bin hinter dir hergefahren und ließ ein paar Fahrzeuge zwischen uns, sonst hättest du mich ja im Rückspiegel gesehen. Dass so ein Irrer dich auch verfolgen würde, konnte ich ja nicht ahnen. Als du auf den Friedhofsparkplatz einbogst, war klar, wohin du gehen würdest. Ich habe mir Zeit gelassen und auch da geparkt. Ich habe dich auf dem Friedhof nicht gesehen, also hab ich mich etwas umgeschaut. Dann habe ich Schreie gehört, bin los und du bist mir in die Arme gelaufen.«

»Du hast auch nicht viel von dem Kerl gesehen?«

Timo schüttelte den Kopf.

»Und was sollte das Hinterherfahren?«

Timo wich ihrem Blick aus.

»Ich sollte dir doch nicht im Weg stehen«, meinte sie ironisch. Dann fiel es ihr ein. »Warst du etwa eifersüchtig?«

Timo wurde tatsächlich rot.

»Echt jetzt?« Liesa grinste. »Dachtest du, ich fahre morgens direkt zu meinem neuen Lover?« Sie grinste breiter. »Also, zu einem von ihnen? Dabei hast du dich nicht besonders geschickt angestellt«, behauptete sie. »Ich hab dich heute Morgen gesehen.«

»Wo denn?«

»Hinten auf dem Garagenhof.«

»Kann nicht sein. Da war ich nicht.«

Liesa stutzte. »Sind Sie sicher, Herr Goretzka?«

»Ich habe vorn an der Straße im Auto gesessen. Eigentlich wollte ich schellen, aber …«

»Dann war da jemand an den Autos.« Liesa überlegte. »Der Typ kam aus der Richtung, wo ich meinen Wagen abgestellt hatte. Hat er sich daran zu schaffen gemacht? Das sollten wir checken.«

»Da wird schon niemand eine Bombe abgelegt haben«, meinte Timo. »Jetzt entspannst du dich am besten eine Weile.«

»Vielleicht sollte ich das Ganze wirklich erst mal vergessen«, überlegte Liesa laut. »Aber an Entspannung ist nicht zu denken. Ich habe genügend andere Probleme im Moment.« Der Versuch der Eigentherapie auf dem Friedhof, die Konfrontation mit dem Trauma-Ursprung, war danebengegangen. Oder zumindest unterbrochen worden. Also blieb ihr nichts anderes übrig, als sich den Tatsachen zu stellen. Sie musste sich nun dringend um ihr Problem mit dem Studium kümmern. Und da war zusätzlich das eine oder andere Timo-Thema. Das war sicher noch unangenehmer. Sie würde mit den E-Mails beginnen.

»Ich habe Post von der Uni bekommen«, berichtete sie, während sie den Laptop hochfuhr. »Die machen Stress. Man hat mir sozusagen die Pistole auf die Brust gesetzt.« Sie öffnete ihr E-Mail-Postfach und entdeckte, dass unter der bereits gelesenen E-Mail noch weitere ungelesene aufgelistet waren. Eine Freundin hatte geschrieben, ihr Stromanbieter, zweimal Werbung von Versandunternehmen. Dann folgte etwas, womit sie niemals gerechnet hätte. Liesa starrte auf die Betreffzeile. Das Wort sprang sie geradezu an: »Zechenkiller«. Sie öffnete die E-Mail. Das Blut gefror ihr in den Adern. Der Text bestand nur aus drei Worten: »Du bist tot.« Liesa schloss die Augen und atmete tief durch.

Timo bemerkte, dass da etwas nicht stimmte und guckte auf den Bildschirm. »Das ist er. Derselbe Absender.« Er zog den Laptop zu sich. »Keine Anrede, keine Signatur. Aber derselbe Absender. Zechenkiller@mailweb.de, abgeschickt …« Er scrollte wieder, klickte auf »Erweiterte E-Mail-Informationen« und sah sich eine ungeheuer lange Liste von Angaben an, die Liesa überhaupt nichts sagten. »Der ist clever. Aber nicht clever genug.« Er kopierte die Daten und sandte sie seinem eigenen E-Mail-Account zu. Dann grinste er. »Mit den E-Mail-Ausdrucken von Sprockmann konnte ich nicht viel anfangen. Aber jetzt haben wir eine frische Spur. Der Irre hat sich da zu weit aus dem Fenster gewagt. Jetzt spielen wir das Spielchen noch einmal, aber richtig. Ich habe den Header und somit den Quellcode. Mit ein paar Aktionen können wir seine IP-Adresse und zumindest den ungefähren Standort herausfinden.«

Liesa fragte sich, ob der ungefähre Standort überhaupt

nützlich war. »Kann man die IP-Adresse dann auch noch zurückverfolgen?«

Timo schüttelte den Kopf. »Ich nicht, die Polizei ja«, er grinste wieder, »und mein Hackerkollege vermutlich auch.«

Liesa atmete tief ein. Hoffentlich.

»Das dauert aber etwas. Abgeschickt hat er die E-Mail übrigens letzte Nacht, kurz nach Mitternacht«, fuhr Timo fort. »Also vor dem Überfall auf dem Friedhof. Scheiße, der hat dich gewarnt und dann … Warum rufst du die E-Mail eigentlich jetzt erst ab?«

»Ich hatte mein Handy auf ›nicht stören‹ geschaltet.« Ihr verlegener Blick zeigte Timo, dass sie keine Nachricht von ihm hatte bekommen wollen.

»Scheiße«, wiederholte Timo. »Dann war das doch der Typ auf dem Friedhof. Der muss irre sein. Meine Güte, der wollte dich … Hätte ich mal besser aufgepasst.«

Also hatte der Zechenkiller Liesa auf dem Friedhof überfallen. Die Droh-Mail war schon in der Nacht losgeschickt worden, bevor sie zum Friedhof gefahren war, und er hatte sie dahin verfolgen können. Liesa dachte an Karins Nachricht, an die Panik in ihrer Stimme. Er hatte sich in ihrem Haus aufgehalten, den Zettel mit der Drohung, sie solle die Klappe halten, sonst erginge es ihrer Tochter wie Sprockmann, unter die Wohnungstür geschoben und um seine Drohung zu untermauern, im Garten Spielzeug ihrer Tochter verbrannt. *Dieser Scheißkerl ist gefährlich*, hatte sie Liesa gewarnt. Wurden sie gerade beobachtet? War jemand am Haus? »Er war hier«, stellte Liesa fest. »Vielleicht ist er zurückgekommen. Nicht, dass der hier etwas in Brand setzt, wie er es bei Karin gemacht hat.«

Timo ging zum Fenster, warf einen Blick auf die Straße, lieh sich dann Liesas Haustürschlüssel und verließ die Wohnung. Liesa hörte ihn im Flur. Timo kam wieder rein, schloss die Tür von innen ab und setzte sich zu ihr. »Keine Spur.« Er überlegte. »Vermutlich dachte er sich, wenn die junge Dame auf die Drohung nicht reagiert, muss ich andere Maßnahmen ergreifen. Der hat sein Ziel noch nicht erreicht. Noch nicht bekommen, was er wollte.«

Liesa schaute ihn an.

»Tut mir leid«, meinte Timo.

Er hat ja recht, dachte Liesa und besah sich die verbrannten Stellen an ihren Fingern. So wird es gewesen sein. Sie konnte, nein, sie musste sich in ihn hineinversetzen, in den Täter, den Zechenkiller. Du hast so eine große Wut, dachte sie, dass du mich am liebsten auch umgebracht hättest. Warum? Was habe ich getan? Ihr Herz schlug schneller, begann zu galoppieren. Ich bin dir zu nah gekommen, stimmt's? Ich bin dir auf die Pelle gerückt, nicht wahr? Plötzlich fühlte Liesa wieder diesen Mann an ihrem Körper, sah etwas von ihm, roch ihn. Erst den Geruch von Pfefferminz, dann einen unangenehmeren, tiefer durchdringenderen Geruch. Er roch nach Hass, nach verbranntem Fleisch, nach Gewesenem, nach Tod. Abscheu überkam sie. Atmen, mahnte sie sich. Atme ganz langsam, wie du es trainiert hast. Zähle mit. Doch das genügte nicht. Jetzt brach ihr der kalte Schweiß aus. Geh zu deinem Ankerort, schärfte sich Liesa ein. Geh, da bist du in Sicherheit. Sonst kriegt er dich, sonst wirst du sterben. Doch während Liesa gegen die Panikattacke ankämpfte, drängten sich ihr Gedanken auf. Krebs – Gift – Mord. Verdammt, ärgerte sie sich. Ihr wurde schwindelig, die Angst überwältigte sie. Tod – du bist tot. Nein, DU bist tot, Freundchen! Sie öffnete die Tür zu ihrem Ankerort, betrat den Raum und wurde selbst unfassbar wütend. So, du Mistkerl, wenn du mir schon so nahekommst, dann rechne damit, dass ich dir ins Gesicht schaue. Dass ich dich erkenne. Du willst mir also Angst machen, ja? Das hättest du nicht tun dürfen, Schwachmat! Jetzt bist du dran! Wenn du mir so kommst, dann wirst du mich kennenlernen. In ihrer Gedankenwelt knallte sie die Tür zu. Mit diesem Geräusch ebbte die Angst ab. Liesas Puls wurde langsamer und normalisierte sich. Sie wollte sich den Schweiß von der Stirn wischen und stellte fest, dass Timo ihre Hand hielt.

»Wir kriegen den Mistkerl, darauf kannst du dich verlassen.« Er schaute Liesa liebevoll besorgt an.

Sie dachte über den Fall nach. Krebserregende Stoffe, Giftmüll, Mord an einem Ökoaktivisten, der Zechenkiller war ein Mörder. Er hatte Karin und ihre Tochter bedroht, jetzt bedrohte er sie und hätte sie auch fast erwischt. Wie hing das alles zusammen?

»Wie ist er wohl an meine E-Mail-Adresse gekommen?«, fragte Liesa.

»Das ist nicht schwer, die ist über die Uni verfügbar.«

Er wusste, wer sie war und dass sie Ermittlungen aufgenommen hatte. Er musste sie verfolgt und ihr nachspioniert haben. Somit wusste er auch, wo sie wohnte und was sie tat. Er hatte sie überfallen und ihr wehgetan. Aber jetzt hatte er einen Fehler gemacht. Sie konnten ihn nun zurückverfolgen.

Liesa hatte so eine Ahnung, dass der Typ noch viel mehr über sie wusste. Waren sie sich vorher schon einmal begegnet? Waren sie sich früher einmal nahegekommen? Etwas schwirrte in ihrem Kopf umher, fand aber keinen sinnvollen Landeplatz. Es hatte etwas mit E-Mails und Anrufen zu tun, war aber zu vage. Kannte sie diesen Pfefferminzgeruch? Ihr war etwas aufgefallen, was nicht zusammenpasste. Wo war der Fehler? Was hatte sie übersehen?

»Was haben wir bisher?« Liesa zählte mit ihren Fingern mit. »Ein Versicherungs-Öko, der bei einem fingierten Autounfall umgekommen ist. Wer hat Sprockmann umgebracht und warum?« Erster Finger.

»Da wären wir schon bei der Masterfrage«, bemerkte Timo.

»Nächster Punkt.« Zweiter Finger. »Sprockmann hat Droh-Mails bekommen. Warum und von wem?«

»Da kommt der Zechenkiller ins Spiel.«

Dritter Finger. »Jemand nennt sich Zechenkiller, beleidigt und bedroht Sprockmann und lässt dem vermutlich Taten folgen.«

»Ja, aber Uwe Bosshardt war es nicht, der lag im Krankenhaus und war unfähig dazu.«

»Er kann die letzten Mails nicht geschrieben haben.«

Liesa nahm die Ausdrucke, die inzwischen verknickt waren, zur Hand. »Irgendwas muss doch zu finden sein.« Sie schaute sich die Texte noch einmal genau an. Der Absender war immer derselbe, Zechenkiller@mailweb.de. Gab es Unterschiede in der Überschrift, bezüglich der Großschreibung, in der Art und Weise, Absätze zu bilden oder Ähnliches? Liesa schaute zum Vergleich auch auf die E-Mail, die sie selbst erhalten hatte. Sie kopierte den Text samt Header auf eine leere Seite ihres Schreibprogramms, um möglicherweise die Schriftart zu identifizieren oder etwas zu entdecken, was das Mail-Programm nicht bot. »Nichts, verdammt.« Sie klappte mit Schwung den Laptop zu. Dann öffnete sie ihn ganz langsam wieder. Da war doch etwas. Warum unterschlängelte ihr Textprogramm das Wort »Zechenkiller«? Sie tippte es selbst zum Vergleich unter den Text und stellte fest, dass das Korrekturprogramm an ihrer Version nichts auszusetzen hatte. Sie kopierte das Wort »Zechenkiller« aus dem E-Mail-Text und fügte es in ihren Text ein. Es wurde unterschlängelt. Was war an dem Wort falsch? Es war doch das gleiche? Warum wurde es einmal als falsch bemängelt und einmal nicht? Wo lag der Unterschied? Liesa grübelte und verglich die Wörter. Sie rieb sich über die Augen. Dann kam ihr die zündende Idee. »Es sind zwei.« Sie jubelte innerlich.

»Zwei was?«, fragte Timo.

»Zwei Schreibweisen von zwei Absendern.« Sie hätte Luftsprünge machen können und zeigte Timo ihre Erkenntnis. Der sah das Wort »Zechenkiller« in unterschlängelter und daneben in nicht unterschlängelter Version.

»Ich sehe keinen Unterschied.«

Liesa grinste. »Der Unterschied ist minimal. Schau mal auf das Doppel-L.«

Timo kniff die Augen zusammen. »Was ist daran anders?«

»In der orthografisch richtigen Version ist es wirklich ein Doppel-L. Das Schreibprogramm hat daran nichts auszusetzen. In der anderen Version aber«, Liesa zeigte auf das unterschlängelte Wort, »steht da gar kein Doppel-L, sondern zwei große i.« Sie tippte das Wort mit zwei großen i ein und Timo war baff. »Uwe Bosshardt hat den Begriff Zechenkiller zuerst verwendet, daraus seine E-Mail-Adresse, also quasi den Absender, geschaffen. Diese Version hier ist eine Nachahmerversion. Da ist jemand auf einen Zug aufgesprungen und hat die E-Mail-Adresse imitiert.«

»Also hat Uwe Bosshardt, Zechenkiller eins, nur die erste Mail verfasst und die Klappe aufgerissen«, stellte Timo fest. »Alle späteren stammen von jemand anderem, der die Adresse nachgeahmt hat, sozusagen der Zechenkiller zwei?«

»Genau.«

»Dieser muss Kenntnis über Zechenkiller eins und Zugriff auf die erste E-Mail gehabt haben, die an Sprockmann gegangen ist«, stellte Timo fest.

»Und der Zechenkiller zwei ist auch der, der mir persönlich diese nette Mail geschrieben hat.« Das ist dieses Subjekt, das mich umbringen will, dachte Liesa. Wenn Bosshardt alias der Zechenkiller eins Namensgeber und Maulheld war, dann war dieser Typ ein verdammter Killer.

Plötzlich kam Timo Liesa näher, umarmte sie und endlich küssten sie sich. Ein ungeahntes Glücksgefühl durchströmte Liesa. Ich werde dich nicht gehen lassen, war sie sich sicher. Ich kämpfe um dich und um das, was wir haben. Doch dann sah sie strahlend blaue Augen, hörte eine sanfte Stimme und fühlte sich in den starken Armen eines anderen, der sie in eine fremde, aufregende Welt entführen würde. In die Welt eines fragwürdigen Bewahrenwollens, dunkler Vergangenheit und höchster Gefahr.

»Was hat dir dieser ›Ich-bin-Steiger-und-weiß-alles‹-Typ eigentlich ins Ohr geflüstert letztens abends und wie meintest du das mit der Verabredung?«, wollte Timo wissen.

Liesa grinste. »Er weiß, wie wir aufs Zechengelände kommen und wann die LKW-Anlieferungen erfolgen. Da sollten wir die Augen offen halten.«

»Wo und wann denn?«

Liesa rief die Nachricht auf ihrem Smartphone auf, um sicherzugehen. »Wir treffen uns heute um 23 Uhr vor dem Gelände von Schacht 10. Wir müssen herausfinden, was es mit den Lastern auf sich hat. Was da in Sachen Umweltsauerei wirklich passiert und wer dahintersteckt.«

»Hoffentlich können wir das klären, und zwar endgültig, damit wir diesen Zechenkiller erwischen und dingfest machen können.«

»Fotos wären gut, um Beweise in der Hand zu haben, die

Rechercheergebnisse zu dokumentieren. Der Jürgen …« Liesa zögerte, »… ich meine Adamczyk, also der hat angedeutet, dass es nur noch wenige Tage dauert, bis sie mit der Verfüllung fertig sind. Dann kommt ein Betondeckel drauf und das war's. Wir haben also nicht mehr viel Zeit.«

Timo schaute Liesa an. »Wir zwei haben auch nur noch wenig Zeit. Da sind Entscheidungen zu treffen.«

Die Semesterferien waren bald zu Ende, das war Liesa klar. Timo würde weggehen. Würde er das wirklich? Wann und wohin? Jetzt im Moment wollte sie es nicht wissen. »Wir müssen sprechen«, meinte sie.

Timo nickte.

Zuerst würden sie das Bergwerk unsicher machen, dort herumspionieren und sich die heimlichen Transporte ansehen. Sie waren der Lösung des Falls nun näher gekommen, das war offensichtlich. Nun mussten sie es zu Ende bringen. Alles hing von ihnen ab.

25

Was würde sie erwarten? Wie bereitete man sich auf sowas vor? Liesa stand grübelnd vor ihrem Kleiderschrank im Schlafzimmer.

Timo war am Nachmittag nach Hause gefahren, welches derzeit aus dem ehemaligen Jugendzimmer im Haus seiner Eltern bestand. Er würde seinen Kollegen kontaktieren und ihn um einen weiteren Hackerdienst bitten. Dafür würde Timo ihm wieder einen Gefallen tun müssen. Liesa hatte immer noch keine Ahnung, was Timo damit meinte und was er daran so schlimm fand. Für die Fahrt zu Schacht 10 in Bottrop-Kirchhellen würde er sie abholen.

Liesa entschied sich gegen ein auffälliges Make-up, stattdessen für einen blauen Pulli, Jeans, grobe Schuhe. Von ihrem Borussia-Dortmund-Trikot in Schwarz und Neongelb konnte sie ausnahmsweise absehen. Außerdem war Prosper bekanntermaßen eine Hochburg der Königsblauen, auf Kohle geborenen Schalker. Die Dortmunder hatten mit Kohle und Koks Stahl gekocht. Aber das war lange her. Soweit Liesa wusste, war das letzte Stahlwerk in Dortmund-Hörde schon Anfang der 2000er-Jahre demontiert, nach China verschifft und dort wieder aufgebaut worden. Man hatte an der Stelle einen künstlichen See angelegt, den Phönixsee, und Villen am Ufer gebaut. Sah er also so aus, der Wandel? Stellte man es sich so vor, wenn der verbrannte Phönix aus der Asche wiedererstand?

Das Telefon riss Liesa aus den Gedanken. »Hömma, Schätzken«, kam Oma Kwatkowiak gleich zur Sache. »Ist datt richtig, watt der Willi gesagt hat? Du hast einen Kontakt gekriegt?«

Liesa schmunzelte. Omas Ausdruck klang, als hätte sie ein Match in der Singlebörse. »Sozusagen. Unser Plan ging auf. Timo und ich machen uns heute noch auf den Weg und recherchieren vor Ort auf der Zeche.« Sie würde Jürgen Adamczyks Namen nicht nennen, wie sie es ihm versprochen hatte.

»Boah«, machte es am anderen Ende. »Dann musst du aber ordentlich aufpassen, datt weißte ja.«

Liesa seufzte innerlich.

Oma fuhr fort: »Denk dran: Ein Bergmann kennt Orte, wo dich niemand finden kann.«

»Ach, Omma …«, Liesa setzte sich und rollte den Saum ihres Pullis ein. »Der Mann ist Steiger und Mitglied der Grubenwehr.« Die Männer der Grubenwehr, eine Art Feuerwehr, die für die Rettung verschütteter Bergleute und für die Bekämpfung von Bränden unter Tage ausgebildet war, genossen unter den Bergmännern hohes Ansehen. Es handelte sich um Bergleute, die zusätzlich zu ihren Schichten harte Trainings durchliefen, entsprechend körperlich fit, stressresistent und zuverlässig sein mussten. Liesa wurde rot bei dem Gedanken an Adamczyk, was Oma glücklicherweise durch das Telefon nicht sehen konnte.

»Das heißt ja nichts. Bleib nur nicht allein mit dem. Man weiß nie, was einem Kerl so einfällt.«

Liesa verdrehte die Augen. »Geht klar, Oma. Übrigens hat Karin ihre Infos bezüglich der angeblichen Umweltsauerei von ihm.«

Oma machte ein Jubelgeräusch. Liesa stellte sich die fast 78-jährige Gertrude Kwatkowiak in einem bunt gemusterten Kittel vor, wie sie die Faust reckte und ein triumphierendes Gesicht machte, als hätte sie das Wimbledonturnier gewonnen oder den entscheidenden Treffer in einem Champions-League-Spiel erzielt.

»Ich hoffe, mit den Infos, die wir heute Abend bekommen, können wir den Fall lösen«, sagte Liesa. »Damit können wir an die Öffentlichkeit und zur Polizei.« Spürte Oma ihre Zweifel? War wirklich alles tippitoppi?

»Wer hat denn jetzt diese E-Mails geschrieben?« Oma

sprach es aus wie »Ihmehls«. »Seid ihr damit schon weiter? Wer hat den Sprockmann verbrennen lassen? Dieser Bosshardt war es ja nicht, der lag im Krankenhaus.«

Liesa sah auf den Verband an ihrer Hand. Ihr kam ihre persönliche Droh-Mail in den Sinn – *Du bist tot*. Der Zechenkiller war ihr auf den Fersen. Sie fühlte sich schlecht. »Später«, meinte sie lahm.

»Aber da ist doch watt mit dir, Liesa«, bohrte Oma nach. »Ich hör datt doch an deiner Stimme.«

Liesa fühlte sich erwischt. Am liebsten hätte sie ihr auf der Stelle alles erzählt. Dass sie überfallen worden war, dass man ihr Leben bedroht und ihr wehgetan hatte. Sie hätte sich zu gern Trost und Nähe bei der Frau gesucht, die ihr am nächsten stand. Aber das war nicht der richtige Zeitpunkt. Sie musste es vorerst für sich behalten. »Ich muss mich jetzt fertigmachen, gleich geht's los«, behauptete sie und beendete das Gespräch.

*

Das hätte die kleine Schlampe nicht tun dürfen, ihn mit Feuer zurückschlagen, ausgerechnet. Er schlich umher wie ein verwundetes Tier, verärgert und gekränkt, ging vor und zurück. Das konnte er ihr nicht durchgehen lassen, nicht dieser dummen Schnalle. Sie war ihm in die Quere gekommen, ihm! Jetzt wird sie qualvoll sterben müssen, entschied er. Er bereitete alles vor, damit sie nicht nur verbrannte wie Sprockmann. Nein, das war zu schnell gegangen, den Gefallen würde er ihr nicht tun. Für sie würde er sich Zeit nehmen. Das war keine Siebenstundenschicht. Hier musste er voll ran und sein Soll erfüllen. Er wusste, was er zu tun hatte, um sie zum Schweigen zu bringen und das Problem ein für alle Mal zu lösen. Am liebsten auf den dämlichen Weiberschädel schlagen, damit Ruhe ist. Er stellte sich vor, wie er ihr den Weiberarsch, eine herzförmige Bergbauschaufel, mit voller Wucht über den Schädel zog. Funkenfrei, griente er innerlich. Explosionsgeschützt. Sein Gesicht eine Hassfratze. Aber dann würden sie ihn drankriegen. Nee, so einfach würde er es denen nicht machen. Das würde er schlauer angehen. Und sie dann fachgerecht entsorgen.

26

Timo und Liesa fuhren zu Prosper V Schacht 10 nach Kirchhellen, um die LKW-Transporte auszuspähen, die laut Insider-Information beladen ankamen und leer wegfuhren. Würden sie Kennzeichen erkennen? Andere Hinweise? Liesa bereitete ihre Kamera vor. Timo stellte seinen Wagen auf dem riesigen Mitarbeiterparkplatz ab, der für viele Bergleute gedacht und nun leer und durch wenige Laternen mäßig beleuchtet war. Sie gingen die Rampe hoch und überquerten die schmale Fußgängerbrücke. Sie überspannte den Alten Postweg, eine Landstraße zwischen Oberhausen und Kirchheller Heide. Leicht gebogen, aus Stahl und Beton, einige Meter über Straßenniveau. Von da aus konnte Liesa Teile des Betriebsgeländes von Schacht 10 überblicken. Der Förderturm ragte vor ihnen auf. Eine moderne Version, die an eine riesige Stahldiagonale erinnerte, mit unterschiedlich großen waagerechten Plattformen, alles in dem typischen Zechengrün gestrichen. Sie schien sich an einen weißen Turm zu lehnen, der sich direkt über dem mehr als 1.000 Meter tiefen Schacht erhob. Hier waren die Förderkörbe und in ihnen Bergleute in die Grube herabgelassen worden, zu Hunderten im Schichtbetrieb. Doch die Seilscheiben standen still und das würden sie auch zukünftig tun. Die Seile waren abgeschlagen, der Bergwerksbetrieb eingestellt worden. Noch waren nicht alle Arbeiten abgeschlossen. Grünlich blau wurde der Förderturm angestrahlt in der Nacht, als wollte man ihm Tribut zollen für seine bisherigen Dienste. Noch stand er da und überragte weithin sichtbar das Areal. Liesa ließ ihren Blick schweifen und sie sah rechts niedrige Bürogebäude und daneben größere Flachbauten mit weißen Oberlichten, in denen sich die Kauen befinden mussten. Berge von lehmfarbenem Sand aus der Kirchheller Heide waren aufgehäuft worden. Weiße Betonsilos ragten auf, die nicht zu einem Bergwerk gehörten. Ein Förderband führte direkt zum Schacht. Die Stimmung war gespenstisch. Hier wurde verfüllt, das wusste Liesa. Nach der Schließung des Bergwerks hatte man damit begonnen, den enorm tiefen Schacht mit einem Beton-Sand-Gemisch aufzufüllen. Dieser Bereich wurde hell angestrahlt, war aber von hier aus nicht komplett einsehbar. Der größte Teil des Areals und die Gebäude lagen weitgehend im Dunkeln. Das Betriebsgelände wurde durch eine Schrankenanlage vor dem Betreten Unbefugter geschützt. Was geschah jenseits dieser Schranken? Sie mussten mit gefährlichen Machenschaften rechnen. Vorn links, noch vor der Schrankenanlage, machte

Liesa die Kantine aus. Ein kleineres vorgezogenes Gebäude, das durch seine ovale Form und die helle Verkleidung auffiel. Dort waren sie verabredet.

Schweigend standen sie vor der verwaisten Kantine. Ein Aushang machte darauf aufmerksam, dass der Kantinenbetrieb eingestellt worden war. Die beiden Damen bedankten sich für alles mit einem Tschüss und Glückauf, zwei Kohleloren, im schwarzen Rahmen, schwarz auf weiß.

Dunkel war es, die Minuten verstrichen. Sie durften nicht vom Pförtner gesehen werden, der neben der Schranke einige Meter weiter in seinem Pförtnerhäuschen saß. Timo und Liesa hatten ihn durch die großen Fenster und weil es drinnen hell war gut im Blick. Besser nicht so lange hier herumlungern, überlegte Liesa. Bevor der aufmerksam wird, herausgelaufen kommt und uns wegjagt. Sie zog sich noch weiter ins Dunkle zurück. Gegenüber an der Mauer prangte der Schriftzug »PROSPER V SCHACHT 10«, durch Leuchten in Szene gesetzt. Dies war das fünfte und als Letztes, vor etwa 40 Jahren, abgeteufte, also in die Tiefe und dann über Tage erbaute Bergwerk auf Bottroper Gebiet. Es war die letzte Steinkohlenzeche in Deutschland, hier wurde bis zum Schluss eingefahren und gearbeitet. Liesa vermisste die große steinerne Barbarastatue neben dem Haupteingang. Hatte sie den Ort bereits verlassen? Waren sie hier nun schutzlos?

Ein LKW kam vom Betriebsgelände aus an die Schranke herangefahren, stoppte, passierte dann die Schrankenanlage und fuhr unmittelbar an Liesa und Timo vorbei. Sie drückten sich in den Kantineneingang. Liesa kniff die Augen zusammen, aber da war er auch schon weg. Es war zu dunkel, um ein

Nummernschild oder einen Firmenschriftzug erkennen zu können. Oder waren diese abgedeckt worden? Der Laster hatte eine Schmutzspur auf der Zufahrt hinterlassen. Erdig, dachte Liesa. Sie hätte sich zu gern dort hinbegeben, um das Material zu untersuchen, wäre dann aber gesehen worden.

Timo guckte auf sein Handy und gab die Uhrzeit durch. »Ist schon spät dran, dein Steiger.«

Liesa verdrehte die Augen. Würde Adamczyk die Verabredung platzen lassen? Stimmte hier etwas nicht? Vielleicht hatte er es sich anders überlegt. Oder wartete nur jemand darauf, dass sie ihre Deckung verließen?

In diesem Moment näherte sich ein weißer Transporter. Liesa erkannte durch die Scheiben nichts. War das Adamczyk oder doch jemand anderes am Steuer? Der Wagen hielt an, eine Person stieg aus, in heller Arbeitskleidung mit orangefarbener Warnweste und weißem Helm. Flogen sie jetzt auf? Liesa musste es riskieren, aus der Deckung heraustreten und sich dem Mann nähern. Es war Jürgen Adamczyk, der gehetzt wirkte und wenig von dem Mann übrig hatte, der Liesa im Grün der Kleingartenanlage fasziniert hatte. Er grüßte sie mit einem Nicken, guckte dann Timo an und verzog das Gesicht. Okay, dachte Liesa. Das wird kein entspannter Ausflug.

»Ich kann nur eine Person mitnehmen, sonst fällt das auf.« Adamczyk bedeutete Liesa, dass sie einsteigen solle. »Schnell, damit uns keiner sieht.« Ob sie eine Kamera dabeihabe, wollte er wissen.

Liesa bejahte.

»Von mir aus. Aber ohne das da.« Er zeigte auf ihren Rucksack. Liesa und Timo tauschten rasch Blicke, nickten einander zu und fügten sich. Liesa übergab Timo den Rucksack, in dem sich auch ihr Handy befand. Adamczyk war schon eingestiegen. Liesa hatte ein mulmiges Gefühl. Alles musste schnell gehen, Adamczyk machte Tempo. Sie stieg in das Fahrzeug ein, schwang ihren nicht ganz elfenhaften Körper hoch und drehte sich ungeschickt auf die Sitzfläche. Dabei hielt sie die Kamera in der linken Hand und bekam die Verletzung wieder schmerzhaft zu spüren. Sie verbarg den Verband vor Adamczyk und wunderte sich selbst darüber. Ohne Tasche und Handy fühlte sie sich auf seltsame Art und Weise abgeschnitten und hilflos.

Jürgen Adamczyk fuhr direkt los und schaltete so schnell hoch, dass das Fahrzeug rumpelte und wackelte. Liesa verlor Timo, der mit ihrem Rucksack zurückgeblieben war, aus den Augen. Sie hatte nur noch ihre Kamera und den festen Willen, Licht ins Dunkel zu bringen und Beweise zu sichern. Und wenn es bedeutete, mit diesem Mann auf Tour ins Ungewisse zu gehen. *Gehst du immer mit fremden Männern mit?* Einen Moment lang überlegte sie, was sie da überhaupt tat. Sie wusste eigentlich nichts über ihn. *Bleib nur nicht allein mit dem. Man weiß nie, was einem Kerl so einfällt.* Allein mit dem Unbekannten loszufahren war heikel, sogar völlig verrückt. Aber jetzt gab es kein Zurück mehr.

Adamczyk stoppte und nickte in Richtung des Armaturenbrettes, auf dem ein weißer Grubenhelm und eine orangefarbene Weste lagen. Wie cool, dachte Liesa. Aber die Weste fällt doch wohl auf. Hätte sie nicht gedacht, auf Spionagetour ging man doch eher dunkel gekleidet. Umständlich zog sie sich die Weste über. Da war es mit der Unauffälligkeit vorbei. Liesa hatte immer ein Haargummi in der Hosentasche, band sich damit die Haare zu einem Zopf zusammen und setzte den Helm auf.

Dabei sah Adamczyk ihren Verband. »Wehgetan?«

Sie fühlte sich ertappt. »Ein bisschen.« Misstrauisch beäugte sie Adamczyk, ob etwas ihn verraten würde. Aber an seiner Mimik war nichts abzulesen.

Der Helm war viel zu groß, aber es musste genügen. Prima, jetzt war die Verkleidung perfekt. Sie wirkte wie ein Mitarbeiter des Bergwerks. Zumindest im Dunkeln und mit reichlich Abstand. Liesas Herz klopfte. Sie war es nicht gewohnt, so weit oben in einem Transporter zu sitzen, den Überblick zu haben und herabzuschauen, aber es gefiel ihr zunehmend.

»Bereit, Kumpel?« Adamczyk grinste und fuhr wieder an.

Liesa rückte ihren Helm zurecht. Das Abenteuer konnte beginnen.

27

Adamczyk blickte über die Schulter und ließ den Transporter nach links ausscheren. »Die drehen hier alle durch wegen dem Vorfall letztens.« Er machte ein ernstes Gesicht. »Jetzt haben die die Sicherheitsmaßnahmen verschärft.«

Liesa erinnerte sich an den Film, den sie auf Adamczyks Handy gesehen hatte, und der den Bergmann den Job gekostet hatte.

»Der Kollege, den die nach dem Filmen erwischt haben, hätte noch sechs Wochen bis zur Anpassung gehabt. Genau wie ich.«

Für Adamczyk stand einiges auf dem Spiel.

Sie fuhren auf die Schranken zu. »Ich mache ja eigentlich keine Nachtschichten«, meinte Adamczyk. »Aber dazu habe ich mir schon was ausgedacht. Das schlucken die hoffentlich.« Er schaute Liesa an und zwinkerte ihr zu. »Wäre besser, wenn der dein hübsches Gesicht nicht sehen kann.«

Liesa zog den Helm tiefer, senkte den Kopf und tat, als sei sie eingenickt. Dann verbarg sie noch schnell ihre Kamera unter der Jacke. Adamczyk hielt vor der Schranke, winkte einem unsichtbaren Pförtner zu und senkte das Fenster auf der Fahrerseite. »Ja Scheiße, ne?«, rief er. »Kurz vor Schluss auch noch Nachtschichten. Die haben se doch nicht mehr alle.« Er lachte. Liesa hörte die Antworten des Pförtners nicht. »Ja, alle bekloppt hier. Wegen der Sache von letztens? Kann schon sein.«

Liesas Herz schlug schneller. Ob man sie kontrollieren würde? Ein genauer Blick ins Fahrzeug hätte schon gereicht und sie wären aufgeflogen.

»Ja, auch so. Glück auf.« Adamczyk hielt sein Handy an ein Lesegerät, das auf der Höhe des offenen Seitenfensters angebracht war. Vermutlich steckte sein Ausweis in der Handyhülle. Liesa hielt die Luft an. Hoffentlich ging alles gut. Tatsächlich, die Schranken öffneten sich. Sie fuhren los, überquerten diese magische Grenze und gelangten auf das Zechengelände. Cool, dachte Liesa und ihr Herz hüpfte. Das war geschafft. Es würden nicht viele Zugang erhalten, sie hatte es sich förmlich erschlichen. Was für ein erhabenes Gefühl. Die Spiele konnten beginnen. Sie war da, wo sie hinwollte. Wo man ihr sonst niemals Zutritt gewährt hätte. Und wo sie definitiv nichts zu suchen hatte.

Sie fuhren auf die Schachtanlage und ließen die Sandberge linker Hand hinter sich.

»Wann und wo kommen die Lieferungen an?«, wollte Liesa wissen. »Ich habe vorhin einen LKW wegfahren sehen.«

»Später. Ich fahre erstmal meine Tour, damit das nicht auffällt, und zeige dir alles.«

»Okay.« Liesa konnte ihre Vorfreude nicht verbergen und richtete sich im Sitz auf. Sie schaute sich um. Ein weitläufiges, unüberschaubares Gelände, größtenteils im Dunkeln liegend und verlassen. Früher waren hier unzählige Männer entlanggelaufen und mit wuchtigen Fahrzeugen gefahren, hatten Pläne zu erfüllen, Schichten zu schieben, Kohle zu machen. Mehr noch hatte unter ihren Füßen stattgefunden. Was lebte hier oben noch und was da unten? Wer trieb sich hier herum und ging seinen Machenschaften nach, jetzt im Verborgenen, nachdem die meisten Bergleute abgekehrt waren? Der Charme einer sterbenden Industrieanlage erfasste Liesa. Ein verlassener Ort, der immer noch etwas mitzuteilen hatte. Ich bin hier, weil ich hier sein muss, dachte sie. Weil es mich hierhergezogen hat.

»Hier arbeiten kaum noch Bergleute«, begann Jürgen Adamczyk zu erzählen und man merkte, dass er ganz in seinem Element war. »Nur auf Franz Haniel und Prosper II werden noch Raubarbeiten durchgeführt und die Schächte dann auch verfüllt. Mit dem Rauben waren wir sogar früher fertig als geplant. Offiziell wird alles aus der Grube geholt, was noch verwertbar ist oder ein Problem für das Grundwasser darstellen könnte.« Adamczyk machte ein vielsagendes Gesicht.

»Offiziell«, wiederholte Liesa.

Adamczyk nickte und führte weiter aus, dass der Kohlehobel und so ziemlich alles, was an Förderbändern, Einschienen-Hängebahnen, Hydraulikstempeln, Maschinen, Loks und Aggregaten in den Kilometer weiten Strecken stand, bereits abgebaut und weggeräumt worden war. Auch waren Rohrleitungen und Hochspannungsnetze unter Tage weitgehend abgebaut worden. »Unter anderem wurden 132 Kilometer Stromleitungen und die großen Förderbänder über Tage gebracht. Knapp 50.000 Transportkisten haben wir über den Schacht nach oben geholt«, berichtete Adamczyk nicht ohne Stolz. Er fuhr nah an mehreren vollen Müllcontainern vorbei. »Unsere Büros sind ja nicht gebaut, sondern aus Containern zusammengestellt worden. Die sind schon besenrein leergeräumt, auch schon verkauft und zum Abtransport bereit. Die Fassade muss noch abmontiert werden, die Büroausstattung ist aussortiert.« Er zeigte auf die Müllhaufen. »Es wird überhaupt wahnsinnig viel weggeworfen oder billig verkauft. Unter Tage hatten die immer alles doppelt und dreifach, Gezähe, Material. Die haben ja nichts weggeschmissen, nichts abgegeben. Es wurde immer alles neu bestellt und das gleich in großer Menge.«

Liesa dachte an das Gespräch mit den ehemaligen Bergleuten beim Stammtisch gestern. Aber hier ging es um mehr als ein Werkzeug, das auch in der heimischen Garage Anwendung fand. Sie erlebten an dieser Stelle den Ausverkauf im großen Stil, den einer ganzen Branche. Hier würde es keinen Bergbau mehr geben.

»Hast du gesehen, was sich am Eingang verändert hat?«

»Du meinst die heilige Barbara?« Liesa war aufgefallen,

dass die etwa menschengroße Steinskulptur der heiligen Barbara am Haupteingang fehlte.

»Die ist schon weggebracht worden«, sagte Adamczyk. »Zum Haus Aden.«

Das war ein Zechenstandort, an dem noch die Wasserhaltung betrieben wurde, das Abpumpen mit Tauchpumpen, um das Grubenwasser nicht höher als 600 Meter ansteigen zu lassen.

»Da kam sie ursprünglich her, war nach der Schließung von Haus Aden, Grimberg, erst zum Bergwerk Ost und dann, als die Zechen nacheinander zugemacht wurden, zu uns gebracht worden, mit einigen Kumpeln, die auch jeweils verlegt wurden. Jetzt ist sie wieder nach Hause zurückgekehrt. Hier ist ja bald nichts mehr. Alles wird abgerissen. Ist nur eine Frage der Zeit, dann wird hier nichts mehr an den Bergbau erinnern.« Seine Stimme klang wehmütig.

Der Förderkorb lag in Einzelteile zerlegt auf dem Gelände des Bergwerks. Liesa hätte die Teile nicht zuordnen können, hätte Adamczyk sie nicht darauf hingewiesen. Auch die Seile, an denen der Korb in die Tiefe gesaust war, waren abgeschlagen. Sie wurden zerschnitten und landeten auf dem Schrott, bis auf einige Andenken, berichtete Adamczyk weiter. Liesa hatte Bilder davon in den Medien gesehen. Die jeweils 1.200 Meter langen und fünf Zentimeter dicken Stahlseile waren erst vor ein paar Tagen abgebaut und gekappt, auf einer riesigen Spindel aufgerollt, mit einem überdimensionierten Seitenschneider an einem Baggerarm zerschnitten und abtransportiert worden zum Verschrotten. »Die Ersatzseile, die immer vor Ort sein müssen, sind in die Türkei verkauft worden. Woanders wird ja noch Kohle gefördert.«

Liesa hatte den Eindruck, dass er sich einen weiteren Kommentar verkniff.

»Wir haben etwas in Museen gebracht, manches Teil wird als Erinnerungsstück in der Mitte von Kreisverkehren landen, im Vorgarten oder auf dem Spielplatz. Der Rest wandert in den Schrott, ob noch funktionstüchtig oder nicht.«

Liesa spürte, dass ihn der Ausverkauf traurig machte und wütend. Wie ging es einem schon, wenn man den eigenen Arbeitsplatz abzubauen hatte, ihn wortwörtlich demontierte und entsorgte?

Gelber Sand ragte in Bergen auf, sie fuhren an die riesigen hell angestrahlten Silos heran. »In den vergangenen Monaten sind 8.000 Tonnen Zement und 30.000 Tonnen Sand zum Zechengelände gebracht worden. Alle elf Minuten kam ein Laster mit Sand an, 50 am Tag«, erklärte Adamczyk und Liesa fühlte sich kurzzeitig wie bei einer Besichtigungstour. »Siehst du das schmale Förderband?« Adamczyk zeigte in Richtung der Fläche vor dem Fördergerüst und stoppte den Wagen. Liesa war gespannt. »Aktuell wird der Schacht verfüllt. Das Sand-Betongemisch wird über das Band transportiert und fällt über 1.200 Meter tief in den Schacht.«

Sie streckte sich, um einen Blick auf das Band zu werfen. Doch sie sah nur die aufragenden Silos, eine Baracke, das offene Schachtgebäude, hörte ein ununterbrochenes Rumpeln und Rattern. Es war beklemmend.

»Tag und Nacht wird der Beton in den Schacht gekippt, ohne Unterbrechung. Insgesamt drei Monate lang, bis der Schacht voll ist und der Deckel draufkommt.«

»Wie weit ist man damit? Also, wann ist das Verfüllen abgeschlossen?«, fragte Liesa und ihr war mulmig zumute.

»Da ist noch genug Platz«, meinte Adamczyk. Für wen oder was auch immer. LKW-Ladungen? Liesa schaute sich um, sah nach wie vor keinen LKW auf dem Zechengelände.

»Was passiert nach dem Verfüllen?«

»Anschließend werden die Übertageanlagen abgerissen. Dann wird hier Gras drüber wachsen.«

»Und unter Tage?«

»Unter Tage wurden Dämme verbaut, um die alten Strecken zu verschließen, und Rohre für die Wasserhaltung eingesetzt. Das Grubenwasser wird von 1.000, 1.200 Metern Tiefe bis auf 600 Meter unter der Oberfläche ansteigen. Die Wasserhaltung muss dafür sorgen, dass sich das Grubenwasser nicht mit dem darüber liegenden Grundwasser vermischt. Dafür wurden Tauchpumpen gebaut, die das Grubenwasser von oben abpumpen und auf dem Level halten sollen.«

»Meinst du, das klappt?«

»Bei dem Dreck da unten wollen wir das hoffen. Aber garantieren kann keiner dafür. Ich hab gehört, dass pro Jahr so viele Millionen Kubikmeter Wasser nach oben gepumpt werden müssen, dass man damit die Möhnetalsperre fast vollständig auffüllen könnte. 150 Millionen Euro soll das Abpumpen im Jahr kosten.«

»Wo landet das hochgepumpte Grubenwasser eigentlich? Da sind doch die Giftstoffe drin, die unter keinen Umständen ins Trinkwasser gelangen sollen, inklusive des PCB.«

»Das siehst du dann in den Flüssen wieder.«

»In welchen?«

»Rhein, Ruhr, die Lippe. Im Saarland ist es die Saar.«

Liesa erinnerte sich an das Treffen der Bürgerinitiative. Ihr kam es vor, als sei das schon ewig her. Die dort gefallenen Aussagen stimmten also, wurden aus erster Hand bestätigt. »Wird es denn gereinigt, gefiltert oder so?«

Adamczyk lachte bitter auf. »Es wird eingeleitet und das macht eine Verdünnung. Dadurch sind die Werte dann mehr oder weniger in Ordnung.«

Liesa ärgerte sich. PCB baut sich in der Umwelt kaum ab und lagert sich in Fischen und anderen Tieren, auch in den Menschen, an. Es verdünnt sich im Gewässer vielleicht, verschwindet aber nicht. »Ernsthaft? Das Zeug wird in unsere Flüsse verklappt und dadurch nur verdünnt? Und es muss ewig gepumpt werden, also wird auch ewig Grubenwasser in die Flüsse geleitet?«

Adamczyk bestätigte. »Sonst haben wir ein Problem und alles säuft ab. Vor ein paar Monaten hatten wir knöcheltief Wasser auf der siebten Sohle. Das durfte aber keiner erfahren. Von wegen kontrollierte Flutung, da war nix mit Kontrolle.« Er wurde wütend. »Vermutlich waren die Planungen falsch. Wasser fließt nun mal nicht bergauf von Prosper nach Zollverein. Außerdem weiß ich nicht, ob die mit dem Methan klarkommen. Wenn das mal explodiert, müssen die da unten rankommen.«

Liesa wurde ganz übel bei dem Gedanken, dass es jetzt schon Probleme und Pannen gab. »Gibt es eigentlich Erfahrungswerte? Hat man schon mal ein Bergwerk fluten lassen?«

Adamczyk überlegte. Er nahm den Helm ab und fuhr sich durchs Haar. »Im Saarland ist man schon etwas weiter, weil man da die Bergwerke früher geschlossen hat. Aber die Gegebenheiten sind da ganz anders, das Gestein und Gefälle in Richtung der Abflüsse. Es gibt meines Wissens keine Erfahrung, das wurde noch nie gemacht.«

Na prima, dachte Liesa. Wir sind Teil eines gigantischen Experiments.

»Welche Aufgabe hast du eigentlich genau?«, fragte sie.

»Offiziell geht es um Arbeitssicherheit. Wir haben noch ungefähr hundert Bergleute an den verschiedenen Standorten. Ich klapper die ab und schau nach dem Rechten. Ein paar Wochen noch, dann bin ich weg. Dann habe ich genug Arbeitsjahre voll für die Anpassung. Bis dahin …« Er lachte zynisch auf. »Die meiste Zeit sitze ich im Bürocontainer und gucke auf die Uhr.« Mit dem Verfüllvorgang habe er nichts zu tun, das mache eine andere Firma und die halte sich mit allem bedeckt. »Ist manchmal auch besser so, wenn man nicht alles weiß.«

Wie meinte er das? Liesa wunderte sich über den letzten Satz.

Adamczyk kurvte gerade auf Höhe des Pförtnerhäuschens herum, als Liesa etwas entdeckte. Timo stand dort und er war nicht allein.

»Kannst du mal kurz anhalten?«, bat Liesa Adamczyk, aber der machte keine Anstalten.

Liesa reckte den Kopf und konnte einen Blick auf Timo werfen, wie er im Licht der großen Laterne vor dem Pförtnerhäuschen stand, angestrahlt wie ein Fernsehstar, und mit jemandem redete. Vielmehr redete dieser Jemand mit ihm. Ach du Scheiße, durchfuhr es Liesa, offenbar wurde er zur Rede gestellt. Die haben Timo erwischt! Sie konnte sich vorstellen, wie jemand ihn plötzlich ansprach. »Na, Sportsfreund, was haben wir denn hier verloren?« Aber da waren sie auch schon vorbeigefahren und Timo war außer Sicht. Liesa konnte in dem Moment nichts für ihn tun. »Warum hast du nicht angehalten?«

»Deinem komischen Freund da«, Adamczyk nickte zurück in Timos Richtung, »dem passiert schon nichts.«

Sein abfälliger Ton gefiel Liesa gar nicht.

»Wär's schade um den, was meinst du?«

Was für eine Frage? Was sollte das? Liesa schaute ihn nur

von der Seite an. Sie machte sich große Sorgen um Timo. Und zunehmend um sich selbst.

Adamczyk schwieg nur.

Irgendetwas stimmte nicht mit ihm. Liesa verstand ihn nicht. Hatte er sich jetzt nicht gleich mehrmals schlagartig verändert, regelrecht gedreht? Was war mit ihm nicht in Ordnung? Was hatte er wirklich im Sinn? Liesa wurde in diesem Moment bewusst, dass sie ihm völlig ausgeliefert war. Sie fuhr allein mit einem Mann durch die Nacht, den sie vor gerade einmal 24 Stunden kennengelernt hatte. Tatsächlich wusste sie nichts über ihn. Sie befanden sich auf einem Betriebsgelände, zu dem der Zutritt verboten war. Sie hielt sich hier unerlaubt auf. Er kannte an diesem Ort vermutlich jeden Winkel und jede Kuhle. Es war dunkel, mitten in der Nacht, weitläufig und menschenleer. Würde man es mitbekommen, wenn ihr hier etwas passierte? Würde man ihr helfen? Sie ärgerte sich darüber, dass sie sich so fahrlässig in diese Situation begeben hatte.

Gleichzeitig fand sie diesen Mann ungeheuer geheimnisvoll und anziehend. Er hatte sie mitgenommen in seine Welt, einiges dafür riskiert und zeigte ihr etwas, was in absehbarer Zeit für immer verschwunden, Geschichte sein würde. Sie hatte privilegiert Zutritt zu einem ganz besonderen Ort und in einer ganz besonderen Zeit erhalten. Liesa spürte seine Trauer, seine Tiefe, fühlte sich mit ihm verbunden. Der Mann hatte unglaublich blaue Augen, die wie ein Zauber auf sie wirkten. Sie schüttelte über sich den Kopf, aber so war es nun mal. Diese angenehme Stimme, die tief in sie eindrang, und sie spürte eine geheime Schwermut, die ihre Seelen miteinander verband.

24 Stunden, dachte Liesa. So lange kenne ich dich, oder auch nicht. In dieser Zeit war viel passiert. Sie war verfolgt

und überfallen worden. *Bleib nur nicht allein mit dem*, hatte man sie gewarnt. *Man weiß nie, was einem Kerl so einfällt.* Konnte sie ihm vertrauen? Was hatte er vor? Sie musste ihre Mission durchziehen und es darauf ankommen lassen. Dabei würde sie verdammt auf der Hut sein.

28

Adamczyk lenkte den Wagen zu einem abgelegenen Bürocontainer und stieg aus. Es dauerte nicht lang, da tauchte er wieder auf, setzte sich ins Fahrzeug und starrte vor sich hin. Er schien zu überlegen. Dann nickte er, als habe er einen Entschluss gefasst, und fuhr los. Dabei schaute er nur geradeaus und begann mit monotoner Stimme zu reden. »Viele ehemalige Kollegen sind schon an Krebs gestorben, mit Ende 40, Anfang 50. Das ist doch nicht normal.«

Liesa erinnerte sich an das Treffen der Bürgerinitiative. »Wir haben in Bottrop eine überdurchschnittlich hohe Krebsrate«, sagte sie.

»Das wundert mich nicht. Und?« Er wurde wütend. »Macht einer was dagegen?«

»Eher nicht.« Es gab keine Artikel in den großen Zeitungen, keine Untersuchungen vonseiten des Gesundheitsamtes oder auf den Arbeitsschutz bezogen, jedenfalls hatte Liesa nichts dergleichen bei ihrer Recherche gefunden. Das Thema wurde totgeschwiegen. »Angeblich kann man sowieso keine Schlüsse daraus ziehen, was für den Krebs ursächlich ist. Oder wer.«

Adamczyk schnaufte wütend auf. »Wo kein Kläger, da kein Richter. Und mit der Zeit wächst Gras drüber.«

Er spielte auf eine Hinhalte- und Verzögerungstaktik an. Wenn die letzten Bergleute gestorben waren, ob an PCB-verursachten Krebserkrankungen oder aus anderen Gründen, dann löste sich das Problem für den Bergwerksbetreiber von selbst. Und für die Bevölkerung des Ruhrgebiets, die auf ihre Bergbauvergangenheit nichts kommen lassen wollte.

»Wenn der letzte Bergmann weg ist und hier schon keiner mehr einen kennt, der mal unter Tage war«, schimpfte Adamczyk, »dann kommt die Suppe hoch und verbrennt denen den Arsch, aber gehörig. Und dann werden die sagen: ›Was für einen verdammten Dreckhaufen habt ihr uns da hinterlassen?‹«

Liesa nickte. Das werden uns nicht irgendwelche Leute vorwerfen, dachte sie, sondern unsere Kinder und Enkel.

»Und es wird auch das Wissen aussterben«, setzte Adamczyk fort. »Bald wird man keine Ahnung mehr haben, wie Steinkohlenbergbau geht. Mit uns stirbt das Wissen aus und das Know-how.«

Er fuhr weiter seine Tour ab und starrte geradeaus. »Einmal habe ich was ausgeschäumt unter Tage. Im Schaum war Formaldehyd, das sagt dir was, oder? Das ganze Gesicht hat gebrannt, da war ein unangenehmer Geschmack im Mund. Da sagt mein Steiger: ›Wie, du machst das nicht? Das ist Arbeitsverweigerung!‹ – ›Wenn das so komisch schmeckt auf der Zunge, das kann nicht in Ordnung sein.‹ – ›Da ist doch Wetter und das ist weit genug weg‹, meinte er. – ›Nee‹, hab ich gesagt, ›ich hau ab. Mach du mal, wenn du meinst.‹ Keine 20 Minuten später kam der mir nach, war aus der Nase am Bluten. ›Und‹, hab ich den gefragt, ›glaubste mir jetzt?‹ Da hat er nichts mehr zu gesagt. In den Jahren hab ich viel von dem giftigen Staub eingeatmet. Das hab ich jetzt in der Lunge.« Er redete sich in Rage, wurde immer wütender.

»Da ist so ein Dreck unter Tage, und was da gerade abgeht, glaubst du nicht. Das ist …« Er suchte nach Worten. »Von den Autoreifen und Matratzen hab ich dir ja schon erzählt.«

Liesa konnte sich vage vorstellen, wer seinen Müll da runtergebracht hatte und wie man den runtergeschafft hatte. Aber heute ging es nicht um Hausmüll. Hier geschah etwas Großes, spielte sich eine immense Schweinerei ab.

»Die Fässer mit dem blauen Engel, dem PCB-Öl, die sind über die Jahre in großen Mengen runtergebracht worden. Und weißte, was davon wieder hochkam? Gerade mal ein Öllappen.«

Liesa nickte.

»Noch schlimmer: Dioxin.« Adamczyk schnaubte. »Nach dem Brand auf Schacht 9 vor ein paar Jahren. Was meinst du, wo das geblieben ist?«

»Unten«, meinte Liesa tonlos. Das war Luftlinie etwa fünf Kilometer von ihrem Standort Schacht 10 entfernt und ein paar Hundert Meter tiefer – und doch Teil des Giftes, das dort unten lauerte und hochgespült werden könnte. »Was vermutest du, was sie hier verklappen?«

Er zuckte mit den Schultern. »Das hat jedenfalls nichts mehr mit dem Bergbau zu tun und schon gar nichts mit Ehre. Hier halten ein paar Leute die Hand auf und die dahinter verdienen sich dumm und dämlich daran. Bergleute gibt es hier quasi nicht mehr, nur noch Fremdfirmen und diese große Scheiße, die die hier mit Prosper machen, mit unserer Zeche. Das muss aufhören, weißt du? Das muss ans Licht, damit man die kriegen kann, die Verbrecher.«

Warum ich?, fragte Liesa sich. Warum zeigt und erzählt er mir das alles? Überschätzt er mich? Bin ich die Richtige? Liesa fühlte sich plötzlich überfrachtet, spürte eine große Verantwortung auf ihren Schultern lasten. Andererseits fühlte sie sich auch geehrt, dass man ihr vertraute und es ihr zutraute, das hier zu stoppen.

Liesa spürte, dass er ein Geheimnis in sich trug. Das machte ihn unglaublich anziehend. Sie empfand ihn als vielschichtig, verletzlich, verletzt. Da war etwas, was sie freilegen wollte, um ihn zu heilen. Was ihn jung wirken ließ. Sie wollte seinen Schmerz teilen und ihm nah sein.

»Das bleibt aber unter uns«, meinte er und Liesa spürte seinen Blick auf ihr.

»Ja, klar.« Sie dachte an ihre Aufgabe, Informationen und Beweise zu sammeln und weiterzugeben. »Dein Name wird nirgendwo auftauchen.«

»Da bin ich mir sicher«, sagte Adamczyk und Liesa hörte etwas in seiner Stimme, was sie verunsicherte, was sie am liebsten nicht gehört hätte. Warum grinste er so seltsam? Wie hatte er das gemeint? Liesa überkam ein ungutes Gefühl. Was war da in seinem Blick? Sie konnte es nicht deuten. Besorgnis? Wut? Ja, es war Wut. Sie spürte seine grenzenlose Wut. Oder hatte er etwas ganz anderes im Sinn? Etwas Unredliches? Tödliches? *Ein Bergmann kennt Orte, wo dich niemand finden kann*, fiel ihr ein.

Reiß dich zusammen, ermahnte sie sich. Aber wo waren die LKW? Was wurde wann von wem verklappt? Sie musste an dem Fall dranbleiben, einfach geduldiger sein und die Zeit nutzen. »Kennst du eigentlich einen Uwe Bosshardt?

Er soll auch auf Schacht 10 gearbeitet haben.« Liesa wusste, dass Bosshardt nicht der Zechenkiller sein konnte, aber vielleicht hatte Adamczyk auch hierzu Insider-Infos.

»Der Boss? Ja, der war mein Ausbilder. Ein feiner Kerl, hat mir viel beigebracht, auch, dass man nicht so von oben herab mit den Kollegen umgehen soll.«

Liesa wunderte sich. »Ich habe gehört, der hätte sich wie ein Teufel benommen.«

Adamczyk guckte sie von der Seite an. »Wer hat das denn gesagt?«

Liesa wusste nicht, ob sie mit der Information herausrücken sollte. Aber was sprach eigentlich dagegen? »Drießen, Manni Drießen. Kennst du den vielleicht auch?«

Adamczyk zögerte. Einen Augenblick zu lang. »Was ist denn mit dem?«, wollte er dann wissen.

Etwas an ihm veränderte sich.

Adamczyk kurvte um das Schachtgebäude herum, hielt hinter einem flachen Gebäude aus Backsteinen an und blickte sich um. »Wir können ja mal dichter ranfahren. Dann kannst du den Schacht ganz aus der Nähe sehen.« Er wartete keine Antwort ab und startete den Motor. Seine Augen waren jetzt nicht mehr strahlend blau. Dunkel, dachte Liesa. Schwarz vielleicht. Er ließ den Transporter vorwärtsrollen und starrte beim Fahren nur auf das Schachtloch.

»Für die Ewigkeit.« Seine Stimme wurde tiefer, als sei er in Gedanken versunken, in einer anderen Welt.

Liesa sah sein Gesicht nicht mehr.

»Für immer begraben. Einbetoniert.«

Der Mann wurde ihr unheimlich.

»40.000 Tonnen Beton. Deckel drauf.«

Was war mit ihm los? Eine Erinnerung blitzte auf. Da

war die Sache mit der Telefonnummer, die sie schon einmal skeptisch gemacht hatte. Irgendetwas hatte sie aufmerken lassen. Sie war über etwas gestolpert, es hatte mit Jürgen Adamczyk und einer Telefonnummer zu tun. Aber es wollte ihr verdammt noch mal nicht in den Sinn, was daran falsch war. Mit ihm stimmt etwas nicht, dachte Liesa alarmiert. Ich sollte zusehen, dass ich hier wegkomme.

Sie fuhren direkt auf das Förderband und die Schachtanlage zu und hielten dort. Über ihnen ragte das Fördergerüst auf, darunter lag der tiefe Schacht.

»Wenn man jemanden verschwinden lassen will, dann hier. Das wird niemandem auffallen.« Mit rauer Stimme fügte Adamczyk hinzu: »Man würde dich hier niemals finden.«

Er stoppte das Fahrzeug. »Wir sind sowieso bald alle weg vom Fenster«, meinte er und zog die Handbremse mit einem langen Geräusch. »Irgendwann ist für jeden Schluss. Feierabend.« Er bedeutete Liesa, auszusteigen, und stieg auch selbst aus. Unterhalb der Silos war ein Fundament betoniert worden, auf dem das Förderband stand. Es ratterte ununterbrochen. Durch einen Trichter fiel gelbliches Material, fuhr auf dem Band bis in eine Baracke hinein. Liesa sah niemanden, der hier arbeitete. »Los, komm«, sagte Adamczyk beim Betreten der Baracke unter dem Fördergerüst. »Wir können ganz nah rangehen. Das wird deine letzte Chance sein.«

Liesa schluckte. Es war klar, dass es keine Widerrede geben durfte. Staubiger Sandbetongeruch lag in der kühlen Nachtluft. Irgendwo heulte eine Lüftung. Liesa hatte Angst vor der Tiefe, näherte sich nur zögerlich. Rot-weißes Flatterband an Gittern, die nur lose vor die Öffnung gestellt waren. Spanngurte hielten sie provisorisch an Ort und Stelle. Platten aus

Lochblech auf einem Gerüst, notdürftig mit Gliederketten und Schlössern versehen in Gelb und Orange. »Vorsicht, Sturzgefahr!«, warnte ein Schild und das Piktogramm zeigte dies eindringlich. Ein schreiender Mann hielt einem eine übergroße schwarze Hand entgegen. »Einen Schritt weiter und du bist tot«, sagte es. Auf einem anderen Warnschild war ein Mann an einem Sicherheitsseil angegurtet.

»Ab hier aufpassen.« Liesa konnte seine Stimme nicht deuten. »Es geht nicht mehr so tief runter wie früher, aber ein Sturz in den flüssigen Beton in ein paar Hundert Metern Tiefe ist schon …« Er lachte auf, laut, fast schrill. »Nachhaltig.«

»Was ist das?«, fragte Liesa und zeigte auf eine Apparatur, die über dem Schachtgerüst hing. Sie versuchte, weiter einfach interessiert zu wirken, um ihre Angst zu überspielen.

»Die Sonde kontrolliert, ob Grubengas austritt«, erklärte Adamczyk. »Ein explosives Gas-Luft-Gemisch. Also kein Feuerzeug anmachen«, meinte er und lachte wieder.

Wie kam er darauf?, fragte sich Liesa. Was wusste er? Was hatte er verdammt noch mal vor?

Sie wollte es nicht, aber Adamczyk schob sie langsam vor sich her. Wie weit würde er gehen? Liesa stellte mit Erschrecken etwas fest. Hier gab es kein Schutzgitter mehr. Ihre Angst wuchs. Jetzt bloß keine Panikattacke, dachte sie. Sie würde bis an den Schachtrand gehen können, gehen müssen. Nichts würde sie halten. Würde sie hinunterstürzen? Würde er sie hinunterstoßen?

Sie machte weitere Schritte vorwärts, zögerlich, wie ein Roboter, voller Angst. Das Lochblech schepperte unter ihren Füßen mit jedem Schritt, federte leicht, als würde es sie mechanisch hinzwingen wollen. Würde es nachgeben? Sie blickte in den Schacht. Ungebremst fiel der nasse Beton von dem Förderband in die Tiefe. Bandmotoren liefen, disharmonisch zu den Lüftern. In dem Gerüst aus Eisen, in dem bis vor Kurzem der Förderkorb in die Tiefe gerauscht war, hatte der Betonmatsch die Verstrebungen zu bizarren Skulpturen geformt. Der Förderkorb war längst weg. Nicht abgesichert. Hunderte Meter, dachte Liesa. So tief ist der nasse Beton. Ich würde lange fallen und man würde den Aufprall nicht hören. Lautlos versinken, eingesogen werden, einverleibt. Von der Erde verschluckt, ertrunken im Berg. Kein Mensch würde mich mehr finden.

Hinunterfallen in die Tiefe. Heilige Barbara, wo bist du, wenn man dich braucht? Gottlos, dachte sie. Das hier ist ein gottverlassener Ort. Teufel in Menschengestalt, fiel ihr wieder ein. Vielleicht wartete er da unten im Dunkel, in der Tiefe, wo Männer unter Einsatz ihres Lebens hart gearbeitet und dem Berg Kohle abgetrotzt hatten. Erst aus dem Gestein gehämmert, später geschält. Die Stempel rückten mit einem durchdringenden, pneumatischen Zischgeräusch wie Beine aus Stahl mit einer ungeheuren Kraft vor, den gewaltigen Bergdruck stemmend, um hinter sich den Berg hängen und später einstürzen zu lassen. In dieser Welt der staubigen Dunkelheit, des kohleverschmierten Schweißes, da konnte ihr Ende liegen. Gleichzeitig faszinierte es sie und Liesa wusste das. War das nicht der eigentliche Grund, warum sie sich hierher und in diese Gefahr begeben hatte? Der tiefer liegende Grund? Hatte sie nicht genau das vorgehabt, dem Ganzen hier ein Ende zu setzen? Die bodenlose Tiefe und das Teuflische darin faszinierten sie, das Reißen und Krachen, das Grobe und Endgültige. Hier könnte ich untergehen, dachte sie. Das hier könnte mein Ende sein. Und sie empfand eine Erregung dabei, die zunächst mit Angst vermischt war, dann aber aus dieser hervortrat und für sich stand. In diesem Augenblick war sie ganz bei sich, empfand sich verletzlich und gleichzeitig stark wie nie zuvor. Ich kann in den Berg gehen, mich aufgeben und untergehen. Oder ich stemme mich dagegen, kämpfe und lebe weiter. Ich kann es entscheiden, wusste sie, ich habe es in der Hand. Ich lasse mich nicht lebendig begraben. Leben wollte sie. Und Kontrolle.

Hatte er sie reingelegt? In die Falle gelockt? War es jetzt zu spät für sie? So einfach würde sie nicht aufgeben.

»Okay, wo sind nun die LKW?«, fragte Liesa und drehte sich um. »Sonst …«

Adamczyk legte den Finger auf ihren Mund, sie solle still sein. Dann nickte er in Richtung der Silos. Ein großer dunkler Lastwagen kam herangerollt. Liesa und Adamczyk zogen sich zurück, versteckten sich hinter der Baracke.

29

Liesa lugte an einem Stahlträger vorbei. Der LKW war mit der Rückseite zu ihnen abgestellt worden. Der Fahrer stieg aus, überquerte einen Teil des Platzes, den Liesa überblicken konnte, und verschwand aus ihrem Blickfeld. Sie musste es riskieren. Liesa schlich sich heran, nahm die Kamera und drückte auf den An-Knopf. Das Gerät schaltete sich mit einer Klangfolge ein, die Liesa tausend Tode sterben ließ. Das hätte sie auch vermeiden und die Kamera schon früher einschalten können, ärgerte sie sich. Aber hätte der Akku dann gehalten? Immerhin hatte sie auf dem Parkplatz die Kamera so eingestellt, dass der Blitz ausgeschaltet war. Hoffentlich reichte das Licht für Aufnahmen. Sie fotografierte aus der Distanz, aber sie brauchte Details, das war ihr klar, und musste näher an das Fahrzeug gelangen. Sie schlich sich weiter heran und schoss dabei schnell und spontan Fotos. Jetzt noch stehenbleiben, möglichst ruhig. Aber ihre Hand zitterte, es war dunkel und hatte angefangen zu nieseln. Die Regentropfen verteilten sich wie ein feiner Sprühnebel in den Lichtkegeln der wenigen Strahler. So würde das nichts werden mit dem Fotografieren. Die Fotos wären verschleiert und unscharf. Der Fahrer konnte jeden Augenblick zurückkehren. Ich muss näher ran, befahl Liesa sich. Sie reckte sich hoch zum Laster, der erdverschmiert war und die Spuren hinterlassen haben musste, die sie mit Timo in der Einfahrt entdeckt hatte, schaute sich um. Von dem Fahrer keine Spur. Aber vielleicht saß noch ein Beifahrer drin? Liesa fluchte innerlich, wurde nass und kalt, hielt die Kamera so hoch, wie sie konnte. Regen und Nässe drangen durch ihre offene Jacke. Hoffentlich würde er sie im toten Winkel nicht sehen, aber sie musste es einfach riskieren, schob etwas von der überhängenden Plane zur Seite. Erdbrocken fielen herunter, ein unangenehmer Chemikaliengeruch schlug ihr entgegen. Sie wischte über eine helle Fläche und da war es. Endlich. Ein Firmenname stand da: »SauberEx«. Das war kein ihr bekanntes Bergbauunternehmen. Das musste also die Firma EX sein, die Karin meinte. Volltreffer! Liesa schoss mehrere Fotos in Nahaufnahme, dann welche aus der Hüfte und schließlich ging sie in die Hocke, um vorn den Laster und im Hintergrund wenigstens einen Teil des Förderturms abzulichten, damit auch der Ort dokumentiert wurde. Ihr war klar, dass sie gesehen werden konnte und es auf jede Sekunde ankam. Aber sie musste auch in die Ladefläche hinein fotografieren, sonst könnten sie sich später herausreden, man habe nur harmlosen Sand oder Ähnliches angeliefert. Es war zu dunkel, sie musste es riskieren und den Blitz einschalten. Spätestens jetzt fällt es auf, dachte sie und machte sich lang, gab mit ausgestreckten Armen ihr Bestes, war sich aber nicht sicher, ob sie etwas von der Ladefläche im Bild hatte. Ein Blitz, noch einer. Jetzt in Deckung und Rückzug. Sie rannte los, rutschte aus, fing sich gerade noch einmal und erreichte endlich wieder das Schachtgebäude. Aber wo war Jürgen Adamczyk? Liesa schlich um das Schachtloch herum, von dem Mann fehlte jede Spur. Was hatte er vor? Warum hatte er sie allein gelassen? Würde er Alarm schlagen und sie verraten? Hatte er Komplizen hier, steckte er mit den Verbrechern unter einer Decke? Wollte er sie jetzt loswerden, entsorgen, wo sie die Beweisfotos hatte? Würde er sie von hinten anfallen, überwältigen und mitsamt der Kamera in den Schacht stoßen? Liesa kauerte an der Barackenwand und überlegte fieberhaft, wie sie allein von dem Zechengelände gelangen konnte. Ausgerechnet hier war alles beleuchtet, sie befand sich quasi im angestrahlten Zentrum, vielleicht im Vorhof zur Hölle. Keine Chance, ungesehen von hier wegzukommen. Und wie sollte sie die Zäune überwinden? Plötzlich hörte sie einen leisen Pfiff. Adamczyk war da, der ihr ein Zeichen gab und winkte, sie zum Transporter führte, den er nun neben dem Schachtgebäude mit laufendem Motor abgestellt hatte. Liesa schwang sich in das Fahrzeug, kletterte so unbeholfen hoch, dass sie sich dabei die rechte Schulter zerrte. Schmerzen, verdammt. Das mit der Hand reichte ja nicht. In dem Moment sah sie, dass der LKW-Fahrer zu seinem Fahrzeug ging, Papiere oder Ähnliches sortierend in die Tasche steckte, einstieg und den LKW von ihnen weg hinter die Silos manövrierte.

»Das war knapp«, kommentierte Adamczyk, nachdem er den Fahrersitz eingenommen hatte. »Ich musste den Schichtleiter ablenken und diesen Dämlack von LKW-Fahrer. Ist dir der Geruch aufgefallen? Der hat bestimmt keine Blumenerde angekarrt. Hast du die Fotos?«

Liesa hatte gerade noch damit gerechnet, von dem Mann entsorgt zu werden. Konnte sie ihm dennoch vertrauen? Oder würde er ihr die Kamera abnehmen, wenn sie bejahte? Sie konnte ihn nicht wirklich einschätzen, mit ihm stimmte etwas nicht.

Jürgen Adamczyk tätschelte ihr Knie und sagte: »Bist 'ne kleine Heldin, das wusste ich ja schon.« Dann machte er eine fordernde Geste mit der Hand und setzte ernst hinzu: »Aber jetzt …«

In dem Moment klopfte jemand an Adamczyks Seitenscheibe. Liesa erschrak heftig.

»Verdammt«, fluchte Adamczyk, »was macht der denn hier? Mit dem habe ich nicht gerechnet.«

Neben dem Transporter stand ein weißer PKW, laut Beschriftung die Security.

Adamczyk beugte sich zu Liesa und flüsterte: »Wenn die uns erwischen, sind wir beide dran.«

Liesa hielt den Atem an. Sie hatte da definitiv nichts zu suchen, ihr drohte eine fette Anzeige. Das war Einbruch, zumindest Hausfriedensbruch, man würde sie festhalten und der Polizei übergeben. Vielleicht sogar der Industriespionage verdächtigen. Sie hielt ihre Kamera fest in der Hand, verbarg sie unter der Jacke. Jürgen würde seinen Job verlieren. Und wenn hier etwas Illegales lief, wovon sie jetzt mehr als überzeugt war, konnten die keine Zeugen gebrauchen. Ihr wurde schlecht. Wenn die mit den LKW-Leuten unter einer Decke stecken, dachte Liesa, bekommen wir noch viel größere Probleme. In diesen Schacht wurden gerade so viele Tonnen Beton geschüttet, damit könnte man vermutlich ein zehnstöckiges Hochhaus bauen und den Kölner Dom auffüllen. Darin würde eine mittelgroße Psychologiestudentin Mitte 20 nicht auffallen, ob mit Warnweste oder ohne. Ich muss mir etwas einfallen lassen.

»Ich soll aussteigen«, sagte Adamczyk gepresst, während er nach Papieren und seinem Handy griff. »Pass auf, dass der dich nicht sieht.« Er öffnete die Tür, das Innenlicht ging an. Liesa duckte sich, machte sich klein. Die Tür fiel ins Schloss. Sie hörte, wie die Männer miteinander sprachen, offenbar ein paar Schritte von ihr entfernt. Hoffentlich guckte jetzt keiner rein. Das Innenlicht ging endlich aus. Liesa lauschte gebannt. Ihr Herz klopfte. Dann hörte sie die Stimmen näherkommen. Offenbar gingen beide auf das Fahrzeug zu. Wenn Adamczyk als Nächstes die Tür aufmacht, fuhr es Liesa durch den Kopf, geht das Licht wieder an und der Securitymann sieht mich wie auf einem Präsentierteller. Kann ich mich verstecken? Aus der Seitentür schlüpfen? Keine Chance. Wo kann man das Innenlicht ausschalten? Sie hatte keine Ahnung. Die Stimme des Fremden dröhnte direkt an der Autotür. Liesa zog den viel zu großen Helm tief ins Gesicht und drehte den Kopf weg. Warum haut der Typ nicht ab? Sie hörte, wie sich die Tür öffnete, das Licht erhellte den Fahrzeuginnenraum und seine Insassin. Ihr Herz hämmerte. Der Mann stand da und starrte sie an.

»Ey, watt is' denn mit deinen Kollege los?«, rief der Securitymann.

Adamczyk sagte nichts.

Mist, jetzt fliegen wir auf. Liesa musste etwas tun. »Scheiß Zecken«, fing sie an zu jammern. »Scheiß BVB!«

Der Securitymann lachte. »Ist der besoffen, oder was?«

Adamczyk schaltete erst nicht.

Komm schon, bat Liesa, spiel das Spielchen mit. Dann sagte er endlich: »Den bring ich gleich in die Kaue. Der hat den Arsch voll und jetzt die Kotzerei. Dem seine Frau ist abgehauen. Mit einer Zecke, glaubste datt?«

»Ach du Scheiße.« Der Mann klang angewidert. »Ausgerechnet.«

Vor der offenen Fahrertür tauschten sie Flüche und Worte des Bedauerns aus.

Macht mal schneller, dachte Liesa. Als sie leiernd die Schalker Fanhymne »Blau und Weiß, wie lieb' ich dich« anstimmte, stieg Adamczyk ein, schloss die Tür und das Innenlicht ging nach einer »Blau und Weiß«-Wiederholung endlich aus.

»Gott sei Dank«, ächzte Liesa. »Ich kenne nur die erste Zeile.«

Und während sie im Dunkeln über das Gelände von Prosper V Schacht 10 bretterten, sang sie erleichtert und zum Ausgleich leise vor sich hin: »Borussiaaaa.« In ihrer Vorstellung intonierte ein ganzer Fanblock stimmgewaltig. Torjubel. Führungstreffer für Borussia Dortmund mit gewaltiger Unterstützung des FC Schalke 04. Sie hatte es geschafft. Die Aufnahmen waren gemacht, sie hatte die zweite Halbzeit überstanden.

Oder doch nicht? Waren die Aufnahmen überhaupt etwas geworden, waren sie nützlich? Würde man sie ihr noch abnehmen? Sie war noch nicht vom Zechengelände gekommen, das Spiel nicht vorbei und der Sieg noch nicht sicher. Sie musste die Aufnahmen außer Gefahr bringen.

Jürgen Adamczyk lächelte ein charmantes Jungenlächeln. »Respekt, Kumpeline. Aber jetzt …«

Oh nein, dachte Liesa. Was kommt denn jetzt?

»… machen wir hier Schichtende«, setzte der Mann mit seiner sanften Stimme fort und schaute sie überaus freundlich an.

Liesa nickte erleichtert und absolut einverstanden. Abpfiff.

Er sah, dass Liesa ihre schmerzende Schulter hielt. »Hast du dir wehgetan?« Er berührte sie flüchtig. Aber diesmal war es ihr egal, welche Augenfarbe er hatte, wie weich seine Stimme wieder klang und wohin das führen könnte. Fast egal jedenfalls. Sie tat es mit einem kurzen Lächeln ab. Jaja, ein Bergmann kennt Orte, wo dich niemand finden kann. Das hatte sie am eigenen Leib erfahren dürfen mit Herrn Steiger, Grubenwehr und Eventuell-Ladykiller. Liesa nahm den Helm ab und schälte sich aus der Warnweste, verstaute beides wieder auf dem Armaturenbrett und machte den Zopf auf. Sie wuschelte sich durchs Haar und atmete tief durch. Das war geschafft. Aber was war eigentlich in der Zwischenzeit mit Timo geschehen? Sie hatte doch gesehen, dass er vom Pförtner angesprochen worden war.

Adamczyk passierte die Schrankenanlage ohne weitere Zwischenfälle und ließ Liesa vor der Kantine aussteigen. Nach einem »Glück auf« und einem Augenzwinkern fuhr er an und beschleunigte den weißen Transporter.

Liesa stand wieder vor dem Zechengelände, diesseits der Schranken und somit ziemlich legal. Die Fotos auf ihrer Speicherkarte waren allerdings alles andere als legal. Sie friemelte im wenigen Licht der Funzellaterne vor der ehemaligen Kantine die Kamera auf.

Plötzlich donnerte ein »Glück auf!« direkt neben Liesa. Ihr fiel vor Schreck der Fotoapparat aus der Hand und er zerlegte sich scheppernd auf den Gehwegplatten.

»Kann ich helfen?« Der Pförtner beugte sich mit seinem enormen Bauch über sie.

Liesa stammelte ein »Glück auf, nee, geht schon« und klaubte die Einzelteile der Kamera auf.

»Kaputt«, kommentierte der Mann trocken. »Komm mal mit«, wies er Liesa an. »Da wartet schon einer auf dich. Ich hab da einen in meiner Bude sitzen.«

Liesa folgte dem Pförtner widerwillig. Sie sah durch das Fenster, dass Timo bereits im Pförtnerhäuschen saß, ihren Rucksack auf dem Schoß. Liesa seufzte. Ach du je, die haben den einkassiert. Vermutlich wird er festgehalten und die Polizei ist schon auf dem Weg. Hausfriedensbruch mindestens, vielleicht der Verdacht auf Industriespionage und so weiter. Und den Jürgen Adamczyk hatten sie da mit reingezogen, der würde seinen Job verlieren. Noch schlimmer: Der Pförtner steckt mit den Müllmafiosi unter einer Decke und hat die effektiven Herrn, Schläger und Knochenbrecher, Müllbeseitiger, Um-die-Ecke-Bringer und Entsorger schon gerufen. Ach du Scheiße, dann wird es doch noch richtig ungemütlich. Liesa hielt den Speicherchip in der Hand und ließ ihn verschwinden. Agentin Null-Komma-Nix in geheimer Mission, im Dienste ihrer Majestät, enttarnt, aufgeflogen, im übertragenen Sinne verbrannt.

Der Pförtner schwang sich in seinen Bürostuhl hinter dem Schreibtisch, neben dem ein Mülleimer stand.

Timo saß ihm gegenüber.

Liesa stellte sich neben ihn und blickte ihn schuldbewusst an. »Tut mir leid«, meinte sie kleinmütig und ärgerte sich über ihr Versagen.

Timo schaute sie verständnislos an.

Der Pförtner sah zuerst zu Timo und dann zu ihr. »Watt denn, war datt seine?«

Jetzt war auch Liesa verwirrt. Seine was? Wessen? Ob es seine, Timos Idee war, hier einzubrechen? Sie schüttelte den Kopf. »Nein, meine.«

»Na dann«, brummte der Pförtner. »Aber et gibt ja noch andere.«

Scheiße, ja, dachte Liesa. Es gibt Helfer, das weiß er. Jetzt sollen wir unseren Komplizen verraten. Ja, Jürgen Adamczyk hat uns geholfen. Aber ich verrate ihn nicht, komme, was wolle. Sie sah sich in einem Kerker, gefoltert, geknechtet. Sie würde den Widerstandskämpfer nicht verraten, keinen von ihnen, und wenn sie ihr Leben dafür lassen müsste. Liesa schaute den Pförtner entschlossen grimmig an.

»Is' ja nich' so schlimm«, meinte dieser. »Gibt ja noch andere zu kaufen.«

Liesa kam nicht mehr mit. War der Mann irre? Ach, der wollte geschmiert werden? Sie war jetzt so wütend, dass es aus ihr herausbrach: »Nichts da, kein Geld! Dafür muss jemand bezahlen, das verspreche ich Ihnen!« Liesa warf die Reste der Kamera krachend in den Mülleimer.

Timo drehte sich zu Liesa um und machte ein ungläubiges Gesicht.

»Was denn?«, moserte Liesa.

Der Pförtner lachte brummend, wobei sich sein Bauch hob und senkte. »Nich' sauer sein, wegen dem Fotoapparat, Kleine. Kann man ja ersetzen.« Und an Timo gerichtet:

»Meine Michaela ist auch so. Geht immer gleich in die Luft, wenn watt nich' gleich funzt.«

Liesa dämmerte es langsam. Ganz langsam. Millimeterweise.

»Das ist übrigens Onkel Olaf«, bemerkte Timo und lächelte harmlos. »Also kein richtiger Onkel. Mein Patenonkel.«

»Aha.« Liesa spürte die Reste der Kamera noch in ihrer Hand. Sozusagen einen Abdruck, vielleicht auch nur die Aura des dort gewesenen Gerätes.

»Er war früher auf Auguste Viktoria. Ich wusste gar nicht, dass er jetzt hier arbeitet.«

Onkel Olaf nickte.

Liesa nickte auch, gequält grinsend, und spürte, dass ihr Gesicht heiß wurde. Prima, dass Herr Goretzka jemanden kennt. Diese Art von Familientreffen wäre ihr woanders und unter anderen Umständen wesentlich lieber gewesen. Dann hätte sie sich hier nicht zum rotgesichtigen Affen gemacht.

»Dann wollen wir mal«, bewegte Liesa Timo zum Gehen.

Timo wirkte unschlüssig. »Jetzt schon? Onkel Olaf hat gerade angefangen zu erzählen …«

»Jetzt!«, zischte Liesa und fühlte sich wie ein rotgesichtiger Affe, der es plötzlich sehr eilig hatte.

»Und die Kame–?«

Liesa griff ihren Rucksack und zog Timo förmlich aus dem Stuhl.

»Mach mal, watt deine Schickse sacht«, sagte der Onkel-Olaf-Pförtner und kniff wohlwollend die Augen zusammen. »Wenn deine Freundin datt sacht, dann machste datt. Is' besser so. Und grüß zu Hause schön, Timo.«

30

»Pack aus«, forderte Liesa Timo noch im Auto auf dem verlassenen ehemaligen Mitarbeiterparkplatz auf. »Also dein Notebook. Wir haben neue Informationen.«

»Schön«, meinte Timo und kramte seine Tasche und aus dieser das Notebook hervor.

Liesa hatte mehr Begeisterung erwartet. »Ja, schön. Und schick, sagt deine Schickse, um nicht zu sagen sauber.«

Timo schaute sie misstrauisch an.

»Mach, was ich dir sage, wie dein verloren geglaubter Onkel zu sagen wusste … Ist besser so. Aber was noch besser ist …«

Das Geräusch des hochfahrenden Rechners war zu hören. »Aber warum hast du die Kamera dagelassen?« Timo wirkte angesäuert. »Ohne Beweise war doch alles umsonst.«

»Die war nur noch Schrott.«

Timo seufzte.

Liesa schaute ihn aufgeregt an. »Ich weiß jetzt, welche Firma die Verladungen durchführt. SauberEx heißt das saubere Unternehmen.«

Timo nickte anerkennend und tippte gleich etwas in den Rechner.

»Und was noch besser ist«, setzte Liesa fort, bückte sich herunter und fummelte im dunklen Fußraum an etwas herum. »Ich habe das hier!« Sie hielt ihren Schuh in der Hand, zog die Speicherkarte heraus und präsentierte sie dem erstaunten Timo. »Darauf ist das alles schön dokumentiert.«

»Sauber«, meinte Timo und grinste von einem Ohr zum anderen. »Dann wollen wir mal nachsehen, um welche

Saubermänner es sich dabei handelt.« Er schaute auf den Bildschirm. »Okay«, setzte Timo an. »Ich habe hier einen Firmeneintrag, SauberEx, ansässig in Gelsenkirchen-Buer. Ein Entsorgungsunternehmen, das auf Altlasten und die Entsorgung von Schadstoffen spezialisiert ist, darunter Industrieböden.«

»Holla«, meinte Liesa. »Das passt ja.«

»Dann finden sich mehrere Zeitungsartikel. Offenbar ist das Unternehmen schon einmal in Verdacht geraten, die Vorgaben der Bezirksregierung nicht einzuhalten.«

Liesa sog die Luft ein. »Unsauber. Und zwar bezogen auf was?«

»SauberEx sollte ursprünglich für die Sanierung einer Industriebrache engagiert werden, ein riesiges ehemaliges Zechenareal und Hafengelände zwischen Emscher und Rhein-Herne-Kanal im Bottroper Süden und nördlichen Essen. Bodenabtragung, und zwar mit welchem Umweltproblemchen …?«

»Lass mich raten«, unterbrach Liesa ihn. »Da ist PCB in der Erde?« Das würde den chemischen Geruch erklären, dachte sie und jubelte innerlich auf.

»Bingo. Unter anderem. Aber als öffentlich bekannt wurde, dass man dieses Unternehmen beauftragt hatte, kam Kritik auf und man nahm offiziell Abstand davon.«

»Offiziell«, sagte Liesa und dachte an Jürgen Adamczyk, der offenbar recht damit hatte, sich über die nächtlichen heimlichen Machenschaften auf dem Pütt zu ärgern. »Das ist ja der Hammer. Die transportieren also PCB-verseuchte Erde nach Grafenwald und kippen sie tonnenweise in den Zechenschacht. Dann kommt eine Lage Beton drüber, vielleicht auch mehrere Schichten oder ein prima Gemisch, und keiner sieht mehr was davon bis in alle Ewigkeit.«

Timo nickte. »Das Zeug wird heimlich nachts verklappt, anstatt für die teure Spezialentsorgung zu zahlen. Der eine oder andere wird geschmiert sein, aber das ist immer noch eine geniale Geschäftsidee.«

»Eine teuflische«, mahnte Liesa ernst. »Gleichzeitig wirklich klug, denn sollte jemals etwas von dem PCB im Wasser, im Schacht oder irgendwo in der Nähe gemessen werden, dann …«

»… geht man davon aus, dass die erhöhten PCB-Werte sich durch die Restöl-Verseuchung unter Tage erklären lassen.«

Der Teufel scheißt immer auf den größten Haufen, dachte Liesa. Es würde nicht auffallen. Wie verdammt clever.

Timo schaute sie an und hob die Augenbrauen. »Das Beste kommt aber noch.«

Liesa versuchte, auf den Bildschirm zu gucken.

»Du glaubst es nicht. Die Firma SauberEx ist auf einen Herrn eingetragen, der uns bestens bekannt ist.«

Liesa horchte auf. »Auf wen?«

»Manfred Drießen.«

»Unser Drießen? Manni, der Sprockmann-Buddy?« Sie schnaubte. »Der hat eine Firma in Gelsenkirchen? Zufällige Namensgleichheit?«

Timo tippte etwas in sein Notebook. »Nein, die Adresse des Geschäftsführers ist angegeben und stimmt mit der überein, die ich von Drießen gefunden habe. Es handelt sich tatsächlich um unseren Manni. Es ist ein und derselbe Mann. Manni.«

»Hammer! Der hat eine Firma, die für ihn Entsorgungstouren fährt?« Liesa konnte das kaum glauben. »Unser Manni, der als Handlanger für Sprockmann gearbeitet hat, seinen Wagen getankt und das Haus gehütet, der soll Firmenchef, der CEO eines Unternehmens sein?«

»Eingetragen ist er schon seit 2011.«

»Da stimmt doch was nicht.« Liesa überlegte. »Offenbar hat Manni Drießen das eine oder andere kleine Geheimnis. Übrigens habe ich Jürgen nach Bosshardt gefragt und er kennt ihn persönlich.«

»Jürgen«, äffte Timo Liesa nach und rollte mit den Augen.

Liesa beschloss, ihn zu ignorieren. »Manni Drießen hat Uwe Bosshardt als Bösewicht und Schinder beschrieben, Jürgen hingegen …« Liesa betonte den Namen und grinste Timo an, »… fand, er war ein prima Vorgesetzter und Menschenfreund. Die Unterschiede sind doch zu extrem, um nur auf persönlicher Einschätzung zu beruhen.«

»Engelchen und Teufelchen«, bemerkte Timo. »Da will uns doch jemand verar…, also zum Besten halten. Aber wie hängt das alles zusammen?«

»Sortieren wir uns bei mir zu Hause«, schlug Liesa vor. Sie hatte nun einige Spuren, die offenbar zu Manfred Drießen führten und ein Motiv für den Mord an Felix Sprockmann liefern konnten. Manni, Manni, Manni, dachte sie. Dir werden wir doch noch mal auf den Zahn fühlen und womöglich das Fell über die Ohren ziehen.

»Da kommt jemand«, bemerkte Timo. Scheinwerfer näherten sich. Ein Fahrzeug rollte auf sie zu. »Lass uns mal lieber verschwinden.«

Auf dem Weg nach Hause erzählte Liesa von ihrem Zechenabenteuer. Dass sie Adamczyk attraktiv fand und er ihr nicht aus dem Kopf ging, verschwieg sie allerdings.

»Du hast direkt am Schacht gestanden?«, fragt Timo. »Ohne Förderkorb und Absicherung? Ich glaube, ich hätte mir ins Hemd gemacht.«

»Ehrlicherweise hatte ich Angst«, gab Liesa zu.

»Hat dich eine Attacke erwischt?«

Liesa zuckte zusammen, dachte kurz an Jürgen Adamczyk.

»Ich meine eine Panikattacke.«

Liesa war selbst erstaunt, als sie erklärte, dass sie die Panikattacken zuletzt beim Autofahren hatte, seltsamerweise nicht in der realen Gefahrensituation.

»Verrückt.«

Liesa sah ihn an.

»So meinte ich das nicht, also nicht, dass jemand verrückt wäre, schon gar nicht du. Eher wie seltsam.«

Liesa nickte. Das war wirklich seltsam und sie verstand es noch nicht. Konnte es sein, dass sich ihre Panikattacken mit der Zeit reduziert und auf etwas Bestimmtes konzentriert hatten? Was könnte ihr das sagen? Liesa kramte in ihrem Fachwissen, das sie in den letzten Psychologie-Semestern erworben hatte. Gab es so einen Verlauf? War es am Ende doch so etwas wie eine Phobie, die sich als Angstreaktion auf bestimmte Auslösereize, Schlüsselreize beschränkte? Aber wer entwickelte denn eine Autofahrphobie? Gab es so etwas überhaupt? Das kam ihr unplausibel vor, schließlich hatte ihr traumatisches Erlebnis nicht in einem Auto stattgefunden. Ein Überfall, ein medizinischer Notfall, das Gefühl von Kontrollverlust, okay, so etwas könnte eine Angstproblematik auslösen und die Situation im Auto zum Trigger werden lassen. Liesa nahm sich vor, zu Hause Fachliteratur zu wälzen. Sie dachte darüber nach und dann an den Fall.

Die nächtliche Fahrt über die leere Landstraße und durch die schlafende Stadt war eintönig. Timo schien ebenfalls seinen Gedanken nachzuhängen und die warme Heizungsluft in dem Fahrzeug tat ihr Übriges. Schließlich konnte Liesa ein Gähnen nicht mehr unterdrücken.

*

Als er ihr sein verbranntes Gesicht entgegenhielt, schreckte Liesa auf. Ein Handy klingelte und der Mann sprach. *Ja, die Entsorgung kann ich gern übernehmen. Ich bin der Chef und verdammt wütend.* Er grinste ekelig, schwang seinen Baseballschläger über ihrem Kopf und lachte. Dann hielt er sich die Waffe an sein Ohr und tat, als telefonierte er damit. *Ganz offiziell*, griente er, *wir haben einen Termin, Kumpeline.* Er machte eine riesige Kaugummiblase, der Liesa zurückwich. Doch hinter ihr tat sich der Schacht auf. Sie stand am Schachtrand, nur wenige Zentimeter von der todbringenden Tiefe entfernt. Die Blase wurde immer größer und drohte, Liesa in den Abgrund zu drängen. *Na, hast du keine Angst?*, schmatzte der Mann, und seine Augen glühten blau und tödlich. Voller Angst und Ekel stand Liesa am Abgrund des Schachtes, der jetzt ein offenes Grab war. Am Rand war Graberde aufgehäuft, grüner Kunststoffrasen war ausgelegt. *Die Erde macht Krebs*, lachte jemand irre, *Kräbbs!* Liesa roch die chemische Ausdünstung, die sie an den Erdresten des Lasters auf dem Zechengelände wahrgenommen hatte. Es wurde zu dem Geruch von Desinfektionsmittel und sie wusste, dass ihre Mutter gestorben war. Ein Schmerz durchdrang sie. Dann fand sie sich selbst in dem Krankenhausbett, auf der Intensivstation. Das Laken war fest um sie geschlungen. Sie konnte sich nicht bewegen. Schläuche schauten noch heraus, die Geräte waren ausgeschaltet. Das bin ich nicht, dachte Liesa. Das kann ich nicht sein. Das kann doch alles nicht sein, das stimmt doch nicht! Ich bin nicht tot!

Liesa wachte auf. Ihr Herz wummerte und sie war verwirrter als je zuvor.

31

Als Liesa ihre Wohnung betrat, fühlte sie sich ausgelaugt und leer. Timo warf einen Blick aus dem Fenster, erst vorn zur Straße hin, dann hinten heraus zum Garagenhof. »Das ist doch dein Wagen, der da noch steht.«

Liesa schaute herunter, bejahte und fand es auch gut so. Sie erinnerte sich an den mysteriösen Mann, der dort herumgeschlichen war.

»Vielleicht ist er in der Garage besser aufgehoben? Ich kann das übernehmen, wenn du möchtest.«

»Heute nicht mehr, das kann ich morgen machen.« Sie unterdrückte ein Gähnen und sah auf die Uhr. Es war schon nach Mitternacht. »Also gleich. Wie wäre es mit einem Kaffee?«

Liesa machte sich in der Küche zu schaffen, bereitete eine

Kleinigkeit zu Essen zu und nach dieser Stärkung konferierten die beiden über die jüngsten Entdeckungen.

»Ich habe in der Zwischenzeit noch mal die Firma SauberEx und den Zusammenhang zu Manni Drießen gecheckt«, sagte Timo. »Laut einer weiteren Quelle stimmt alles. Der Typ ist als Geschäftsführer dieses Unternehmens eingetragen, das auch ordentliche Umsätze zu verzeichnen hat. Allerdings muss man schon richtig graben, um auf die Informationen zu stoßen.«

»Das hätte ich ihm nie zugetraut. Wir haben die PCB-Verladungen und die Spur führt zu Drießen. Aber wie hängt das alles zusammen?« Liesa überlegte laut. »Da ist also der Ex-Bergmann und Sprockmann-Gehilfe Manni Drießen. Er ist, man glaubt es nicht, Geschäftsführer einer Firma, die Altlasten entsorgt. Sein Kumpel und vermeintlicher Brötchengeber Felix Sprockmann ist Versicherungsfuzzi, Immobilienverwalter und hat eine Consultingfirma.« Liesa kniff die Augen zusammen. »Er war Berater für – ja, für wen oder was? Da liefen doch die Südosteuropäer auf und offenbar wurden Geschäfte getätigt, von denen die Angestellte in Sprockmanns Büro nichts wissen sollte.«

»Jepp, da ist wohl ein Zusammenhang.«

»Hingen Sprockmann und sein Buddy Drießen da gemeinsam drin?«

Timo guckte skeptisch. »Und was ist mit Sprockmanns Rolle als ökologisch einwandfreier Bergbaugegner?«

»Vielleicht ist ja Drießen mit seiner sauberen Firma SauberEx der illegale Giftentsorger …«

»Ganz sicher sogar. Alles spricht dafür.«

»… und Sprockmann«, fuhr Liesa fort, »der edle Umweltretter, ist ihm auf die Schliche gekommen. Sprockmann-Öko hat das natürlich missbilligt. Er kommt also hinter Drießens illegale Giftmüllentsorgung und verlangt von ihm, dass er sich dazu bekennt und seine Machenschaften unterlässt. Dazu hatte Drießen natürlich keine Lust, denn es ist sicher eine ganze Menge daran zu verdienen. Außerdem winkte der Knast, sollte einer seiner Partner oder Geschmierten das Beenden des Unternehmens unschön finden und ihn unter Druck setzen oder gleich verpfeifen. Somit war Sprockmann mundtot zu machen und am besten gänzlich zu beseitigen, damit das Geschäft weiterlaufen konnte.«

Timo nickte. »Drießen ist ein Unsaubermann und Sprockmann war ihm im Weg.«

»Das klingt doch nach einem Motiv.« Liesa war zufrieden.

»Aber ist Drießen der Zechenkiller? Hat er seinen Buddy-Chef selbst als Nestbeschmutzer beschimpft und bedroht?«

»Möglich.«

»Er passt auch ins Muster des wütenden Ex-Bergmanns. Sprache, Alter, Umfeld.« Es war plausibel, alle Puzzlesteine passten, aber Liesa kam das zu einfach vor. Bosshardt hatte die erste E-Mail geschrieben, Drießen die weiteren und verheerenderen, somit war er der Zechenkiller. »Drießen hütet Sprockmanns Haus«, sagte sie. »Er nistet sich förmlich ein. Das kam mir von Anfang an seltsam vor.«

Timo hob die Augenbrauen. »Ja, und da war doch die Sache mit dem Rechner, der angeblich nicht lief. Ich habe aber den Lüfter gehört.«

»Was hat er da wohl gemacht?«, überlegte Liesa.

Timo grinste. »Spuren verwischt. Er wollte die E-Mails löschen, damit man sie nicht zurückverfolgen konnte. Hat man eigentlich Sprockmanns Handy gefunden?«

Liesa runzelte die Stirn. »Soweit ich weiß, hat niemand danach gesucht. Entweder ist es beim Brand zerstört worden oder …«

»… oder Drießen hat es an sich genommen und auch da

alles gelöscht oder das Ding gleich irgendwo versenkt. In der Emscher zum Beispiel.« Jetzt wirkte auch Timo zufrieden.

Spuren verwischen, dachte Liesa. Das passte ebenfalls. »Die Sache mit Uwe Bosshardt kommt noch dazu«, sagte sie, »dem Drießen den Mord an Sprockmann angeblich zugetraut hat. Dieser Mistkerl hat uns auf die falsche Spur geführt. Von wegen Teufel in Menschengestalt und dem sei ein Mordanschlag zuzutrauen.« Jetzt war sie völlig überzeugt. Und es fügten sich auch andere Spuren zu einem Ganzen zusammen. »Dann hat er einen Fehler gemacht«, erklärte Liesa ernst. »Er hat mich persönlich angeschrieben. Und mich angegriffen.« Der Zechenkiller wollte sie umbringen. Er musste es, um auch diese Spuren zu verwischen. Aber nicht nur Drießen war ihr gegenüber unehrlich gewesen. Sie seufzte. Manches hätte sie in diesem Moment lieber nicht verstanden. Sie musste einige Kontakte nutzen, allein würde sie es nicht schaffen.

»Wie sieht es denn mit deinem Hackerkontakt aus? Wird er uns etwas über die IP-Nummer ausspucken können?« Wenigstens über ihre Zechenkiller-Mail, so hoffte Liesa, konnte anhand des Headers die Adresse und damit der ungefähre Standort des Absenders ermittelt werden.

»Da sieht es düster aus.« Timo schaute passenderweise düster. »Ich habe eine Nachricht bekommen, als du auf Fotosafari warst. Das wird so schnell nichts, er hat Probleme.«

»Technische?«

»Nein, eher gesetzliche.«

Na toll, dachte Liesa. Noch eine Sackgasse. Wenigstens hat Timo »er« gesagt. Sie schmunzelte in sich hinein.

Aber die Enttäuschung überwog. Jetzt hatte sie schon

weitere Informationen gesammelt und kam doch keinen Millimeter voran. Sie würde den Mord an Sprockmann beweisen müssen. Sie musste aktiv werden und dabei alles riskieren. Timo würde nichts von ihren Plänen erfahren, vorerst zumindest. *Beklagt den wacker'n Bergmann nicht*, kam ihr in den Sinn, *dass er das Licht nicht schaut. Die Tiefe ist sein Heimatland, die Erd' ist seine Braut. Er schlägt ihr manche Wunden zwar, durchbohrt ihr oft das Herz.* Es würde ihr alles abverlangen, dessen war sie sich bewusst. Und es würde richtig wehtun.

Es war noch nicht alles geklärt. Liesa konzentrierte sich auf den Zechenkiller. Sie musste ihm so nah kommen, wie es nur ging. Sie musste in seinen Kopf gelangen. Ich bin ein Psycho, dachte sie, und das ist auch gut so. Mit meinen Psychomethoden kriege ich dich. Weil ich so bin, wie ich bin, kriege ich dich, du Scheißkerl. Ich steige dir in dein gottverdammtes Hirn. Du hast Felix Sprockmann umgebracht, weil er dir im Weg war, aber wie hast du das gemacht? Du fühlst dich sehr schlau, das weiß ich. Man unterschätzt dich, hat dich immer unterschätzt. Und das muss man dir lassen, die Aktion habe ich immer noch nicht durchschaut. Jetzt bin ich dir schon so nah auf die Pelle gerückt, dass du mich loswerden willst. Immerhin konnte ich dir einen Denkzettel verpassen. Ihr fiel ein, wie sie das Treibgas aus der Deo-Spraydose mit dem Feuerzeug entzündet hatte. Gas entzünden. Explosion. Ein heftiger Brand. Liesa kam eine zündende Idee. Ah, ich glaube, ich weiß jetzt, wie du es gemacht hast.

Liesa führte eine kurze Internetrecherche durch. Tatsächlich, das war technisch möglich. So hast du es gemacht! Mein Denkfehler war, dass ich dachte, du hättest zum Auslösen im Fahrzeug sitzen müssen. Nein, das musstest du nicht.

Du verdammt schlaues und gleichzeitig verdammt einfältiges Arschloch. Jetzt muss ich dich nur noch schnappen und in die Falle locken, du Zechenkiller. Mal sehen, wer hier wen killt. Ja, es würde lebensgefährlich werden. Es ging um Leben und Tod.

*

Niemand sah ihn, weil niemand ihn sehen durfte. Seine Macht war überwältigend, sein Vorhaben ungeheuerlich. Er musste die Kleine loswerden, abfackeln, zu Asche werden lassen. Ewig, dachte er. Er würde seine Feuer entzünden und die Kleine in den Genuss kommen, die Ehre erhalten, unsterblich und ewig zu werden. Zu Asche, dachte er. Sie wird zu Asche. Er spürte das Kribbeln in jeder Faser seines Körpers. Sein Feuer würde ihren Leib bedecken, über sie kommen, sie verzehren. Jetzt hab ich dich, dummes Weib. Diesmal entkommst du mir nicht. Ich krieg dich in die Finger und meine tausend Feuer werden dich verbrennen.

32

Nach einer nahezu schlaflosen Nacht blickte Liesa Timo, der auf dem Sofa eingeschlafen war und gerade aufwachte, liebevoll an.

»Es geht los«, sagte sie und lächelte fast entschuldigend.

»Was geht?« Timo rieb sich die Augen.

»Der Zechenkiller wird versuchen, mich umzubringen, spätestens heute Mittag.«

»Wie kannst du dir so sicher sein?«

»Ich habe ihm geschrieben.«

Timo riss die Augen auf. »Was hast du?«

»Und telefoniert.«

»Bist du irre?«

Das fragte sich Liesa auch einen Moment lang und strich über Timos strubbeliges Haar. Es würde gefährlich werden. Brandgefährlich. Aber es war ihre einzige Chance, den Täter zu überführen. Sie musste es endlich hinter sich bringen.

Liesa warf einen Blick auf ihr Smartphone. Er hatte angebissen, das wusste sie. Das Ultimatum würde in einer Stunde auslaufen. Er wird es schon getan haben, im Schutz der Dunkelheit. Sie konnte ihre Neugier kaum zügeln. Aber bevor es so weit war, musste sie ihre Verbündeten informieren. An diesem Freitagmorgen klingelten einige Telefone in Bottrop und niemand verwehrte sich. Das Netz war gesponnen, der Köder ausgelegt. Liesa fühlte sich verdammt gut und sicher. Zu sicher?

Als sie ihren Autoschlüssel nahm, kannte Timo den Plan in groben Zügen. »Ich bin gleich wieder da«, sagte Liesa im Hinausgehen und verließ das Haus durch den Kellerausgang, um ungesehen auf den Garagenhof zu gelangen. Bevor es losging, wollte sie ihr Auto checken. Sie hielt sich draußen zunächst im Kellertreppenabgang verborgen und schaute sich konspirativ um. Die Luft war rein, also los. Liesa steuerte auf ihren Wagen zu, der wie in der gestrigen Nacht allein vor den Garagen stand. Sie bemerkte keinen Unterschied, vermutete aber eine Veränderung. Etwas, was gestern Abend noch nicht darin gewesen war und auch nicht zur serienmäßigen Ausstattung gehörte. Was eine spezielle Wirkung haben sollte, eine tödliche, mörderische. Liesa öffnete die Fahrertür, schwang sich auf den Sitz und beugte sich herunter. Ihr Herz klopfte. Sie musste es suchen und danach fühlen. Da war es. Unter dem Armaturenbrett hing eine Apparatur, etwas war dort befestigt worden. Liesa jubelte innerlich und setzte sich aufrecht.

»Na, gefällt dir das?« Die Stimme kam vom Rücksitz. Liesa erschrak zutiefst. Ihr blieb fast das Herz stehen. Sie schaute in den Rückspiegel. Das verbrannte Gesicht von Manni Drießen starrte sie an. Liesa brach fast zusammen. Damit hatte sie nicht gerechnet. Der Plan war anders.

»Ich dachte, wir können unser Treffen vorverlegen«, meinte Drießen grinsend und starrte sie weiter an. »Oder passt es gerade nicht? Wichtige Schnüffleraufgaben zu erledigen?«

Liesa starrte weiter in den Rückspiegel.

»Das hat sich jetzt sowieso erledigt.« Das Grinsen war aus seinem Gesicht gewichen. Liesa sah in eine Fratze, purer Hass. Er hielt etwas in der Hand. Eine Waffe? Er könnte sie von hinten erstechen. Sie könnte zu fliehen versuchen, aber wäre sie schnell genug? Würde sie es schaffen, in Sicherheit zu sein, bevor er über sie herfiel und sie erstach oder erdrosselte? Sie wägte ihre Chancen ab und blieb sitzen. Sie hatte keine Wahl. Das würde sie nicht überleben.

»Fahr los«, befahl Drießen.

Liesa blieb nichts anderes übrig, als die Tür zu schließen und den Wagen zu starten. Sie ließ sich dabei viel Zeit, rollte ganz langsam rückwärts, gab noch einmal Gas, um wahrgenommen zu werden. Aber niemand war zu sehen und die Wahrscheinlichkeit war gering, dass jemand mitkriegen würde, in welcher Notsituation sie sich gerade befand. Als sie in der Garageneinfahrt stand, musste sie sich entscheiden, in welche Richtung sie auf den Ostring einbiegen wollte. »Wohin?«, brachte sie hervor.

»Auf die Autobahn, Engelchen.«

Liesa zitterte. Es schoss ihr in den Kopf, jetzt wusste sie, was in seiner Hand lag. Er wollte sie töten, wie er Sprockmann getötet hatte. Sie musste jetzt verdammt gut nachdenken und ihr Leben retten. Es gab mehrere Autobahnen und verschiedene Wege dorthin. Also würde ein Umweg hoffentlich nicht auffallen. Sie bog rechts ab und gleich noch einmal, ließ dann lange Zeit den Rechtsverkehr durch, länger als eigentlich nötig, und lugte herüber zu den Zechenhäusern. Die Chance war entsetzlich gering, aber sie musste sie ergreifen. Etwas anderes ging jetzt nicht. Ich muss auch mit ihm reden, kam ihr in den Sinn. Mit einem Entführer muss man reden, um eine Beziehung aufzubauen, um ihn in Sicherheit zu wiegen und ihn schließlich manipulieren zu können. Ihr fiel nichts ein, der Mund war trocken, sie hüstelte. Dann steuerte sie auf die Baustelle auf der Horster Straße zu. Die Baustellenampel zwang sie zum Anhalten. Sie spekulierte darauf, dass sie Zeit schinden konnte. Drießen wurde ungeduldig und wütend. Dann fing er an zu reden.

»Dachtest du wirklich, ich falle auf diesen Quatsch rein?«

Liesas Puls raste.

Drießen lachte. Er steckte sich ein Kaugummi in den Mund, kaute, schmatzte und offenbarte: »Der hat mich auch unterschätzt, der gute Felix. Das ist ihm nicht gut bekommen, wie du ja weißt.« Er lachte dreckig und Liesa erkannte, dass er nicht bei sich war.

»Ich musste Felix Sprockmann entsorgen, meinen fleißigen Kumpel. Aber das hat er verdient. Sprockmann hat gekriegt, was er verdient hat. Kohle.« Er griente. »Er ist Kohle geworden.« Jetzt lachte er laut und verschluckte sich fast an seinem Kaugummi. »Diesmal hab ich die Kohle gemacht.« Er klang hysterisch. Dann wurde er ganz ernst. »Eigentlich geht es immer nur um Kohle.«

Der Typ ist durchgeknallt. Und wenn der mir gerade so schön einen Mord gesteht, dann ist klar, dass er mich umbringen will. Liesa spürte, wie ihr der kalte Schweiß ausbrach. Die Ampel sprang auf Gelb, dann auf Grün. Mehrere Fahrzeuge passierten in der Reihe vor ihr die Baustelle. Liesa ließ den Wagen langsam anrollen und stoppte dann vor der Ampel, als sie gerade erst wieder Gelb anzeigte.

»Boah, Mädel, mach gleich aber mal hinne. Sonst …«

Was sonst? Sie schaute in den Rückspiegel.

»Weißt du eigentlich, was für ein Schwein der Sprockmann war?« Drießen hatte Redebedarf. »Das war alles seine Idee. Sondermüll in verseuchte Zeche – clever, was? Der Teufel scheißt immer auf den größten Haufen, hat er gesagt. Wo schon Scheiße liegt, fällt noch ein Haufen nicht auf.« Er lachte wieder. »Nur hat der mich beschissen, der Sauhund. Hat mich um Geld betrogen, selbst Kohle damit gemacht, und als ich ihm sagte, ich weiß, was da läuft, da hat er mich ausgelacht, hat er. Wie früher.«

Bald würde es wieder Grün werden.

»Dass die mich drankriegen, hat er gesagt, weil ich auf dem Papier der Geschäftsführer und für alles verantwortlich bin. Du wanderst in den Knast, hat er gesagt, wenn du was ausplauderst.« Drießen fingerte an etwas herum. »Das muss man sich mal vorstellen. Er macht den Scheiß, verklappt den Dreck, kassiert die Kohle und ich soll dafür in den Knast?« Er spuckte förmlich vor Wut.

Liesa ekelte sich. Wie lang dauerte diese Ampelphase eigentlich?

»Aber das war einmal zu viel. Der hat bekommen, was er verdient.«

Liesa wurde übel.

Die Ampel schaltete auf Gelb.

»Dann kam mir diese Ökotussi in die Quere, die blöde.«

Karin Palmowski, dachte Liesa. Er hat sie bedroht.

»Und dein Versuch, Mädel, mich in die Falle zu locken …« Drießen bleckte die Zähne. »… für wie blöd hältst du mich?«

Es wurde Grün. Liesa reagierte nicht.

»Wir Bergleute halten zusammen, wie damals auf dem Pütt.« Er schrie Liesa an. »Mein Kollege hat mich nicht verraten. Du lügst doch! Ich hab dir kein Wort geglaubt. Fahr schon!«

Sie konnte es nicht mehr hinauszögern und befuhr den einspurigen Baustellenbereich. Links neben ihr der Alte Friedhof, rechts die aufgerissene Straße mit Baustellenfahrzeugen, weit dahinter ein Discounter samt Parkplatz. Wenn das schiefgeht, bringt er mich um. Er hat schon einen Menschen auf dem Gewissen.

33

»Ich habe Fotos«, sagte Liesa. »Und Beweise hinterlegt. Ich kann alles beweisen.«

»Das juckt mich nicht.«

Liesa verstand das nicht. Er war ein kaltblütiger Mörder, hatte Umweltschweinereien begangen und sie hatte Beweise dafür. Ihm würde das Gefängnis drohen. Warum interessierte ihn das nicht? Dann wurde es ihr klar. Wenn er auf der Autobahn die Gaskartusche auslösen wollte, dann ging das nur, indem er diesmal im Wagen sitzen blieb. Liesa drehte sich der Magen um. Der Schweinehund will sich umbringen, schoss ihr durch den Kopf. Und er will mich mit in die Luft sprengen. Meine Chancen stehen verdammt schlecht, ich muss es jetzt tun. Dann ging alles ganz schnell. Liesa verriss das Lenkrad, der Wagen geriet ins Schleudern, rammte eine Baustellenbake und kam abrupt zum Stehen. Sie knallte mit dem Kopf gegen die Scheibe der Fahrertür und dann gegen das Lenkrad, was ihr im ersten Moment die Luft nahm. Ihr wurde schwarz vor Augen. Drießen flog hinter ihr ein Stück über den Rücksitz und fluchte. Liesa öffnete die Autotür, bereit zu fliehen. Dann tat Drießen etwas, womit sie nicht gerechnet hatte. Er löste das Gas aus. Explosionsartig verteilte sich das Reizgas im Fahrzeug. Schmerzen, verflucht. Ihre Augen brannten, das ganze Gesicht. Liesa konnte nichts mehr sehen. Sie ließ sich aus dem Auto fallen, kroch vorwärts und irrte umher, von der Straße weg, in Richtung des Friedhofs. Drießen wollte sie töten. Liesa rang wieder um ihr Leben, sein Gesicht war verbrannt, und sie hatte das gemacht. Sie war schuld daran. Er würde sich rächen.

Tränen rannen über ihr Gesicht. Sie ertastete eine niedrige Hecke und gelangte darüber, riss sich dabei an unzähligen Dornen die Haut auf. Sie wurde ihn nicht los. Offenbar sah er sie, während Liesa fast nichts sehen konnte. Ihre Augen brannten wie auch das ganze Gesicht, doch sie befand sich im Notfallmodus, wollte unbedingt überleben. Sie spürte seine Hände an ihrem Hals, hustete, keuchte, bekam keine Luft mehr. Sie kämpfte weiter, hatte aber beinahe keine Kraft mehr. Ihr wurde schwindelig.

Liesa nahm nicht wahr, dass aus beiden Richtungen Autos angefahren kamen, auch falsch herum durch die Baustellen-Einbahnstraße. Sie standen plötzlich vor und hinter Liesas Fahrzeug und blockierten die Straße. Andere hupten. Man stieg aus und rief Unverständliches.

Drießen ließ nach, offenbar abgelenkt von dem Tumult, der sich auf der Straße abspielte. Er zog Liesa an der Jacke ein Stück mit sich. Sie war vollkommen überrascht, überrumpelt, konnte sich dessen nicht erwehren. Sie roch den moderigen Geruch von Friedhofserde. Ausgerechnet. Wenn es also sein soll, dachte sie, dann endet das jetzt hier. Man könnte sie von der Straße aus nicht sehen. Man würde sie nicht rechtzeitig finden. Es war zu spät.

»Liesa?« Jemand rief nach ihr. Eine Männerstimme.

Drießen hielt ihr den Mund zu und zischte, sie solle bloß ruhig sein. Vor lauter Verzweiflung hätte sie fast laut aufgeschluchzt.

Wieder rief der Mann nach ihr. Sie erkannte seine Stimme und ihre Kraft kam zurück. Wir sind noch nicht am Ende, dachte sie. Dir werd' ich es zeigen, Arschloch. Ich sehe dich nicht, aber ich erwische dich trotzdem. Liesa musste sich jetzt zusammenreißen. Wo genau war der Typ? Konzentriere dich, befahl sie sich. Sie hatte nur diese eine Chance.

Dann holte sie aus und grub ihre Fingernägel, so fest sie konnte, in Drießens verbranntes Gesicht. Der heulte auf und ließ von ihr ab. Liesa lief los, ohne Sicht. Aber sie musste das Risiko eingehen, musste auf sich aufmerksam machen, sonst würde sie das nicht überleben. Dann lief sie jemandem in die Arme. Es war ihre Rettung oder der Tod.

»Ich hab sie«, meinte Jürgen Adamczyk.

»Halt sie gut fest«, befahl Drießen und Liesa schreckte auf. War es jetzt doch vorbei?

Drießen näherte sich und Liesa hörte sein Lachen. »Na, Kumpel. Bringen wir das zusammen zu Ende?«

Adamczyk antwortete nicht. Liesa lag in seinem Arm, an seine Brust gepresst. Wird er mich jetzt erwürgen, erschlagen, erstechen? Wird er es doch tun? Sie dachte an den Baseballschläger. Doch Adamczyk rührte sich nicht. In ihrer Erinnerung sah sie die wunderschönen Augen. Die sanfte Stimme klang in ihr nach und seine Trauer. Er hatte sie tief angezogen und genauso tief enttäuscht.

Drießen sprach jetzt direkt neben ihr. »Na komm schon, du Zechenkiller. Pack zu.«

Adamczyk ließ Liesa los. Sie stand da, zwischen den Männern, völlig haltlos. Alles hätte jetzt passieren können. Sie sah nichts, wusste nichts sicher. Spürte aber.

»Du steckst genau so tief drin wie ich«, stachelte Drießen an.

»Das ist nicht wahr.«

»Wer hatte denn die Idee, ihr Angst einzujagen? Die E-Mail zu schicken, damit sie endlich Ruhe gibt, und dann persönlich Hand anlegen?«

»Ich wollte sie vor dir warnen. Mir wurde irgendwann klar, dass was mit dir nicht stimmt. Dass du krank bist.«

Drießen schnaubte. »Ach, red dich nicht raus.« Er klang jetzt näher. »Du hast sie geködert, wie ich es von dir wollte. Die Kleine ist drauf reingefallen, hast du gesagt. Mir kann keine widerstehen.«

Liesa schluckte.

Jürgen Adamczyk sprach gedämpft. »Konnte ja keiner ahnen, was du vorhattest. Dass du sie umbringen willst.«

»Na, komm schon, mach fertig. Oder stimmt das, was die gesagt hat? Dass du die Seiten gewechselt hast? Das war doch gelogen, oder?«

Adamczyk schwieg.

Warum tat er nichts? Warum stand er nicht dazu, dass er ihr alles erzählt hatte? Hatte er ihr nur wieder etwas vorgemacht?

»Was ist, Zechenkiller? Sonst übernehme ich das.« Drießen kam auf sie zu.

»Das ist vorbei«, sagte Adamczyk, stellte sich vor Liesa und ließ einen Pfiff ertönen. Rascheln im Gebüsch, Schritte waren zu hören, ein wütendes Gebrumme. Plötzlich kamen mehrere Personen hinzu. Liesa meinte, einige Stimmen zu erkennen. Drießen wurde offenbar überwältigt, kam zu Fall und jammerte. Ihr kam alles unwirklich vor. Dann nahm jemand ihre Hand. »Es tut mir unsagbar leid«, flüsterte Adamczyk ganz nah.

»Ich weiß«, sagte Liesa leise. Zwischen ihnen lag ein Gefühl, das nur in diesem Moment bestehen durfte und dann nie mehr.

»Lass sie los, Arschloch!«, schimpfte Timo. Er legte seinen Arm um Liesas Schultern und führte sie zu einer Bank. »Der feine Herr Jürgen Adamczyk hat dir die E-Mail geschickt. Es war Drießens IP-Adresse, abgesendet von Adamczyks Wohnort und Internetzugang. Aber das weißt du vermutlich schon.«

Liesa nickte. »Er wollte mich damit vor Drießen warnen, vor seinem ersten Angriff auf dem Friedhof.« Das war ja gründlich danebengegangen, dachte sie. Jetzt befand sie sich schon wieder auf einem Friedhof und hatte mit Drießen gekämpft. Sie würde diese Friedhofsausflüge ab sofort sein lassen, schwor sie, und sich anderen Orten zuwenden.

Timo sah sich ihr Gesicht und ihre Augen an. »Tut es sehr weh?«

»Jepp. Ausspülen wäre klasse«, meinte Liesa und grinste ein wenig trotz der Schmerzen. Timo konnte prima häckseln, dachte sie, aber in Erster Hilfe war er keine Konifere, noch nicht mal Theoretiker. Jemand reichte destilliertes Wasser aus seinem Kofferraum und Liesa brachte das Spülen etwas Erleichterung. Sie konnte die Augen unter Anstrengung öffnen und wenigstens verschwommen sehen. Der halbe Stammtisch der Ex-Bergleute hatte sich hier versammelt. Liesa grinste breit und hätte fast geweint. Auf die war eben Verlass. Und auf ihren Timo.

»Watt is' eigentlich los?«, fragte Willi. »Der Spaß sollte doch eigentlich woanders stattfinden und später.«

»Kleine Planänderung.« Liesa wischte sich über die tränenden Augen und musste doch lachen, als sie merkte, dass sie ihrem Onkel genau das schon bei ihrem letzten Abenteuer gesagt hatte.

»Kein Problem, wir waren ja schon einsatzbereit. Und der Schmierlappen da«, Willi zeigte auf Drießen, der von dem rundlichen Ralle und seinem Kumpel Dietmar in den Schwitzkasten genommen worden war, »um den kümmert sich gleich die Polizei. Für den is' datt erstmal zappenduster.«

Kurz darauf ertönte eine Polizeisirene und auch das Martinshorn der Feuerwehr näherte sich. Einige aus der Helfergruppe mussten ihre Autos umsetzen und die Straße räumen. Parallel bahnten sich mehrere Einsatzfahrzeuge ihren Weg durch die Baustelle. Liesa hatte noch nie so viel Getümmel auf der Horster Straße gesehen. Ihr Auto stand quer, sah demoliert und nicht fahrbereit aus, genau wie sie sich fühlte.

»Du setzt echt immer noch einen drauf«, sagte Timo anerkennend.

Jürgen Adamczyk stand allein da, als die Polizei eintraf.

»Wo ist die verletzte Person?«, fragte ein Sanitäter.

Willi zeigte auf die Parkbank. »Datt is' die, die gerade mit dem da am Rumknutschen ist.« Er besah sich den Unfallort und den Menschenauflauf. »Die hat datt alles hier verursacht.« Ein Grinsen überzog sein Gesicht. »Meine Nichte Liesa. Die ist die Quelle von datt Ganze.«

34

Liesa überquerte den Hof zu ihrer Oma. Es war inzwischen frühlingshaft warm geworden. Die Natur hatte innerhalb weniger Tage nachgeholt und präsentierte sich farbenfroh. Sie steckte ihr Smartphone in den Rucksack und stopfte ihre

Jacke auch hinein. Karin Palmowskis Hinweis, dass heute Abend im Regionalfernsehen über die Machenschaften von SauberEx und über PCB-Altlasten auf den Zechengeländen berichtet werden würde, stimmte sie zufrieden. Morgen würde es in den Zeitungen stehen.

Willi bereitete draußen den Grill vor, Timo war schon in der Küche.

»Sacht mal«, begann Oma Kwatkowiak am Küchentisch. »Wie war datt denn jetzt mit dem Zechenkiller. Der hat den Sprockmann umgebracht?«

Liesa nickte. »Manni Drießen alias der Zechenkiller hat in Sprockmanns Sportwagen eine Reizgaskartusche eingebaut und ihm aufgelauert, als er ins Wochenende fahren wollte. Er muss bei der Autobahn in Sichtweite gestanden haben, vielleicht auf einer Brücke. Dann hat er auf seinen feinen Fernbedienungsknopf gedrückt und Sprockmann hat es, wie immer sportlich flott unterwegs, von der Bahn gedonnert.«

»Außerdem hatte Sprockmann 40 Liter Benzin im Kofferraum«, ergänzte Timo, »die Drießen höchstpersönlich in zwei Kanister gefüllt und deren Verschlüsse er vermutlich geöffnet hatte. So ergab es einen heftigen Brand und von Sprockmann blieb nicht viel übrig.«

»Watt fies von dem. Und warum hat er das gemacht?«

»Drießen war von Sprockmann als Strohmann für die Firma SauberEx eingesetzt worden.« Liesa zog ein Gesicht. »Die Firma steckt hinter der illegalen Giftmüllentsorgung auf der Zeche. Sprockmann hat an Drießen vorbei Unsummen verdient und ihn dann, als er das herausgefunden hatte und selbst mehr von dem Kuchen haben wollte, erpresst. Drießen war auf dem Papier für alles verantwortlich und wäre belangt worden. Da Sprockmann sowieso nicht besonders wertschätzend mit Manni Drießen umgegangen war, lief bei diesem das Fass über.« Das Giftfass, dachte Liesa.

»Und dieser Manni Drießen hat auch die E-Mails geschrieben?« Oma sprach es wieder wie »Ihmehls« aus.

»Das ist komplizierter«, sagte Liesa. »Eigentlich waren es drei Mail-Schreiber.«

»Ist ja allerhand.« Oma richtete sich im Stuhl auf.

Liesa begann zu erklären. »Die erste Droh-Mail an Sprockmann stammte von Uwe Bosshardt. Der wollte sich nur mal Luft machen, weil Sprockmann sich über den Bergbau negativ ausgelassen hatte. Manni Drießen erfuhr als Sprockmanns ›Freund‹ davon und machte sich dies zunutze. Er schrieb unter einem ähnlichen Account weitere Droh-Mails an Sprockmann, um Bosshardt die Schuld in die Schuhe zu schieben, sollte jemand seinem Fernbedienungstrick auf die Schliche kommen und nach einem Mörder suchen. Ein klasse Sündenbock also. Die letzte E-Mail an mich hat eine dritte Person geschrieben.«

»Warum hat dieser Drießen nicht genau die gleiche E-Mail-Adresse benutzt?«

»Darauf hatte er ja keinen Zugriff, also musste er sich etwas ausdenken. Schließlich fiel ihm die Fake-Adresse ein. Sprockmann ist auch drauf reingefallen und erkannte keinen Unterschied zu der ersten Absender-E-Mail-Adresse. Wir ja auch nicht. Dass Bosshardt bald gesundheitlich stark angeschlagen sein würde, konnte er nicht ahnen. Er brachte Sprockmann um, fand sich toll und clever dabei, bedrohte dann Frau Palmowski und mich, als wir ihm und seinen Umweltmachenschaften zu sehr auf die Schliche gekommen waren.«

»Schließlich überfiel er Liesa«, ergänzte Timo, »um sie einzuschüchtern. Als auch das nicht half, versuchte er, Liesa umzubringen. Dazu nutzte er seinen alten und loyalen Kumpel Jürgen Adamczyk.«

Liesa wurde rot.

Timo fuhr fort. »Er hat Liesa beim Stammtisch angegraben und zu einem Treffen gelockt, um sie einzuschüchtern.«

Omas vorwurfsvoller Blick traf ihre Enkelin.

»Ja, ich weiß, Omma«, meinte Liesa gedehnt, »lass dich nie mit einem Bergmann ein und so …«

Timo nickte. »Adamczyk funktionierte aber nicht so, wie Drießen es sich erhofft hatte. Zuerst war Adamczyk davon ausgegangen, dass Liesa nach Drießens Überfall auf dem Friedhof überhaupt nicht weiterermitteln würde.«

»Da kennt er sie aber schlecht«, kommentierte Oma.

»Außerdem«, setzte Timo fort, »dachte er, Liesa käme, wenn überhaupt, allein zu der Verabredung auf dem Zechengelände.«

»Er hat einiges dafür getan, dass wir uns streiten«, erklärte Liesa und erinnerte sich an den Abend beim Bergmannsstammtisch. Es hatte sogar funktioniert, Timo eifersüchtig zu machen und die beiden zumindest zeitweise auseinanderzubringen. Liesa ärgerte sich darüber.

»Und wollte er dir da was antun, der Adamczyk?«

Omas Frage war berechtigt. Liesa hatte von ihm selbst erfahren, dass Drießen von ihm verlangt hatte, ihr Angst einzuflößen. Zuerst war er nur baff gewesen, dass sie überhaupt erschienen war, nach Drießens Angriff auf dem Westfriedhof samt Feuerspektakel. Dann musste er Timo abwimmeln, um mit ihr allein über das Gelände zu fahren. Eine Mischung aus Bewunderung und Ärger hatte ihn dann überkommen. Er wollte seinem Kumpel Drießen gegenüber eine Schuld einlösen, aber das würde doch zu weit gehen. Liesa hatte ihm gefallen und ihre Art, den Fall anzupacken. Hatte

Liesa also auf dem Zechengelände etwas zu befürchten? »Ja und nein«, sagte sie.

Timo stimmte zu. »Trotz allem gelangte Liesa durch ihren heldenhaften Einsatz …«

»Heldinnenhaften«, korrigierte Liesa Timo und zwinkerte ihm zu.

»Also durch ihren heldinnenhaften Einsatz gelangte unsere Liesa an Beweismaterial für die illegale Entsorgung von PCB-verseuchter, kontaminierter Erde im Schacht 10 des Bergwerks.«

»Datt fand der Drießen bestimmt nicht töffte.«

»Ganz und gar nicht.« Liesa runzelte die Stirn. »Er brachte eine tödliche Reizgasapparatur in meinem Auto an, um mich wie Sprockmann ins Nirwana zu sprengen, dafür musste ich allerdings auf die Autobahn. Auf dem Weg dahin wurde mir klar, dass er mich ins Nirwana begleiten wollte.«

»Datt is' schlecht.«

»Genau«, meinte Timo. »Allerdings habe ich Liesa vom Hof fahren sehen, das war gegen die Abmachung. Das kam mir seltsam vor, deshalb bin ich hinterher.«

Liesa nickte. »Geplant war nämlich …«

»… sich mit dem Ganoven zu treffen und dem eins auf die Birne zu geben«, ergänzte Willi, der eben hinzugekommen war. »Wir waren schon bereit, als Timo anrief und wir abgesprochen haben, Ausschau zu halten. Wir sahen in dem Moment, wie Liesa in ihrer Kasperkiste …«

Liesa schaute Willi vorwurfsvoll an.

»… in ihrem Kleinwagen durch die Siedlung kurvte und da saß ein Typ hinten drin. Da sind wir natürlich ihr nach, erst der Timo und ich. Dann kamen noch der Ralle und der Dietmar hinterher und noch ein paar Kollegen. Wir sind ausgeschwärmt und haben Liesa in die Zange genommen.«

Willis stolze Geste flaute angesichts ihres skeptischen Blickes ab. »Also ihre Kasp…, äh, ihren Kleinwagen.«

Oma schüttelte lächelnd den Kopf. »Na, gib mal nicht so an, Willi.«

»Lass mal, Omma, ihr wart klasse.« Liesa rieb sich über ihre Augen. Timo hatte, wie schon berichtet, von oben aus Liesas Wohnung heraus beobachtet, wie sie weggefahren war. Liesa war, statt den kürzesten Weg zur Autobahn zu nehmen, langsam bei Oma, Willi und den Goretzkas vorbeigefahren, um wahrgenommen zu werden. Timo rief etwa zum gleichen Zeitpunkt rund, ob man sie gesehen habe. Oma Kwatkowiak bestätigte und teilte auch mit, dass sie nicht allein im Wagen saß. Timo hatte Willi, Andy und Freunde mobilisiert, früher dazuzustoßen. »Pech war nur«, meinte Liesa, »dass dieser Idiot Drießen auf sein Knöpfchen drückte und ich die volle Ladung Reizgas abbekam.« Bei dieser Erinnerung schauderte es sie. Das hatte nicht zu ihrem Plan gehört. Dieser Mistkerl hatte sie zwischen den Büschen des Alten Friedhofs fast umgebracht.

»Woher wusstest du eigentlich davon, dass Drießen einen Anschlag planen würde?«, fragte Oma nach.

»Ich habe ihm eine Falle gestellt.« Liesa hatte hoch gepokert und dem Zechenkiller, von dem sie inzwischen ahnte, dass es Drießen war, eine E-Mail geschrieben. Dass sie alles wusste, Adamczyk ihr gegenüber ausgesagt und ihn verraten hatte. Drießen habe nur noch eine Chance: sich mit ihr zu treffen und auszupacken, sonst würde sie zur Polizei gehen mit ihren Beweisfotos und Adamczyks Aussagen. Sie würden sich auf einem Parkplatz am Stadtgarten treffen, er könne sie ja an ihrem Auto erkennen. Sie provozierte ihn somit und rechnete damit, dass sie Drießen auf die Weise dazu brachte, auf sie einen Mordanschlag zu verüben. Sie würde die Apparatur im Auto auf Drießen zurückführen können, vielleicht Fingerabdrücke finden. Auf jeden Fall würden die Umstände für ihn als Täter sprechen, möglicherweise offenbarte er sich und sie hatte Zeugen dafür. Liesa ließ ihr Auto deshalb auf dem Garagenhof vermeintlich unbeobachtet stehen. Drießen brachte wie erwartet eine Reizgaskartusche an, die per Fernbedienung auszulösen war. Dummerweise saß er im Auto hinter ihr, als sie gerade nachgucken wollte, den Auslöser in der Hand. Drießen hatte eine Brandverletzung im Gesicht, erklärte Liesa, somit war er zweifelsfrei der Friedhofsangreifer und angemailte Zechenkiller.

»Zechenkiller«, schimpfte Willi. »Wenn ich datt schon höre.« Er verabschiedete sich lieber zu seinem Grill nach draußen.

»Was machte denn der Adamczyk überhaupt vor Ort?« Diesmal fragte Timo. »Hatte Drießen den eingeweiht?«

Liesa sah ihn an. »Mein Telefonat. Ich hatte dir doch gesagt, dass ich gemailt und telefoniert habe, um Drießen in die Falle zu locken.« Sie war dahintergekommen, dass Adamczyk ein falsches Spiel gespielt hatte und mit Drießen unter einer Decke steckte. Sie behauptete ja Drießen gegenüber, sie wisse alles, weil Adamczyk es ihr verraten habe. Adamczyk sollte Drießen beobachten, was ihn zu Liesas Garagenhof führte. Dass es sich Drießen in Liesas Auto bequem machte, überraschte ihn genauso wie sie. Er hatte aber keine Möglichkeit einzugreifen. Also verfolgte er die beiden bis zu der Baustelle am Alten Friedhof, wo auch die anderen dazustießen.

Timo nickte. »Und wie bist du darauf gekommen, dass Adamczyk dir gegenüber unehrlich war? Ich hatte ja den Eindruck, dass ihr beide …«

»Er hat mir eine App-Nachricht geschickt, ohne dass ich ihm vorher meine Handynummer gegeben hätte. Die konnte er nur von Drießen haben. Somit gab es eine Verbindung zwischen den beiden.«

Oma schüttelte den Kopf. »Warum hat der Adamczyk überhaupt mit dem bekloppten Drießen zusammengearbeitet? Das hätte ich nie von ihm erwartet.«

Ich auch nicht, dachte Liesa, und sie fühlte wieder diese große Enttäuschung. »Manni Drießen und er hatten noch eine Rechnung offen. Eine alte Geschichte.«

Adamczyk hatte ihr erzählt, dass sie alte Kumpel gewesen waren. Drießen war bei ihm aufgetaucht und hatte gesagt, dass er tief in der Scheiße stecke. Dass er Sprockmann umgebracht hatte, habe Adamczyk aber nicht geahnt. Drießen hatte bei Adamczyk etwas gut. Er selbst war einmal mit Alkohol in der Tasche auf der Arbeit erwischt worden. Drießen hatte das auf sich genommen und dafür eine Abmahnung erhalten. Dann hatte er unentschuldigt gefehlt und wurde, weil schon abgemahnt, entlassen. *Ich hätte ihm damals helfen müssen. Hätte nur ins Büro gehen brauchen, um für ihn zu sprechen. Aber ich hab meine Klappe gehalten und Schicht gemacht. So war das damals. Und darauf bin ich nicht stolz.* Als Drießen also vor seiner Tür stand, musste er ihm helfen. *Er würde sonst in den Knast gehen, hat er gesagt. Und ich wäre dann dran schuld.* Was er denn machen solle, hatte er gefragt. – *Ist nur eine Kleinigkeit für dich*, hatte Drießen gesagt. *Kümmer dich um eine blöde Schnüfflerin. Eine kleine Privattour auf Schacht 10. Ich muss die loswerden.* – *Was heißt loswerden?*, hatte Adamczyk gefragt. – *Die muss weg*, meinte Drießen. – *Du hast doch 'nen Knall, wie hat man sich das denn vorzustellen?* Dann habe man sich darauf geeinigt, ihr nur einen Schrecken einzujagen. Das würde Adamczyk machen, hatte er seinem Ex-Kumpel versprochen. Dann wäre es aber auch gut, sie wären quitt. Adamczyk machte sich an Liesa heran und verabredete sich mit ihr. Am späten Abend nach dem Stammtisch wollte Drießen unbedingt wissen, ob Adamczyk erfolgreich war mit dem Ranwanzen. Er sollte sie zur Zeche locken. Drießen deutete an, dass Liesa dabei sterben musste, und Adamczyk wurde klar, dass er Mist gebaut hatte. Er bestand darauf, Liesa per E-Mail als Zechenkiller zu warnen. Dafür benutzte er Drießens Tablet-PC und schrieb Liesa die E-Mail, in der Hoffnung, sie würde aufgeben und das Herumspionieren endgültig sein lassen. Liesa las die E-Mail erst am nächsten Abend. Zwischenzeitlich hatte sie Drießen trotz der Drohung, die eine Warnung sein sollte, auf dem Westfriedhof erwischt, was Adamczyk leidtat. *Dafür hast du ihm gehörig die Pelle versengt*, meinte er lachend. Weil Adamczyk die Droh-Mail an Liesa geschrieben hatte, war er auf dem Alten Friedhof von Drießen als Zechenkiller angesprochen worden. Er entschuldigte sich noch einmal für sein Verhalten während der Zechentour. *Und so etwas hast du für ihn getan?*, fragte Liesa. – *Ich bin Bergmann, das weißt du. Wir Kumpel stehen zusammen, wir müssen uns aufeinander verlassen. Deshalb hatte ich keine Wahl. Dann habe ich gemerkt, wie taff du bist, und auf welcher Seite ich eigentlich stehe.* Das hatte Liesa durchaus gespürt und an ihm geschätzt.

Letzteres erzählte sie der Runde aber nicht. Auch verschwieg Liesa, dass sie auf die Unstimmigkeit mit der Telefonnummer nicht gekommen war, weil sie so abgelenkt und fasziniert von ihm gewesen war, dass sie es einfach nicht kapiert hatte.

»Drießen musste überführt werden«, erklärte Liesa weiter. »Der Mord an Sprockmann war nur aufzuklären, indem er einen ähnlichen Mordversuch startete. Wir hätten eine prima Apparatur, vielleicht Fingerabdrücke gehabt, jedenfalls war es diesmal nachzuweisen, dass Drießen dahintersteckte.« Liesas Plan war nicht aufgegangen, wie sie es erwartet hatte. Doch Drießen war mit seiner prima Fernbedienung in der Hand gestellt worden und hatte ausgepackt. »Am Ende war er doch wieder nur der Loser, eine arme Wurst. Und er geht für seinen tollen Kumpel und das eigentliche Umweltschwein Sprockmann in den Knast. Apropos Wurst: Hat Onkel Willi schon den Grill an?«

»Er ist noch dabei«, meinte Oma. »Dafür hat er heute einen ganz tollen Trick, behauptet er jedenfalls. Daran hat er den ganzen Vormittag rumgebastelt.« Sie schaute Timo an. »Und, bist du gut angekommen an der neuen Uni?«

Er nickte. »Aber für Kartoffelsalat und Würstchen à la Gertrude Kwatkowiak nehme ich die lange Strecke gern auf mich.« Timo grinste. Als er Liesas Blick wahrnahm, ergänzte er: »Also, für Liesa natürlich auch. Und es ist ja erst mal nur ein Semester.«

»Bahnfahren wäre eine Option«, meinte Liesa. »Bis zum Bahnhof geht es ja auch wieder mit dem Auto – oder dem, was davon übrig ist.«

»Pass auf, dass dir niemand etwas einbaut, was nicht da reingehört. Aber nimm für den Fall der Fälle ein Feuerzeug mit, damit du einen Flammenwerfer basteln kannst.«

Sie lachten.

»Die kann Feuer spucken, mein lieber Scholli. Ist eben 'ne heiße Frau, die Liesa.«

»Boah, Timo. Echt jetzt?«

»Oder es steht jemand mit so einem Teil da.« Timo zeigte auf eine Fernbedienung, die auf dem Küchentisch lag.

»Die hat der Willi heute angeschleppt«, bemerkte Oma. »Ist damit was nich' in Ordnung?« Sie drückte auf einen Knopf. Es folgte ein ohrenbetäubender Knall von draußen.

Da kam Willi rein. »Ey, datt war doch noch viel zu früh!« Er wischte sich Ruß von der Stirn und grinste. »Aber der Grill is' an. Boah, watt war datt 'ne Verpuffung.« Er schnaufte vor Begeisterung. Nebenbei, beim Rausgehen, sagte er: »Kann mal einer 'nen Eimer Wasser mit nach draußen bringen? Der Zaun von den Goretzkas brennt.«

Oma Kwatkowiak machte sich auf den Weg.

Liesa und Timo blieben in der Küche zurück.

»Eines ist aber noch offen«, sagte Liesa und beugte sich zu Timo herüber. »Welchen Gefallen musstest du deinem Hackerkollegen erweisen, um an die Daten zu kommen?«

Timo kratzte sich verlegen am Kopf. »Weißt du, es ist kompliziert.«

Liesa sah ihn auffordernd an.

»Ich musste ihm etwas versprechen.«

Liesa fixierte ihn.

Es war ausweglos. »Ach egal, dann sag ich es eben.« Er flüsterte Liesa etwas ins Ohr.

Sie lachte auf. »Ernsthaft? Du sollst ihm bis zu den Sommerferien die Hausaufgaben schreiben?«

Timo kratzte sich wieder am Kopf. »Ich hatte keine Wahl.«

Liesa schaute ihn irritiert an.

»Kairan ist zehn Jahre alt und geht in die fünfte Klasse. Das langweilt ihn, hat er gesagt. Er bereitet sich lieber auf sein Studium vor.«

»Ein Nachwuchshäcksler sozusagen. Sagtest du nicht, er hätte Probleme mit dem Gesetz? Ein Zehnjähriger?«

»Naja, es waren vielmehr Probleme mit den elterlichen Regeln. Er hatte eine Zeit lang Hausarrest und Medienverbot.«

»Au Backe. Boah Timo, das ist illegal.«

»Was meinst du? Die Hausaufgaben für ihn zu machen?«

»Die Hausaufgaben und das Hacken.« Liesa beschloss, mit der nächsten Konsultierung zu warten, bis der Knabe wenigstens volljährig war. Und bis dahin eine bessere Lösung für den kleinen Neunmalklugen zu finden. Am besten würde sie gar keine illegalen Dienstleistungen mehr in Anspruch nehmen. Aber dafür konnte sie nicht garantieren.

»Hast du eigentlich auch erwachsene Freunde, du Nerd?«

»Nein, noch nicht mal eine Freundin.« Er schaute Liesa treu an.

Sie war kurz davor, ihn zu küssen. »Lügner.«

EPILOG

Auf Liesas Schreibtisch türmte sich neben dem Laptop ein ansehnlicher Berg an Fachliteratur, der locker mit der Halde an der Beckstraße mithalten konnte, inklusive Tetraeder. Sie setzte sich und tippte in ihren Laptop.

Konfrontieren: sich gegenüberstehen, auseinandersetzen. Man kann sich selbst und andere konfrontieren. Angst ist …

Sie lehnte sich zurück und ließ ihren Blick über das Bücherregal schweifen. Schaute auf die Bilder an der Wand, das Fenster, zog eine Zeit lang mit den Wolken mit und erinnerte sich zurück.

Angst ist das Gegenteil von Konfrontation, dachte Liesa. Sie bedeutet Distanz und Abwehr, Stillstand und Tod. Es ist schwer, sich der Angst zu stellen, ihr ins Gesicht zu blicken. Wer wüsste das besser als sie selbst? Aber sie würde versuchen, mit ihren Ängsten zu leben, mit ihren Schwächen, Verlusten und Enttäuschungen. Nur so war ein vernünftiges Leben möglich.

Liesa dachte an die Menschen, denen sie in den letzten Wochen begegnet war. Waren die Gräben wirklich so tief? Wir müssen unser Erbe annehmen, überlegte sie. Auch wenn es wehtut. Vorwärtsgehen, nicht den Blick senken. Sich selbst und anderen mit Respekt begegnen. Brücken bauen zwischen dem Gestern, Jetzt und Morgen. Wir müssen uns respektvoll konfrontieren.

Vielleicht ist der Stillstand eine Zeit lang nötig, um voranzukommen, das Chaos, um sich neu zu orientieren. Wie ein Phönix, der am Ende seines Lebens steht, verbrennen. Dann jedoch aus der Asche aufsteigen und zu neuem Leben werden. Das wünschte sie sich und den Menschen ihrer Zeit.

NACHWORT

Auch in dem Roman »Zechenkiller« habe ich einen realen Rahmen für die fiktive Handlung gewählt: die Stilllegung der Bottroper Steinkohlenzeche und Verfüllung der Schächte mit dem Vorhaben, das Grubenwasser in den ehemaligen Abbaugebieten ansteigen zu lassen. Die Handlungsorte und zeitlichen Abläufe der Verfüllung und Flutung sind allerdings vereinfacht und zeitlich gerafft dargestellt. Der Kundige möge es mir verzeihen.

Das Thema Nachbergbau im Ruhrgebiet und die damit verbundenen sogenannten Ewigkeitsaufgaben habe ich im vorliegenden Roman lediglich angerissen. Über denkbare Bergbaufolgen und Umweltgefahren möge man sich selbst ein Bild machen. Erfunden ist jedenfalls die illegale Entsorgung von PCB-belasteter Erde in den Schächten, wie sie hier beschrieben wurde.

Der Bergbau ist dabei, Geschichte zu werden, doch was geschieht mit den Menschen? Diese Frage hat mich beschäftigt. Dabei war es nicht mein Anliegen, Partei zu ergreifen. Mögen Interessen und Motive der Ruhrgebietler nicht immer übereinstimmen, so bleibt nach dem Ende des Steinkohlenbergbaus eine gemeinsame Identität, die seit jeher von Vielfalt, Offenheit und gegenseitigem Respekt geprägt ist und dies bestenfalls auch zukünftig sein wird.

Das Fördergerüst der Zeche Prosper-Haniel – Schachtanlage Franz Haniel, auf dem Buchcover abgebildet und Schauplatz der ersten Szene im Roman, wird hoffentlich Bestand haben und noch lange auf die Bottroper Bergbautradition hinweisen.

Abschließend möchte ich allen Personen danken, die mich im Verlauf der Recherche und des Schreibens mit Informationen, Rückmeldungen und Ermutigung unterstützt haben, ohne explizit Namen zu nennen. *Weißte Bescheid, ne?*

Sylvia Sabrowski